精選 折口信夫

I

異郷論・祭祀論

折口信夫

岡野弘彦 編

慶應義塾大学出版会

精選　折口信夫　Ⅰ　異郷論・祭祀論　目次

凡例

一　本アンソロジー『精選　折口信夫』は、中央公論社版『折口信夫全集』（一九九五―二〇〇二）を底本とした。

二　各著作の末尾に、初出、および発表年月を記した。

三　本文校訂にあたって、明らかな誤植はとくに断ることなく修正したが、説明を要する修正箇所については、解題に記した。

四　原則として新字体・旧仮名遣いとするが、可能なかぎり底本の用字・用語を尊重した。例外は解題に記した。

五　ルビ（ふりがな）は原則としてひらがなとし、難読字には適宜ルビを振った。

六　本文中の編集上の註記は〔　〕に入れ、著者による註と区別するため、本文よりも小さな文字で示した。

七　本文中に、今日の人権意識に照らして不適切と思われる語句や表現があるが、時代的背景と、作品の歴史的価値にかんがみ、加えて著者が故人であることから、底本のままとした。

妣が国へ・常世へ

異郷意識の起伏

一

われ〳〵の祖《おや》たちが、まだ、青雲のふる郷を夢みて居た昔から、此《この》話ははじまる。而《しか》も、とんぼう髷《まげ》を頂《いただき》に据ゑた祖父《ぢゞ》・曾祖父《ひぢゞ》の代まで、萌えては朽ち、絶えては蘖《ひこば》えして、思へば、長い年月を、民族の心の波の畦《うね》りに連れて、起伏して来た感情ではある。開化の光りは、わたつみの胸を、一挙にあさましい干潟とした。併《しか》し見よ。そこりに揺るゝなごりには、既《すで》に業《すで》に、波の穂うつ明日《あす》の兆《きざ》しを浮べて居るではないか。われ〳〵の考へは、竟《つひ》に我々の考へである。誠に、人やりならぬ我が心である。けれども、見ぬ世の祖々《おや〳〵》の考へを、今の見方に引き入れて調節すると言ふことは、其《それ》が譬《たと》ひ、よい事であるにしても、尠《すくな》くとも真実ではない。幾多の祖先精霊《しやうりやう》をとまどひさせた明治の御代の伴《ばん》大納言殿は、見飽きる程見て来た。せめて、心の世界だけでなりと、知らぬ間のとてつもない出世に、苔の下の長夜《ちやうや》の熟睡《うまい》を驚《おどろか》したくないものである。

われ〳〵の文献時代の初めに、既に見えて居た語《ことば》に、ひとぐに・ひとの国と言ふのがある。自分たちのと、寸分違はぬ生活条件を持つた人々の住んで居ると考へられる他国・他郷を斥《さ》したのである。「ひと」を他人と言ふ義に使ふことは、用語例の分化である。此《これ》と幾分の似よりを持つ不定代名詞の一固《かたま》りがある。「た（誰）」・「いつ（＝いづ）」・「なに（何）」など言ふ語は、未経験な物事に冠《かぶ》せる疑ひである。ついでに、其《その》否定を伴うた形を考へて見るがよい。「たれならなくに」・「いづこはあれど（＝あらずあれど）」・「何ならぬ……」などになると、経験も経験、知り過ぎる程知つた場合になつて来る。言ひ換へれば、疑ひもない目前の事実、われ・これ・こゝの事を斥すのである。たれ・いつ・なにが、其《そ》の否定文から引き出されて示す肯定法の古い用語例は、寧《むしろ》、超経験の空想を対象にして居る様にも見える。われ・これ・こゝで類推を拡充してゆけるひとぐに即《すなは》ち、他国・他郷の対照として何《な》その国・知らぬ国或は、異国・異郷とも言ふべき土地を、昔の人々も考へて居た。われ〳〵が現に知つて居る姿《なり》の、日本中の何《いづ》れの国も、万国地図に載つたどの島々も皆、異国・異郷ではないのである。唯《ただ》、まる〳〵の夢語りの国土は、勿論《もちろん》の事であるが、現実の国であつても、空想の緯《ぬき》糸の織り交ぜてある場合には、異国・異郷の名で、喚《よ》んでさし支へがないのである。われ〳〵の祖々が持つて居た二元様の世界観は、あまり飽気《あつけ》なく、吾々の代に霧散した。夢多く見た人々の魂をあくがらした国々の記録を作つて、見はてぬ夢の跡を逐《お》ふのも、一つは末の世のわれ〳〵が、亡き祖々への心づくしである。

心身共に、あらゆる制約で縛られて居る人間の、せめて一歩でも寛《くつろ》ぎたい、一あがきのゆとりでも開きたい、と言ふ解脱に対する憧憬《しやうきやう》が、芸術の動機の一つだとすれば、異国・異郷に焦《こが》るゝ心持ちと似すぎる程に似て居る。過ぎ難い世を、少しでも善くしようと言ふのは、宗教や道徳の為事《しごと》であつても、凡人の浄土は、今少し手近な処になければならなかつた。

われ〳〵の祖《おや》たちの、此の国に移り住んだ大昔は、其を聴きついだ語部《かたりべ》の物語の上でも、やはり大昔の出来事として語られて居る。其本《そのもと》つ国については、先史考古学者や、比較言語学者や、古代史研究家が、若干の旁証《ばふしよう》を提供することがあるのに過ぎぬ。其子・其孫は、祖《おや》の渡らぬ先の国を、纔《わづ》かに聞き知つて居たであらう。併《しか》し、其さへ直ぐに忘られて、唯残るは、父祖の口から吹き込まれた、本つ国に関する恋慕の心である。その千年・二千年前の祖々を動《うご》かして居た力は、今も尚、われ〳〵の心に生きて居ると信じる。

十年前、熊野に旅して、光り充つ真昼の海に突き出た大王个《が》崎の尽端《じんたん》に立つた時、遥かな波路の果《はて》に、わが魂のふるさとのある様な気がしてならなかつた。此をはかない詩人気どりの感傷と卑下する気には、今以《もつ》てなれない。此は是《これ》、曾《かつ》ては祖々の胸を煽り立てた懐郷心（のすたるぢい）の、間歇《かん》《けつ》遺伝（あたゐずむ）として、現れたものではなからうか。

すさのをのみことが、青山を枯山《からやま》なす迄《まで》慕ひ歎き、いなひのみことが、波の穂を踏んで渡られた「妣《はゝ》が国」は、われ〳〵の祖たちの恋慕した魂のふる郷であつたのであらう。いざなみのみこと・たまよりひめの還《かへ》りいます国なるからの名と言ふのは、世々の語部の解釈で、誠は、かの本つ国に関する万人共通の憧れ心をこめた語《ことば》なのであつた。

而《しか》も、其国土を、父の国と喚《よ》ばなかつたには、訣《わけ》があると思ふ。第一の想像は、母権時代の俤《おもかげ》を見せて居るものと見る。即《すなはち》、母の家に別れて来た若者たちの、此島国を北へ〳〵移つて行くに連れて、愈《いよいよ》強くなつて来た懐郷心とするのである。併し今では、第二の想像の方を、力強く考へて居る。其は、異族結婚（えきぞがみい）によく見る悲劇風な結末が、若い心に強く印象した為《ため》に、其母の帰つた異族の村を思ひやる心から出たもの、と見るのである。かう言つた離縁を目に見た多くの人々の経験の積み重ねは、どうしても行かれぬ国に、値《あ》ひ難い母の名を冠《かぶ》らせるのは、当然である。

二

民族の違うた遠い村は、譬《たと》ひ、母の国であつても、生活条件を一つにして居るものと考へなかつたのが、大昔の人心であらう。さればこそ、とよたまひめの「ことゞわたし」にも、いはながひめ等の「とこひ」にも、八尋鰐《やひろわに》や、木の花の様な族霊崇拝（とうてみずむ）の俤が、ちらついて居るのだと思ふ。此方《こちら》は、かう言ふ事実が、此島での生活が始つてからも、やはり行はれて居て、其に根ざして出て来たもの、と見ても構はぬ。

又、右の二つの想像を、都合よく融合させて、さし障りのない語原説を立てることも出来る。ともかく、妣が国は、本《もと》つ国土《くにつち》に関する民族一列の惝怳から生れ出て、空想化された回顧の感情の的《まと》である。母と言ふ名に囚はれては、ねのかたすくになり、わたつみのみやなりがあり、至り難い国であり、自分たちの住む国の俗の姿をした処と考へて居なかつた事は一つである。此は、妣《はゝ》が国の内容が、一段進んで来た形と見るべきで、語部の物語は、此形ばかりを説いて居る。いなひの命と前後して、波の穂を踏んでみけぬの命の渡られた国の名は、常世《とこよ》と言うた。過ぎ来た方をふり返る妣《はゝ》が国の考へに関して、別な意味の、常世《とこよ》の国のあくがれが出て来た。ほんとうの異郷趣味（えきぞちしずむ）が、始まるのである。気候がよくて、物質の豊かな、住みよい国を求め〱て移らうと言ふ心ばかりが、彼らの生活を善くして行く力の泉であつた。彼らの歩みは、富みの予期に牽《ひ》かれて、東へ〱と進んで行つた。彼らの行くてには、いつ迄も〱未知之国《しられぬくに》が横《よこたは》つて居た。其空想の国を、祖《おや》たちの語では、常世《とこよ》と言うて居た。過去《すぎに》し方の西の国からおむがしき東《ひむがし》の土への運動は、歴史に現れたよりも、更に多くの下積みに埋れた事実があるのである。大嘗会《だいじやうゑ》のをりの悠紀《ゆき》・主基《すき》の国が、ほゞ民族移動の方向と一致して、行くてと過ぎ来し方《かた》とに、大体当つて居るのも、わたしの想像を強めさせる。東への行き足が、久しく常陸《ひたち》ぎりで喰ひ止められて延びなかつたことは事実である。祖たちの敢《あへ》てせなかつたことを、為遂《しと》げたのは、毛の国から更に移り住んだ帰化人の力が多い。此は、飛鳥・藤原から、奈良の都へかけての大為事であつた。

祖たちが、みかど八洲《やしま》の中なる常陸の居まはりに、常世《とこよ》並びに、日高見《ひたかみ》の国を考へたのも、此処に越え難いみちのおくとの境があつて、空想を煽《あふ》り立てたからであつた。常世《とこよ》を海の外と考へる方が、昔びとの思想だとする人の多からうと言ふことは、私にも想像が出来る。併し今の処、左袒《さたん》多かるべき此方に、説を向けることが出来ぬ。

書物の丁《ちやう》づけ通りに、歴史が開展して来たものと信じて居る方々には、初めから向かぬお話をして居るのである。常世《とこよ》と言ふ語の、記・紀などの古書に出た順序を、直様《すぐさま》意義分化の順序だ、との早合点に固執して貰うて居ては、甚《はなは》だお話がしにくいのである。ともあれ、海のあなたに、常世《とこよ》の国を考へる様になつてからの新しい民譚《みんたん》が、古い人々の上にかけられて居ることが多いのだ、とさう思ふのである。海のあなたの大陸は蒲葵《あぢまさ》の葉や、椰子《やし》の実を波うち際に見た位では、空想出来なかつたであらう。其だから、大后《おほきさき》一族の妣《はゝ》が国の実在さへ信じることが出来ないで、神の祟《たた》りを受けられた帝は、古物語《ふるものがたり》を忘れられた神人《じんにん》として、此例からも、呪はれなされた訣《わけ》になる。彼らは、もつと手近い海阪《うなざか》の末に、わたつみの国と言ふ、常世《とこよ》を観ずる様になつて来た。いろこの宮を、さながら常世《とこよ》と考へることは、やはり後の事であるらしい。

鰭《はた》の広物《ひろもの》・鰭《はた》の狭物《さもの》・沖の藻葉《もは》・辺《へ》の藻葉、尽《つく》しても尽きぬわたつみの国は、常世と言ふにふさはしい富みの国土である。曾《かつ》ては、妣《はゝ》が国として、恋慕の思ひをよせた此国は、現実の悦楽に満ちた楽土として、見かはすばかりに変つて了《しま》うた。けれども、ほをりの命の様な、たま〱択ばれた人ばかりに行かれて、凡人には、依然たる常世の国として懸《かか》つて居た。富みの国であるが故《ゆゑ》に、貧窮《まぢ》を司る事も出来たのが、わたつみの神の威力であつた。ほをりの命の授《さずか》つて来られたのは、汐の満ち干《ひ》る如意宝珠ばかりでなく、おのが敵を貧窮ならしめ、失敗せしめる呪咀の力であつた。

扨《さて》又、あめのひぼこの齎《もたら》した八種《やくさ》の神宝を惜しみ護つた出石人《いづしびと》の妣《はゝ》が国は、新羅ではなくて、南方支那であつたことは、今では、討論が終結した。其出石《いづし》人の一人で国の名を負うたたぢまもりの、時《とき》じくの香《かぐ》の木実《このみ》を取り来よとの仰せで渡つたのは、橘実る妣《はゝ》が国なる南の支那であつた。出石《いづし》人の為の妣が国は、大和人《びと》には常世の国と感ぜられて居たのである。此処《ここ》に心とまることは、此常世が、なり物の富《と》みの国であつたばかりでなく、唯一点だが、後の浦島ノ子の物語と似通ふ筋のあることである。八縵《やかげ》・八矛《やほこ》のかぐのこのみを持つて、常世から帰りついた時は、既に天子崩御の後であつた。「命《おほ》せの木の実を取つて、只今参上」と復奏した儘《まま》、御陵の前に哭《な》き死んだと言ふ件《くだり》は、常世とわれ〱の国との間で、時間の目安が違うて居たと言ふ考へが、裏に姿をちらつかせて居る様である。極々内端《ごくごくうちわ》に見積つても、右の話から、此だけの事は、引き出すことが出来る。地上の距離遥かな処に、常世の国を据ゑて考へたこと、従つて、其処への行きあしは、手間どらねばならぬはず、往復に費した時間をあたまに置かないで、此土《このち》に帰りついた時の様子を、彼地《かのち》に居た僅《わづか》ばかりの時間にひき合せて見れば、なる程たまげる程の違ひが、向うと此方《こちら》との時間の上にある。たぢまもりの話は、一見浦島のに比べれば、理窟には適うて居る。其《それ》かと言うて、橘を玉櫛笥《くしげ》の一つ根ざしと見るはまだしも、此を彼の親根と考へては、辻褄《つじつま》が合ひ過ぎる。常世の中路《なかみち》は、時間勘定のうちには這入《はひ》つて居ない。目を塞《ふさ》いだ間に行き尽すことが出来るのも、其為である。粟稈《あはがら》の謂《い》はゞ一弾《ひとはづ》みにも、行き着かれる。此不自然な昔人《むかしびと》の考へを、下に持つた物語として見なければ、香《かぐ》の木実《このみ》ではないが、匂ひさへも齅《か》ぎ知ることが出来ないであらう。して見れば、古人の目《め》の子《こ》勘定を、今人《こんじん》の壺算用に換算することは、其こそ、杓子定規である。此事こそは、世界共通の長寿の国の考へに基《もと》いて居るのである。常世人に、あやかつて、其国人《ひと》と均しい年をとつて居た為に、束の間と思うた間に、此世では、家処《いへどころ》も、見知りごしの人もなくなる程の巌《いはほ》の蝕《むしば》む時間が経《た》つて居たのである。

常世では、時間は固《もと》より、空間を測る目安も違うて居た。生活条件を異《こと》にしたものと言へば、随分長い共同生活に、可《か》なり観察の行き届いて居るはずの家畜どもの上にすら、年数の繰り方を別にして居る。此《これ》とて、猫・犬が言ひ出したことではない。人間が勝手に、さうときめて居るのである。まして、常世の国では、時・空の尺度は、とはうもなく寸の延びたのや、時としては、恐しくつまつたのを使うて居た。齢《よ》の長人《ながびと》を、其処《そこ》の住民と考へる外に、大きくも、小くも、此土《このち》の人間の脊丈と余程違うた人の住みかとも考へたらしい。前にも引き合ひに出たすくなひこなの神なども、常世へ行つたと言ふが、実は、蛾《ひむし》の皮を全剝《うつは》ぎにして衣とし、蘿摩《かゞみ》の莢《さや》の船に乗る仲間の矮人《ひきうど》の居る国に還住したことを斥《さ》すのであらう。

とこよなる語の用語例は、富みと長寿との空想から離れては、考へて居られない様である。即、其《それ》が、第一義かどうかは問題であるが、常住なる齢《よはひ》と言ふ民間語原説が、祖々《おやゝ》の頭に浮んで来た時代に、長寿の国の聯想が絡みついたので、富みの国とのみ考へた時代が今一層古くはあるまいか。飛鳥・藤原の万葉《まんねふ》びとの心に、まづ具体的になつたのは、仏道よりも陰陽五行説である。幻術者《まぼろし》の信仰である。常世と、長寿と結びついたのは、実は此頃である。記・紀・万葉に、老人・長寿・永久性など言ふ意義分化を見せて居るのも、やはり、其物語の固定が、此間にあつたことを示すのである。浦島ノ子も、雄略朝などのつがもない昔人でなく、実はやはり、初期万葉びとの空想が、此《これ》迄あつたわたつみの国の物語に、はなやかな衣を着せたのであらう。「春の日の霞める時に、澄ノ江ノ岸に出で居て、釣り舟のとをらふ見れば」と言ふ、語部の口うつしの様な、のどかな韻律を持つたあの歌が纏《まとま》り、民謡として行はれ始めたものと思ふ。燃ゆる火を袋に裹《つゝ》む幻術者《まぼろし》どものしひ語り、ものには、不老・不死の国土の夢語りが、必《かならず》主な題目になつて居たであらう。

三

併しもう一代古い処では、とこよが常夜《とこよ》で、常夜経《とこよゆ》く国、闇かき昏《くら》す恐しい神の国と考へて居たらしい。常夜の国をさながら移した、と見える岩屋戸隠《ごも》りの後、高天原《たかまがはら》のあり様でも、其俤《おもかげ》は知られる。常世の長鳴き鳥の「とこよ」は、常夜の義だ、と先達多く、宣長説に手をあげて居る。唯、明《あ》くる期《ご》知らぬ長夜のあり様として居るが、而《しか》も一方、鈴ノ屋翁《をう》は亦《また》、雄略紀の「大漸」に「とこつくに」の訓を採用し、阪ノ上ノ郎女《いらつめ》の常呼二跡《とこよにと》の歌をあげて、均《ひと》しく死の国と見て居るあたりから考へると、翁の判断も動揺して居たに違ひない。長鳴き鳥の常世は、異国の意であつたかも知れぬが、古くは、常暗《とこやみ》の恐怖の国を、想像して居たと見ることは出来る。翁の説を詮じつめれば、夜《よ》見或《みあるい》は、根《ね》と言ふ名にこめられた、よもつ大神のうしはく国は、祖々《おやぐ》に常夜《とこよ》と呼ばれて、こはがられて居たことがある、と言ひ換へてもさし支へはない様である。みけぬの命の常世は、別にわたつみの宮とも思はれぬ。死の国の又の名と考へても、よい様である。

大倭の朝廷《みかど》の語部は、征服の物語に富んで居る。いたましい負け戦《いくさ》の記憶などは、光輝ある後日譚《ごにちたん》に先立つものゝ外は、伝《つた》はつて居ない。出雲・出石《いづし》その他の語部も、あらた代の光りに逢うて、暗い、鬱陶《うつたう》しい陰を祓《はら》ひ捨て、裏ぎるものとては、物語の筋にさへ見えなくなつた。天語《あまがたり》に習合せられる為には、つみ捨てられた国語《くにがたり》の辞《こと》の葉《は》の腐葉《いさは》が、可なりにあつたはずである。されど、祖々の世々の跡には、異族に対する恐怖の色あひが、極めて少いわけである。えみしも、みしはせも、遠い境で騒いで居るばかりであつた。時には、一人ぼつちで出かけて脅す神はあつても、大抵は、此方から出向かねば、姿も見せないのであつた。さはつて、神の祟りを見られたのは、葛城《かつらぎ》ノ一言主《ひとことぬし》における泊瀬《はつせ》天皇の歌である。手児《てこ》ノ呼坂《よびさか》・筑紫の荒ぶる神・姫社《ひめこそ》の神などの、人殺《と》る者は到る処の山中に、小さな常夜の国を構へて居たことゝ察せられる。国栖《くず》・佐伯・土蜘蛛などは、山深くのみひき籠《こも》つて居たのではなかつた。炊《かし》ぎの煙の立ち靡く里の向つ丘《を》にすら住んで居た。まきもくの穴師《あなし》の山びとも、空想の仙人や、山賤《やまがつ》ではなく、正真正銘山蘰《かづら》して祭りの場《には》に臨んだ謂はゞ今の世の山男の先祖に当る人々を斥《さ》したのだ、と柳田国男先生の言はれたのは、動かない。其山人の大概《たいがい》は、隘勇線《あいゆうせん》を要せぬ熟蕃《じゆくばん》たちであつた。寧《むしろ》、愛敬ある異風の民と見た。国栖・隼人《はやと》の大嘗会《だいじやうゑ》に与《あづか》り申すのも、遠皇祖《とほつすめろぎ》の種族展覧の興を催させ奉る為ではなかつた。彼らの異様な余興に、神人共に、異郷趣味を味はふ為であつた。

ほんとうに、祖々を怖《お》ぢさせた常夜は、比良坂の下に底知れぬよみの国であり、ねのかたす国であつた。いざなぎの命の据ゑられた千引きの岩も、底の国への道を中絶えにすることが出来なかつた。いざなぎの命の鎮《しづま》りますひのわかみや（日少宮）は、実在の近江の地から、逆に天上の地を捏《でつ》ちあげたので、書紀頃の幼稚な神学者の合理癖の手が見える様である。尤《もつとも》、飛鳥・藤原の知識で、皇室に限つて天上還住せしめ給ふことを考へ出した様である。神《かむ》あがりと言ふ語は、地の岩戸を開いて高天原に戻るのが、その本義らしい。浄見原《きよみはら》天皇・崗宮《をかのみや》天皇（日並知皇子尊《ひなめしのみこのみこと》）共に、此意味の神あがりをして居させられる。柿ノ本ノ人麻呂あたりの宮廷歌人だけの空想でなく、其頃ではもう、貴賤の来世を、さう考へなくては、満足出来ぬ程に、進んで居たのであらう。ひのわかみやが、天上へ宮移しのあつたのも、同じく其頃の事と思ふ外はない。

飛鳥の都の始めの事、富士山の麓に、常世神《とこよがみ》と言ふのが現れた。秦《はた》ノ河勝《かはかつ》の対治《たいぢ》に会ふ迄のはやり方は、すばらしいものであつたらしい。「貧人富みを致し、老人少《わか》きに還らむ」と託宣した神の御《み》正体《しやうだい》は、蚕《かひこ》の様な、橘や、曼椒《ほそき》に、いくらでもやどる虫であつた。而も民共は、財宝を捨て、酒・薬・六畜を路側に陳《つら》ねて「新富入り来つ」と歓呼したとあるのは、新船来《いまき》の神を迎へて踊り狂うたものと見える。此も、常世から渡つた神だ、と言ふのは、張本人大生部《おほふべ》ノ多《おほ》の言明で知れて居る。「此神を祭らば富みと寿とを致さむ」とも多《おほ》は言うて居るが、どうやら、富みの方が主眼になつて居る様である。此神は、元、農桑の蠱術《まじ》の神で、異郷の富みを信徒に頒《わ》けに来たもの、と思はれて居たのであらう。

話は、又逆になるが、仏も元は、凡夫の斎《いつ》いた九州辺の常世神に過ぎなかつた。其が、公式の手続きを経ての還《かへ》り新参《しんざん》が、欽明朝の事だと言ふのであらう。守屋は「とこよの神をうちきたますも（紀）」と言ふ讃め辞《ことば》を酬いられずに仆《たふ》れた。

唯さへ、おほまがつび・八十まがつびの満ち伺ふ国内《くぬち》に、生々《いきいき》した新しい力を持つた今来《いまき》の神は、富みも寿も授ける代りに、まかり間違へば、恐しい災を撒《ま》き散《ち》らす。一旦、上陸せられた以上は、機嫌にさはらぬやうにして、精々禍《わざわひ》を福に転ずることに努めねばならぬ。併し、なるべくならば、着岸以前に逐つ払ふのが、上分別である。此《この》ために、塞《さ》への威力を持つた神をふなどと言ふことになつたのかも知れぬ。一つことが二つに分れたと見えるあめのひぼこ・つぬがのあらしとの話を比べて見ると、其辺の事情は、はつきりと心にうつる。此外《ほか》に、語部の口や、史《ふびと》の筆に洩れた今来《いまき》の神で、後世、根生ひの神の様に見えて来た方々も、必《かならず》、多いことゝ思はれる。

大正九年五月「国学院雑誌」第二十六巻第五号

国文学の発生（第三稿）

まれびとの意義

一　客とまれびとと

客をまれびとと訓ずることは、我国《わがくに》に文献の始まつた最初からの事である。従来の語原説では「稀に来る人」の意義から、珍客の意を含んで、まれびとと言うたものとし、其《その》音韻変化が、まらひと・まらうどとなつたものと考へて来てゐる。形成の上から言へば、確かに正しい。けれども、内容――古代人の持つてゐた用語例――は、此《この》語原の含蓄を拡げて見なくては、釈《と》かれないものがある。

わが国の古代、まれの用語例には「稀」又は「rare」の如く、半否定は含まれては居なかつた。江戸期の戯作《げさく》類にすら、まれ男など言ふ用法はあるのに、当時の学者既《すで》に「珍客」の意と見て、一種の誇張修辞と感じて居た。

うづは尊貴であつて、珍重せられるものゝ義を含む語根であるが、まれは数量・度数に於て、更に少いことを示す同義語である。単に少いばかりでなく、唯一・孤独などの義が第一のものではあるまいか。「あだなりと名にこそたてれ、桜花、年にまれなる人も待ちけり（古今）」など言ふ表現は、平安初期の創意ではあるまい。まれびとの内容の弛《ゆる》んで居た時代に拘らず、此《この》まれには「唯一」と「尊重」との意義が見えてゐる。「年に」と言ふ語《ことば》がある為に、此まれは、つきつめた範囲に狭められて、一回きりの意になるのである。此「年にまれなり」と言ふ句は、文章上の慣用句を利用したものと見てさしつかへはない様である。

上代皇族の名に、まろ・まりなどついたもの丶あるのは、まれとおなじく、尊・珍の名義を含んでゐるのかと思ふ。継体天皇の皇子で、倭媛《やまとひめ》の腹に椀子《まりこ》ノ皇子があり、欽明天皇の皇子にも椀子《まりこ》ノ皇子がある。又、用明天皇の皇子にも当麻公《たぎまのきみ》の祖麻呂子《まろこ》ノ皇子がある（以上日本紀）。而《しか》も継体天皇は皇太子勾《まがり》ノ大兄《おほえ》を呼んで「朕が子麻呂古《まろこ》」と言うて居られる（紀）。此《これ》から考へると、子に対して親しみと尊敬とを持つて呼ぶ、まれ系統の語であつたのが、固有名詞化したものであることが考へられる。まれびとも珍客などを言ふよりは、一時的の光来者の義を主にして居るのが古いのである。

くすり師は常のもあれど、珍《まら》人の新《いま》のくすり師　たふとかりけり。珍《めぐ》しかりけり（仏足石の歌）

つねは、普通・通常などを意味するものと見るよりも、此場合は、常住或《あるい》は、不断の義で、新奇の一時的渡来者の対立として用ゐられてゐるのである。まらは、まれの形容屈折である。尊・珍・新などの聯想《れんさう》を伴ふ語であつたことは、此歌によく現れてゐる。

まれと言ふ語の溯《さかのぼ》れる限りの古い意義に於て、最少の度数の出現又は訪問を示すものであつた事は言はれる。ひとと言ふ語も、人間の意味に固定する前は、神及び継承者の義があつたらしい。其側から見れば、まれひとは来訪する神と言ふことになる。ひとに就て今一段推測し易い考へは、人にして神なるものを表すことがあつたとするのである。人の扮した神なるが故にひとと称したとするのである。

私は此章で、まれびとは古くは、神を斥《さ》す語であつて、とこよから時を定めて来り訪ふことがあると思はれて居たことを説かうとするのである。幸《さいはひ》にして、此神を迎へる儀礼が、民間伝承となつて、賓客をあしらふ方式を胎《はら》んで来た次第まで説き及ぼすことが出来れば、望外の欣《よろこ》びである。てつとりばやく、私の考へるまれびとの原《もと》の姿を言へば、神であつた。第一義に於ては古代の村々に、海のあなたから時あつて来り臨んで、其村人どもの生活を幸福にして還る霊物を意味して居た。

まれびとが神であつた時代を溯つて考へる為に、平安朝以後近世に到る賓客饗応の風習を追憶して見ようと思ふ。第一に、近世「客《きやく》」なる語が濫用せられて、其訓なるまれびとの内容をさへ、極めてありふれたものに変化させて来たことを思はねばならぬ。大正の今日にも到る処の田舎では、ゐろりの縁の正座なるよこざ（横座）を主人の座とし、其次に位する脇の側を「客座《きやくざ》」と称《とな》へて居る。此は、客を重んじ慣れた都会の人々には、会得のいかぬことである。併《しか》し田舎屋の日常生活に訪ふものと言へば、近隣の同格或は以下の人たちばかりである。若《も》したまに同等以上の客の来た時には、主人は、横座を其客に譲るのが常である。だから、第二位の座に客は坐るものと考へられたことは、農村の家々に、真の賓客と称してよい者の、容易には来るものでなかつた事を示して居る。

正当に賓客と称すべき貴人の光来の栄に接することになつたのは、凡《およそ》武家時代以後次第に盛んになつたことゝ観察せられる。武家は、久しい地方生活によつて、親方・子方の感情が、極めて緻密であつた。中央には、伝承が作法を生んで、久しい後までも、わりあひ自由に親密を露《あらは》すことが出来た。其《それ》で、武家が勢力を獲《え》た頃になると、中央であつたら大事件と目せられねばならない様な臣家訪問の事実が、急に目につき出したのである。下剋上《げこくじやう》の恐怖が感じられる様になると、懐柔の手段と言ふ意味も含められて、愈《いよいよ》流行した。其結果、賓客と連帯して来たまれびとなる語は、到底上代から伝へた内容を持ちこたへることが出来なくなつたのである。六国史《りつこくし》を見ても、さうである。天子の臣家に臨まれた史実は、数へる程しかない。公式と非公式とでは違ふであらうが、内容にも屢《しばしば》あり得べきことではなかつた。

上官下僚の関係で見ても、さうだ。非公式には多少の往来を交して居さうな人々の間にも、公式となると、ことぐしい形式を履《ふ》まねばならぬことになつてゐた。「大臣大饗《だいきやう》」は、此適切な例である。新しく右大臣に任ぜられた人が、先輩なる現左大臣を正客《しやうきやく》として、他の公卿《くぎやう》を招く饗宴であるが、此《これ》は、公家生活の上に於ける非常に重大な行事とせられて居た。だから正客なる左大臣の一挙一動は、満座の公卿の注視の的となつた。新大臣にとつては、単に次には自分の行はねばならぬ儀式の手本を見とつて置く為の目的から、故《ことさ》らに行うたやうな形があつた。先輩大臣は、其だけに、故実を糺《ただ》して、先例を遺《のこ》して置かうと言ふ気ぐみを持つてゐた。

二　門入り

凡《およそ》大饗と名のつく饗宴には、すべて此正客をば「尊者」と称《とな》へて居た。寿・徳・福を備へた長老を「尊者」と言ふと説明して来て居るが、違ふ様である。私は此《これ》には、二とほりの考へを持つて居る。一つはまれびとの直訳とするのである。今一つは寺院生活の用語を応用したものと見るのである。食堂《じきだう》の正席は、必《かならず》空座なのが常である。此は、尊者の座席として、あけて置くのである。尊者は、賓頭盧《びんづる》尊者の略号なのである。だから、食事を主とする饗宴の正客を尊者と称すると考へるのも、不自然な想像ではない様である。尊者の来臨に当つて、まづ喧《やか》ましいのは門入りの儀式である。次に設けの席に就くと、列座の衆の拍手するのが、本式だつた様である。饗膳《きやうぜん》にも亦《また》特殊な為来《しきた》りがあつた。此中《このうち》、支那風・仏教風の饗宴様式をとり除いて考へて行きたい。

奈良朝の記録には、神護景雲《じんごけいうん》元年八月乙酉《きのととり》、参河《みかは》国に慶雲が現れたので、西宮寝殿に、僧六百人を招いて斎《とき》を設けた。

　是の日、緇侶《しりよ》の進退、復《また》法門の趣なし。手を拍《う》つて歓喜すること、もはら俗人に同じ。（続紀）

とある。此拍手が純国風であつたことは、延暦十八年朝賀《てうが》の様《さま》の記述を見ても察せられる。

　文武官九品以上、蕃客等各位に陪す。四拝を減じて再拝と為《な》し、拍手せず。渤海《ぼつかい》国の使あるを

以《もつ》てなり。(日本後紀)

とあるのは、天子を礼拝することの、極めて鄭重《ていちやう》であつた国風を、蛮風と見られまいとして、恥ぢて避けたのである。だが、此も亦《また》宴式に臨んだ正客を拝した古風の存して居たのである。手を拍つ事は、酒宴の興に乗つて拍子をとり、囃《はや》すものと思はれ来たが、後世の宴会の風から測つた誤解である。正客即《すなはち》尊者は拝むべきものであつた。其故《それゆゑ》手を拍つて拝したのである。

二つの引用文は、天子に関したものであるが、拍手礼拝の儀は、天子に限らない。うたげは「拍ち上げ」の融合なることは、まづ疑ひはない。併《しか》し、宴はじまつて後の手拍子を斥《さ》すのでなく、宴に先だつての礼拝を言ふ語《ことば》であつたのである。其が饗宴全体を現し、遂《つひ》には饗宴の主要部と考へられる様になつた酒宴を示す様に移つて来たものと思はれる。後に言ふ朝覲行幸《てうきんぎやうかう》・おめでたごとと同じ系統の壻《むこ》入りをうちやげ(宛て字宇茶下《うちやげ》)と美濃国で称へてゐたと言ふのは、疑ひもなく拍上《うた》げである。併し壻入りの宴会を斥《さ》すものでなく、壻が舅《しうと》を礼拝する義から出てゐるのは疑ひがない。後世饗宴の風、其宴席の為に正客を設け、名望ある長者を迎へる事を誇りとする様になつたが、古代には、尊者の為の饗宴であつて、饗宴の為の正客ではなかつたのである。だから尊者は、饗宴の唯一の対象であり、中心であつた。他の列座の客人・宴席の飾り物・食膳の様子・酒席の余興などの起原に就ては、自《おのづか》ら説明する機会があるであらう。

尊者の「門入り」の今一つ古い式は、平安の宮廷に遺《のこ》つて居た。大殿祭《おほとのほかひ》の日の明け方、神人《じんにん》たち群行《ぐんぎやう》して延政門に訪れ、門の開かれるを待つて、宮廷の巫女《みこ》なる御巫《みかむこ》等を随《したが》へて、主上日常起居の殿舎を祓へて廻るのであつた。此《この》神人――中臣《なかとみ》・斎部《いむべ》の官人を尊者と称することはせなかつたけれど、祓へをすました後、事に与《あづか》つた人々は、それ〳〵饗応せられて別れる定めであつた。かくて貴族の家々に中門《ちゆうもん》の構造が必須条件となり、中門廊に宿直人《とのゐびと》を置いて、主人の居処を守ることになる。平安中期以後の家屋は皆此《この》様式で、極めて尊い訪客は、中門から車を牽《ひ》き入れて、寝殿の階《きざはし》に轅《ながえ》を卸《おろ》すことが許されて居た。武家の時代になると、中門が塀重門《へいぢゆうもん》と名称・構造を変へて来たが、尚《なほ》普通には、母屋の前庭に出る門を中門《ちゆうもん》と称へて来た。

田楽師《でんがくし》の演奏種目の中《うち》、古くからあつて、今に伝へて居る重要な「中門口《ちゆうもんぐち》」と言ふのは、此「門入り」の儀の芸術化したものなのであつた。田楽法師と千秋万歳《せんずまんざい》法師との間には、どちらから影響したか問題であるが、類似が沢山ある。服装・舞ひぶりは勿論だが、此「中門口」に到つては、殊に著しい。後世風に考へれば「中門口」は寧《むしろ》、千秋万歳の方に属するものと見える。併し、単に門《かど》ぼめを「中門口《ちゆうもんぐち》」の主体と見ることは出来ぬ。くちを、今も「語り」の意に使うてゐる所から見ると、「中門口《ちゆうもんぐち》」の動作と言ふよりも、中門での語りを意味すると見る方が、聊《いささ》かでも真実に近い様だ。ともかくも、尊者系統の訪れ人が、中門におとなふ民間伝承から出たものに相違はないと思ふ。此が門ぼめの形式に移つて行つたので、寧、庭中・屋内のほめの儀が重んぜられて居たものと見るべきである。何故、此様に「門入り」の式を問題にしたものであらうか。奈良朝或《あるい》は其以前に溯《さかのぼ》つても、実際の民俗にも、其伝説化した物語にも、同様の風のあつたのがあり〳〵と見られる。

にほどりの葛飾早稲《かつしかわせ》をにへすとも、彼《そ》の可愛《かな》しきを外《と》に立てめやも

誰《たれ》ぞ。此家の戸押《とおそ》ふる。にふなみに、我が夫《せ》を行《や》りて、斎《いは》ふ此戸を

此二首の東歌《あづまうた》（万葉巻十四）は、東国の「刈り上げ祭り」の夜の様《さま》を伝へてゐるのである。にへは神及び神なる人の天子の食物の総称なる「贄《にへ》」と一つ語であつて、刈り上げの穀物を供《くう》ずる所作をこめて表す方に分化してゐる。此行事に関した物忌みが、にへのいみ、即にふなみ・にひなめと称せられて、新嘗と言ふ民間語原説を古くから持つて居る。此宛て字を信じるとすれば、なめといふ語の含蓄は、極めて深いものとせなければならぬ。

大嘗《おほむべ》は大新嘗、相嘗《あひむべ》は相新嘗で、なめが独立して居ないことは、おほなめ・あひなめと正確に発音した文献のないことからも知れる。鳥取地方には、今も「刈り上げ祝ひ」の若衆の宴をにへと称へて居る。羽前《うぜん》庄内辺で「にはない行《ぎやう》（？）」と言ふのは新嘗の牲《にへ》と見るより寧《むしろ》、にへなみの方に近い。にへする夜の物忌みに、家人は出払うて、特定の女だけが残つて居る。処女であることも、主婦であることもあつたであらう。家人の外に避けて居るのは、神の来訪あるが為である。

此等の民謡は、新嘗の夜の民間伝承が信仰的色彩を失ひ始めた頃に、民謡特有の恋愛情趣にとりなして、其様子を潤色したのである。来訪者を懸想人としたのは、民謡なるが為であるに過ぎないが、かうしたおとづれ人を予期する心は、深い伝承に根ざして居たのである。かうした夜の真のおとづれ人は誰か。其《それ》は刈り上げの供を享《う》ける神である。其神に扮した神人である。

「戸おそふる」と言ひ「外《と》に立つ」と謡《うた》うたのは、戸を叩いて其来訪を告げた印象が、深く記憶せられて居たからである。とふはこたふの対で、言ひかけるであり、たづぬはさぐるを原義として居

る。人の家を訪問する義を持つた語としては、おとなふ・おとづるがある。音を語根とした「音を立てる」を本義とする語が、戸の音にばかり聯想《れんさう》が偏倚《へんい》して、訪問する義を持つ様になつたのは、長い民間伝承を背景に持つて居たからである。祭りの夜に神の来て、ほと〳〵と叩くおとなひに、豊かな期待を下に抱きながら、恐怖と畏敬とに縮みあがつた邑落《いふらく》幾代の生活が、産んだ語であつた。だから、訪問する義の語自体が、神を外《ほか》にして出来なかつたことが知れるのである。

新嘗の夜に神のおとづれを聴いた証拠は、歌に止《とど》まらないで、東《あづま》の古物語にも残つて居た。母神(御祖神《みおやがみ》)地上に降つたのは、偶然にも新嘗の夜であつた。姉は人を拒む夜の故に、母を宿さなかつた。妹は、母には替へられぬと、物忌みの夜にも拘《かかは》らずとめることにした(常陸風土記)。物語の半分は「しんどれら型」にとり込まれて居るが、前半は民間伝承が民譚化《みんたんか》したものである。新嘗の夜に来る神が、一方に分離して、御祖神の形をとることになつたのだ。

おなじく神の来る夜の民俗は、武塔《ふたふ》神を拒み、或は宿した巨旦将来《こたんしやうらい》・蘇民《そみん》将来の民譚(備後風土記逸文)をも生んで居る。此は新嘗の夜とは伝へて居ない。事実刈り上げ祭り以外にも、神の来臨はあつたのである。此武塔神の場合に、御子《みこ》神を随《したが》へて居られるのは、注意せねばならぬ。此神をすさのを命《みこと》と同じ神とする見解も古くからあるが、此は日本紀の一書に似た型の神話を止《とど》めて居るからであらう。命《みこと》、高天原《たかまがはら》を逐《お》はれた時に長雨が降つて居た。青草を以て簑笠《みのかさ》として、宿を衆神《もろがみ》に乞うたが、罪ある故にとめる者がなかつた。其以来簑笠を著《き》て他人の家に入り、又束草《たばくさ》を背負うて這入《はひ》ることを諱《い》んだ。犯す者には祓へを課したのが奈良朝の現行民俗であつた。此神話は、武塔神の件との似よりから観ると、やはり神来訪の民俗の神話化したものに違ひない。

三　簑笠の信仰

而《しか》も尚一つ、簑笠に関する禁忌の起原を説く点である。私の考へる所では、簑笠を著て家に入つたからとて、祓へを課する訣《わけ》はない。孝徳朝に民間に行はれた祓へを見ても、家を瀆《けが》し村を穢《けが》したものとする様々な口実を以てして、科料を課して居る様子が見える。だから束草などは説明の途《みち》のつかない間は、姑《しば》らく家を汚すものと見ることも出来るが、簑笠を著てづゝと這入ることは、別途の説明をすることが出来る。婚礼の水祝ひも実は孝徳紀によると、祓へから出発して居るのである。巫女《みこ》と婚する形式になるところから婚前に祓ふべきを、事後に行うたのである。

此《これ》と同じで、簑笠を著たまゝで、他家の中に入るのは特定のおとづれ人に限る事であるのに、其を犯したから祓ふのである。が此は、一段の変化を経て居る。祓へをして簑笠を著たおとづれ人を待つ風があつたのを、其条件に叶はぬ人の闖入《ちんにふ》に対して、逆に此方法をとつたものである。決して農村生活に文化式施設を試みようとの考へから出たのではない。簑笠は、後世農人の常用品と専《もつぱ》ら考へられて居るが、古代人にとつては、一つの変相服装でもある。笠を頂き簑を纏《まと》ふ事が、人格を離れて神格に入る手段であつたと見るべき痕跡がある。

神武紀　戊午《つちのえうま》の年九月の条《くだり》に、敵の邑落《いふらく》を幾つも通らねば行けぬ天《あま》ノ香山《かぐやま》の埴土《はにつち》を盗みに遣《や》るのに、椎根津彦《しひねつひこ》に弊《やぶ》れた衣に簑笠を著せて、老爺《おきな》に為立《した》て、弟猾《おとうかし》に箕《み》を被《かづ》かせて、老嫗《おうな》の姿に扮せしめたことが出て居る。此は二段の合理化を経た書き方で、簑笠で身を隠すと言ふより、姿が豹変するものとした考へ、第二に二人が夫婦神の姿に扮した――と言ふよりも、夫婦のおとづれ人の姿の印象が、此伝説を形づくつたと見る方が正しい――ので、神の服装には簑笠が必須条件になつて居たことを示すものである。

此事は尚ほ及びうらの条に詳しく解説をする。隠れ簑・隠れ笠は、正確には外来のものではない。在《あ》り来りの信仰に、仏教伝来の空想の、隠形《おんぎやう》の帽衣の観念をとりこんで発達させたまでゞある。人間の姿がなくなつて、神と替るといふことゝ、人間の姿を隠すと言ふことゝだけの違ひに過ぎない。

又、笠神の形態及び信仰の由来する所も、其大部分は、此おとづれ人の姿から出てゐるものと見られる。今も民間信仰に、田の神或《あるい》は其系統の社《やしろ》の神の、簑笠を著けたのが多いのは、理由のあることである。遠い国から旅をして来る神なるが故に、風雨・潮水を凌《しの》ぐ為の約束的の服装だと考へられ、それから簑笠を神のしるしとする様になり、此を著ることが神格を得る所以《ゆゑん》だと思ふ様になつたのである。簑笠で表された神と、襲《おすひ》・襅《ちはや》を以て示された神との、二種の信仰対象があつて、次第に前者は神秘の色彩を薄めて来たものと思はれる。神社・邸内神は後者で表されたものである。後には簑よりも笠を主な目じるしとする様になつて行った。此は然《しか》るべきことで、顔を蓋《おほ》ふといふ方にばかり、注意が傾いて行つたので、神事と笠との関係は、極めて深いものであつた。

大晦日・節分・小正月・立春などに、農村の家々を訪れた様々のまれびとは、皆簑笠姿を原則として居た。夜の暗闇まぎれに来て、家の門から直《たゞち》にひき還す者が、此服装を略する事になり、漸《やうや》く神としての資格を忘れる様になつたのである。近世に於ては、春・冬の交替に当つておとづれる者を、神だと知らなくなつて了うた。ある地方では一種の妖怪と感じ、又ある地方では祝言《しうげん》を唱へる人間としか考へなくなつた。其にも二通りあつて、一つは、若い衆でなければ、子ども仲間の年中行事の一部と見た。他は、専門の祝言職に任せると言ふ形をとるに到つた。さうして、祝言職の固定して、神人《じんにん》として最下級に位する様に考へられてから、乞食者《ほかひびと》なる階級を生じることになつた。

おとづれ人＜妖怪
　　　　　　祝言職――乞食

だから、かういふ風に変化推移した痕《あと》が見られるのである。門におとづれて更に屋内に入りこむ者、門前から還る者、そして其形態・為事《しごと》が雑多に分化してしまうたが、結局門前での儀が重大な意義を持つて居たことだけは窺《うかゞ》はれる。此様に各戸訪問が、門前で其目的を達する風に考へられたものもあり、又家の内部深く入りこまねばならぬものとせられたのもある。古代には家の内に入る者が多く、近世にも其形が遺《のこ》つて居るが、門口から引き返す者程、卑しく見られて居た様である。つまりは、単に形式を学ぶだけだといふ処から出るのであらう。

四　初春のまれびと

乞食者《ほかひびと》はすべて、門芸人の過程を経て居ることは、前に述べた。歳暮に近づくと、来む春のめでたからむことを予言に来る類の神人・芸人・乞食者のいづれにも属する者が来る。「鹿島のことふれ」が廻り、次いで節季候《せきぞろ》・正月さしが来る。「正月さし」は神事舞太夫の為事で、ことふれは鹿島の神人だと称した者なのだ。

此中《このうち》節季候《せきぞろ》は、それ等より形式の自由なだけ、古いものと言はれる。其姿からして、笠に約束的の形を残してゐた。此は近世京都ではたゝきと言ふ非人のすることになつて居た。たゝきの原形だと言はれてゐる胸叩《むねたゝ》きと言ふ乞食者は、顔だけ編み笠で隠して、裸で胸を叩きながら「春参らむ」と言うたとあるから、「節季に候」と「春参らむ」とは、一続きの唱《とな》へ言《ごと》であつたことが知れる。さうしてたゝきの正統は、誓文払ひ位から出たすた〱坊主に接続して居る。而《しか》も、其常用文句は「すた〱坊主の来る時は、世の中よいと申します」と言ふ、元来明年の好望なることを予約するものであつた。

大晦日は前にも述べたとほり、節分・立春前夜・十四日年越しと共通の意味を持つた日と考へられて居た為、かうした点にも同様の事が行はれた。「厄払ひ」は、右のいづれの日にか行はれるもので、節分には限らない。奈良では「富み〱」と唱へて駆け歩く夙《しゆく》の者の出たのが、大晦日である。たゝきと言ふ悲田院の者も、実は此夜門戸を叩いて唱へ言をして歩いたからであらう。徒然草の「つごもりの夜いたう暗きに松どもともして、夜半《よは》すぐるまで人の門たゝきはしりありきて、何ごとにかあらむ、こと〲しくのゝしりて足を空にまどふ」とあるのゝ職業化したもので、元禄時代までも非人以外に、町内の子どもゝして歩いた様である。而も兼好は、東国風として、大晦日の夜に、霊《たま》祭りをする国あるを伝へて居る。

宝船を売りに来るのも、除夜或は節分の夜である。正月二日に売り歩くのは、変態である。元旦未明から若えびす売りが来る事は、やはり江戸中期まではあつたことである。其からは物吉《ものよし》・万歳が来て、門をほめ、柱をほめ、屋敷・厩《うまや》・井戸をほめて廻る。猿廻しの来るのも正月で、主として厩祈禱の意を持つてゐる。京ではたゝき、江戸では非人の女太夫《をんなだいふ》が鳥追ひに来るのも、小正月までの事である。又同期間に亘《わた》つて江戸の中頃までは、懸想文うりが出た。此は祇園の犬神人《いぬじんにん》の専業であつた様だから、常陸帯同様、当年一杯に行はるべき氏人の結婚の予言と見るのが適当である。さすれば、鹿島の「言触《ことふ》れ」の原義も辿る事が出来よう。其外《そのほか》にも生計上の予言が含まれて居る。鳥追ひの女太夫ばかりでなく、室町・聚楽《じゆらく》の頃までは、年頭祝言に出る者に桂女《かつらめ》があつた。将軍家の婚礼にも、戦争の首途《かどで》にも、祝言を唱へに来た。桂女《かつらめ》は、巫女から出て、本義は失ひながら、まだ乞食者にも芸人にも落ちきつて居ないものである。女で尚、ある時期を主とする乞食者に「姥《うば》等《ら》」がある。此は、白河に居た者で、師走に専ら出る者であつた。上に列挙した者は、大抵門口から還るのだが、万歳・桂女は、深く屋敷に入り、座敷までも上つて居る。

かうした職業者以外で言ふと、十月から既に来春を予祝する意で、玄猪《ゐのこ》の行事がある。此夜は村の子どもが群をなして、屋敷に自由に入つて来て、地を打ち固める形式をするが、共通の様である。多くの地方で、海鼠《なまこ》を以て、鼹鼠《もぐら》を逐《お》ふ儀式と信じて居る。大晦日・節分の厄払ひも、若い衆が行ふ地方はまだある。而も厄払ひに似て居て、意義不明なほと／＼・とのへい・こと／＼など言ふ箇単な唱へ言をして、家々の門戸を歴訪し、中には餅銭など貰ひ受け、或は不意の水祝ひを受けて、還るのもある。皆恐らくおとづれる戸の音の声色《こわいろ》を使ふのであつて、ほと〳〵と言つた古言で、おとなひを表した時代から固定した唱文であり、儀式であつたのであらう。

小正月或は元日に、妖怪の出て来るのは、主として奥羽地方である。なもみはげたか・なまはげ・がんぼう・もうこなど言ふ名で、通有点は簑を著て、恐ろしい面を被《かぶ》つて、名称に負うた通りの唱へ言、或は唸《うな》り声を発して家々に踊りこんで、農村生活に於ける不徳を懲《こら》す形をして行くのである。私は地方々々の民間語原説はどうあらうとも、なま・なもみは、玄猪の「海鼠《なまこ》」と語原を一つにしたもので、おとづれ人の名でなくば、其目的として懲らさうとする者の称呼ではないかと思ふ。さうでなくば尠《すくな》くとも、我が古代の村々の、来向ふ春の祝言の必須文言であつたとだけは言はれよう。此妖怪、実は村の若い衆の仮装なのである。村の若者が人外《じんがい》の者に扮して、年頭の行事として、村の家々を歴訪すると言ふのは、どう言ふ意味であらうか。何にしても、不得要領なほと〳〵と同じ系統で、まだ其程に固定して居ないものだと言ふ事は知れる。

五　遠処の精霊

村から遠い処に居る霊的な者が、春の初めに、村人の間にある予祝と教訓とを垂れる為に来るのだ、と想像することは出来ぬだらうか。簑笠を著《つ》けた神、農作のはじめに村及び家をおとづれる類例は、沖縄県の八重山列島にもあちこちに行はれてゐる。

此《この》おとづれ人の名をまやの神と言ふ。まやは元来は国の名で、海のあなたにある楽土を表す語らしい。台湾土民の中にも、阿里山蕃人《ありさんばんじん》は、神話の上に此楽土の名を伝へて居る。而《しか》も沖縄本島の西北の洋中《わたなか》にある伊平屋《いへや》列島にも、古く此楽土の名を伝へてゐたことを思へば、偶発したものとは考へられない。まやを沖縄語「猫」に用ゐるところから、猫の形をした神と考へて居る村もあるのは、却《かへ》つて逆で、まやの国から来た畜類と言ふ事なのであらう。蒲葵《くば》の葉の簑笠で顔姿を隠し、杖を手にしたまやの神・ともまやの神の二体が、船に乗つて海岸の村に渡り来る。さうして家々の門を歴訪して、家人の畏怖して頭もえあげぬのを前にして、今年の農作関係の事、或は家人の心を引き立てる様な詞《ことば》を陳《の》べて廻る。さうした上で、又洋上遥かに去る形をする。つまりは、初春の祝言を述べて歩くのである。

此は勿論、其《その》村の択ばれた若者が仮装した神なのである。村人の中《うち》、女及び成年式を経ない子供には絶対に知らせない秘密で、同時に状を知つた男たちでも、まやの神来訪の瞬間は真実の神と感じ、まやの神自身も神としての自覚の上に活《はたら》いて居る様である。此様に大切な神にも拘《かゝは》らず、村によつては猫の怪物と聯想《れんさう》して居ると言ふ風に、どこかに純化しきつた神とは言はれぬ点を交へて居る。かうして見ると、なもみはげたかとの隔りは、極めて纔《わづ》かなものになつて来るのである。

おなじ八重山群島の中には、まやの神の代りににいる人《ぴつ》を持つて居る地方も、沢山ある。蛇の一種の赤また、其《それ》から類推した黒またと言ふのと一対の巨人の様な怪物が、穂利祭《ふうりい》に出て来る。処によつては、黒またの代りに、青またと称する巨人が、赤またの対に現れるのもある。此怪物の出る地方では、皆海岸になびんづうと称《とな》へる岩窟の、神聖視せられて居る地があつて、其処《そこ》から出現するものと信じて居る。なびんづうは、巨人等の通路になつて居るのだ。にいるすくと言ふ処が、巨人の本処であると考へて、多くの人は海底にあると説く。にいるは奈落《ならく》で、すくは底だと言ふが、にいるは明らかに別の語である。にこらい・ねふすきい氏の考へでは、すくも底ではなく、此群島地方で、底をすくと言ふ事はない。やはり塁・村・国を意味して居るさうだ。つまり、にいる国と言ふ事になる。ぴつは人であるが、一種の敬意を持つた言ひ方で、霊的なものなる事を示して居るのである。

にいる人の行ふ事は、一年中の作物の予祝から、今年中の心得、又は昨年中の村人の行動に対する批評などもある。村人の集つて居る広場に出て踊り、其後で家々を歴訪すること及び、其に対する村人の心持ちは、まやの神と同様である。

にいる人の出る地方の青年には又、酉年《とり》毎《ごと》に成年式が執《と》り行はれる。一日だけではあるが、かなりの苦行を命じられる儘《まま》にせなければならない。まやの国から来る神と、にいるすくから来る霊物との間に違ふ点は、形態の差異だけしかない訣《わけ》であるが、にいる人の方が、村の生活・村の運命との交渉が緻密《ちみつ》である様に見える。此巨人も、択ばれた若者たちが、一体につき二人づゝ交替に這入ることになつて居る。其を男たちは知つて居て、而も敬虔感は失はないのである。

にいるすくは、海底か洋上か、其所在頗《すこぶる》曖昧であるが、此は後に説くとして、先島《さきしま》の人々は、にいるすくを恐ろしい処と考へて居ることは、事実である。暴風もにいるすくから吹くと考へて居る。

此は洞窟を以て、風伯《ふうはく》の居る所とし、其海岸にあるものは、黄泉《よみ》への通路として居る世界的信仰と脈絡があるのである。風とにいるとの関係に就《つい》ては、沖縄本島でも、風凪《な》ぎを祈るのに、にらいかないへと去れと唱へるので訣《わか》る。にいるを風の本拠と見て居る証《あかし》である。にらいかないは、言ふまでもなくにいると同じ語で、かないは対句表現である。にらいかない・じらいかない・儀来河内《ぎらいかない》・けらいかないなど、沖縄本島の文献には見えて居る。本島には、にらいかないから、初夏になると、蚤《のみ》が麦稈《むぎがら》の舟に麦稈の棹《さを》をさしてやつて来るといふ信仰から来た諺がある。

沖縄本島のにらいかないは、琉球神道に於ける楽土であつて、海のあなたにあるものと信じて居る地だ。さうして人間死して、稀に至ることもあると考へられた様である。神は時あつて、此処《ここ》から船に乗つて、人間の村に来ると信じた。其が海岸から稍《やや》入りこんだ地方にも及ぼしてゐる。だから、沖縄の村は海岸から発達したことは知れる。方言では多く、其神を「にれい神《かん》がなし」と称して居る。到る処の村々の祭りに海上から来る神である。

琉球王朝では、遠方より来る神を地神の上に位《くらゐ》せしめて居た様である。さうして、天神と海神とに区分して居る。儀来河内《ぎらいかない》の神は、海神に属するのである。さうしてその所在地は東方の海上に観じて居たらしく見える。あがりの大主《うふぬし》と言ふのが、一名儀来の大主《うふぬし》なのである。あがりは東である。今実在の島である大東島《うふあがりじま》は、実は旧制廃止以後までも、空想の島であつた。更に古くは本島東岸の久高《くだか》・津堅《つけん》の二島の如きも楽土として容易に近づき難い処と考へられた時代もあつた様である。

琉球神道の上のにらいかないは光明的な浄土である。にも拘らず、多少の暗影の伴《ともな》うて居るのは、何故であらう。今一度、八重山群島の民間伝承から話をほぐして行きたい。

六　祖霊の群行

村々の多くは、今も盂蘭盆《うらぼん》に、祖先の霊を迎へて居る。此《これ》をあんがまあと言ふ。考位《をとこかた》の祖先の代表を謂《い》ふ大主前《おしゆまい》・妣位《をんなかた》の代表と伝へる祖母《あつぱあ》と言ふ一対の老人が中心になつて、眷属《けんぞく》の精霊を大勢引き連れて、盆の月夜のまつ白な光の下を練り出して来る。どこから来るとも訣らないが、墓地から来るとは言はぬらしい。小《こ》浜島では大《おほ》やまとから来ると言うて居るから、海上の国を斥《さ》すのであらう。あんがまあと言ふ名称も、私は其練り物の名ではなく、まや・にいる同様、其本拠の国の称《とな》へであらうと思ふよしは、後に言ふ。

盆の三日間夜に入ると、村中を廻つて、迎へられる家に入つて、座敷に上つて饗応を受ける。勿論若い衆連の仮装で、顔は絶対に露《あらは》さない。元は、芭蕉の葉を頭から垂れて、葉の裂け目から目を出して居たと言ふが、今は木綿を以て頭顔を包んで、其に眉目《びもく》を画《か》き、鼻を作つて、仮面の様にして居る。大主前《おしゆまい》が、時に起《た》つて家人に色々な教訓や批難或《あるい》は慰撫《いぶ》・激励をするが、軽口まじりに人を笑はせることが多い。時には、随分恥をかゝせる様なことも言ふさうである。大主前《おしゆまい》の黙つて居る間は、眷属たちが携へて来た楽器を鳴して、舞ひつ謡《うた》ひつ芸づくしをして歓《よろこび》を恣《ほしいまま》にする。家の主人・主婦等は、ひたすら、あんがまあの心に添はうと努めて居る。大主前《おしゆまい》は色々な食物の註文をして催促することもある。

あんがまあは「母小《あもがま》」で、がまは最小賞美辞である。而も沖縄語普通の倒置修飾格と考へる事が出来るから、「親しい母」と言ふ位の意を持つ。即《すなはち》、我が古代語の「妣《はゝ》が国」に適切に当るのである。此も後に説くが、「妣《はゝ》が国」も、海のあなたにあるものとして居たことは疑ひがない。我が国に多い「あくたい祭り」即、有名な千葉笑ひ・京五条天神の「朮祭《うけら》り」の悪口・陸前塩竈《りくぜんしほがま》のざつとな・河内野崎観音詣《まう》での水陸の口論の風習の起りは、此処にあるのである。

そしると言ふ語は、古くはさゝやくと言ふ内容を持つたに過ぎぬが、人の悪口を耳うちすると言ふ風に替つたのは、此辺に理由があるのではないか。そしるは日・琉に通じる古語で、託宣する事である。託宣はさゝやかれるのが本式であつた。ところが、一方へ分化したのは、託宣の形を以て、人の過ち・手落ちを誹謗《ひばう》することが一般に行はれた処から、そしるの現用々語例が出来たものであらう。

八重山の村々で見ても、今こそ一村一族と言ふものはなくなつて、大抵数個の門中からなつて居るが、古い形は大体一つの門中を以て村を組織して居たのであるから、一つのあんがまあが、村中のどの家にも迎へられることの出来る訣《わけ》はわかる。さうした祖《おや》の精霊の、時あつて子孫の村屋に臨み、新しい祝福の辞を述べると共に、教訓・批難などをして行つた古代の民間伝承が、段々神事の内容を持つて来る事も考へにくゝはない。

内地の祭礼の夜にあくたいの伴ふ事があるのは、悠遠な祖先の邑落《いふらく》生活時代に村の死者の霊の来臨する日の古俗を止《とゞ》めて居るのである。勿論我が国農村に近世まで盛んに行はれた村どうしの競技に、相手の村を屈服させることが、おのが村の農作を豊かにするとしたかけあひ・かけ踊りの側の形式をもとり込んでゐるであらうが、主としての流れは、祖霊のそしりにある事と思ふ。

一村が一族であるとしたら、子孫の正系が村君である。祖霊が、村の神人《じんにん》の口に託して、村君のやり口を難ずる事があつたとしたら、此を咎《とが》める事も出来ないはずである。かう言ふ風に、神人の為《し》事《ごと》が、村の幸福と政治との矛盾した点に触れることが多くなつて来るに連れて、姿は愈《いよいよ》隠され、声は益《ますます》作られて、其《その》誰とも知れない様に努める様になつて来るのは、当然である。「千葉笑ひ」の如きは、神人の意識的のそしりが含まれて来る訣である。ざつとなは家々を訪問する点に於てあんがまあに近い者である。

祖霊が夙《はや》く神と考へられ、神人の仮装によつて、其の意思も表現せられる様になつたのが、日本の神道の上の事実である。而も尚、神の属性に含まれない部分を残して居るのは「みたまをがみ」の民間伝承である。古代日本人の霊魂に対する考へは、人の生死に拘らず生存して居るものであつて、而も同時に游離《いうり》し易い状態にあるものとしてゐた。特に生きて居る人の物と言ふ事を示す為に、いきみたまと修飾語を置く。霊《たま》祭りは、単に死者にあるばかりではなかつた。生者のいきみたまに対して行うたのであつた。さうして其時期も大体同時であつたらしい。

偽経だと言ふ「盂蘭盆経《うらぼんきやう》」には、盂蘭盆を年中六回と定めて居る。「魂《たま》祭り」は中元に限るものでなかつたことを示してゐるのであらう。「魂祭り」類似の形式が「節《せち》の祭り」と融合して残つて居る痕《あと》が見える。七夕も盆棚と違《たが》はぬ拵《こしら》への地方があり、沖縄では盆・七夕を混同してゐる。八朔《はつさく》にも、端午《たんご》にも、上巳《じやうし》にも、同様な意味を示す棚飾りと、異風を残した地方がある。正月の喰ひ積み、幸木《さいはひぎ》系統の飾り物には、盆棚と共通の意味が見られる。大晦日を霊《たま》の来る夜とした兼好の記述から見ても、正月に来《きた》り臨む者の特別な霊物であつたことが考へられる。

七　生きみ霊

生き御霊の方で言はう。中世、七夕の翌日から、盂蘭盆の前日までを、いきみたま、或は、おめでたごとなる行事のある期間としてゐた。恐らく武家に盛んであつたのが、公家《くげ》にも感染して行つた風俗と思はれるが、宗家《そうけ》の主人の息災《そくさい》を祝ふ為に、鯖《さば》を手土産に訪問する風が行はれた。家人が主人に対してすることもあり、農村では子方から親方の家に祝ひ出ることもあつた。此《これ》は一族の長者を拝する式だつたのが、複雑になつたものらしい。おめでたごとと言ふのは、主公《しゆこう》の齢《よはひ》のめでたからむことを祝福しに行くから出た語《ことば》である。いきみたまと称《とな》へる訣《わけ》は、主公の体内の霊を拝して、其《それ》に「めでたくあれ」と祈つて来るからである。盂蘭盆に対して、今も之《これ》を生き盆と称して行ふ地方もある。畢竟《ひつきやう》、元は生者死者に拘《かゝは》らず、此頃霊を拝したなごりに違ひない。結局鎮魂祭は生き御霊の為に行はれたのが、漸次《ぜんじ》意義を分化して、互に交渉のない祭日となつて了《しま》うたものであらう。だから、節供に霊祭りの要素のあることも納得出来る。季節の替り目にいきみたまの邪気に触れることを避けようとしたのである。

おめでたごとから引いて説くべきは、正月の常用語「おめでたう」は、現状の讃美ではなく、祝福すべき未然を招致しようとする寿詞《よごと》であると言ふことである。生き盆のおめでたごとと同じ事が、宮廷では行はれてゐた。春秋の朝覲行幸《てうきんぎやうかう》が其である。天子、其《その》父母を拝する儀であつて、上皇・皇太后が、天子の拝を受け給ふのであつた。単に其ばかりでなく、群臣の拝賀も其と同じ意味から出たものであつた。

奈良朝以前は、各氏《うぢ》ノ上《かみ》――恐らくは氏々の神の神主の資格に於て――が、天子に「賀正事《よごと》」を奏上することになつてゐた。賀正事《よごと》は意義から出た宛て字で、寿詞《よごと》と同じである。古い程、すべての氏々の賀正事《よごと》を奏したのであらうが、後は漸《やうや》く代表として一氏或は数氏から出るに止《とゞ》めた様である。此も家長に対する家人としての礼を以て、天子に対したのである。だから、寿詞を奏することが、服従の意を明らかに示すことになつて居たとも見られる。

古代に於ける呪言《よごと》は、必《かならず》其対象たる神・精霊の存在を予定して居たものである。賀正事《よごと》に影響せられる者は、天子の身体といふよりも、生き御霊であつたと見るのが適当である。天子の生き御霊の威力を信じて居たのは、敏達《びだつ》天皇紀十年閏《うるふ》二月蝦夷綾糟《えみしあやかす》等の盟《ちか》ひの条《くだり》に

泊瀬《はつせ》の中流に下り、三諸《みもろ》ノ岳《をか》に面し、水に漱《すす》ぎ、盟《ちか》ひて曰はく……若《も》し盟《ちかひ》に違《たが》はば、天地の諸神、及び天皇の霊、臣が種を絶滅《たや》さむ。

とあるのは、恐らく文飾ではあるまい。

正月、生き御霊を拝する時の呪言《よごと》が「おめでたう」であつたとすれば、正月と生き盆の関係は明ら

かである。生き盆と盂蘭盆との接近を思へば、正月に魂《たま》祭りを行つたものと見ることも、不都合とは言はれない。柳田国男先生はやはり此点に早くから眼を著《つ》けて居られる。

私は、みたまの飯の飯は、供物《くもつ》と言ふよりも、神霊及び其眷属《けんぞく》の霊代《たましろ》だと見ようとするのである。此点に於て、みたまの飯と餅とは同じ意味のものである。白鳥が屢《しばしば》餅から化したと伝へられる点から推して、霊魂と関係あるものと考へて居る。なぜなら、白鳥が霊魂の象徴であることは、世界的の信仰であるから。餅はみたまを象徴するものだから、それが白鳥に変じると言ふのは、極めて自然である。みたまの飯と餅とは、おなじ意味の物である。我々は、餅を供物と考へて来てゐたが、実はやはり霊代であつたのだ。

鏡餅の如きも、神に供へる形式をとつては居ない。大黒柱の根本《ねもと》に此を据ゑて、年神の本体とする風《ふう》、又名高い長崎の柱餅などの伝承を見ると、どうしても供物ではなく、神体に近いものである。盆棚の供物と似た「食ひつみ」を設ける地方では餅・飯を以て霊代とする必要がなかつた。他の農作物或は山の樹木を以て表すことが出来た。其故《それゆゑ》、固陋《ころう》に旧風を墨守《ぼくしゅ》した村又は家では、正月餅を搗《つ》かぬ伝承を形づくつたのである（民族第一巻）。

八　ことほぎとそしりと

ことほぐ神と、そしる神とに就ては、既に述べた。さうして、芸術の芽生《めば》えがおとづれ人の手で培はれた事を断篇的には述べて置いた。此《これ》に就て、今少し話を進める方が、霊とおとづれ人との関係を明らかにするであらう。
先島《さきしま》列島のあんがまあ（沖縄の村芝居）に似た風習が、沖縄本島にある。田畠のはじめの清明《せいめい》の節《せち》に行はれることで「村をどり」と言ふのが、此である。此は、若い衆多人数を以て組織せられた団体で、村の寄り場から、勢揃《せいぞろ》ひをして、楽器を鳴らしながら練つて来るのは、あんがまあ同様で、此は日中であるだけが違ふ。踊り衆もあり、唐手使ひ・棒踊りの連中《れんぢゆう》もこめて、一組になつて来る。順番によつて、それ〴〵芸を演ずるのであるが、其「村をどり」になくてはならぬ定式の演芸がある。

其は第一「長者《ちやうじや》の大主《うふつしゆ》」の作法と、第二「狂言」とである。

長者の大主《うふつしゆ》は其村の祖先と考へられて居るもので、白鬚《しらひげ》の老翁に扮してゐる。此が村をどりの先導に立つ一行の頭《かしら》である。此頭が舞台に上ると、役名を親雲上《ぺいちん》と称する者が迎へて、もてなすのである。此は正統の子孫の族長たる有位《いうゐ》の人と言ふ考へに依つてゐるのである。さすれば長者の大主に随《したが》ふ人々は、あんがまあの眷属《けんぞく》と同一の者でなければならぬ。さうして、其演ずる芸もまたあんがまあの場合と同様に見てよい。だから琉球の演劇の萌芽《はうが》なる村をどりは、遠方から来臨する祖霊及び眷属の遊びに、其源を発して居るのである（島袋源七氏の報告に拠《よ》る）。

多くの土地では、親雲上《ぺいちん》が大主《うふつしゆ》を迎へて後、扇をあげて招くと、儀来《ぎらい》の大主《うふぬし》が登場して、五穀の種を親雲上に授けて去る。其後、狂言が始まるのだが、村によつて、皆別々の筋を持つて居る。他の演芸は殆《ほとん》ど同様であるが、狂言だけは、村固有のもので、共通な処はない。茶番狂言に類する喜劇で、軽口・口真似などを主として居る（比嘉春潮氏報告）。

此解説は、同時によごとの起原にも触れて行く。わが国の演劇の中《うち》、長者の大主の形式と同じ形の残つて居るものは、能楽である。翁の「神歌」を見ても、翁は農作を祝福する神の、芸術化して行く途中にある者だと言ふことは訣《わか》る。長者の大主は「翁の起原」を示して居るし、そして儀来の大主は「翁の意味」を説いてゐる。而《しか》も後者は、単に翁が二重になつて居るだけでなく、三番叟《さんばそう》の起原をも示して居るのである。

三番叟は、おなじ老体を表して居るが、黒尉《くろじよう》と称《とな》へて黒いおもてを被《かぶ》つて居る。さうして必《かならず》狂言師の役にきまつてゐる。能楽に於ける狂言或は「をかし」の役者は、田楽《でんがく》で言へばもどきに相当する者で「牾《もど》き」と言ふ名義どほりして方の言語動作をまぜかへし、口真似・身ぶりをして、ぢり〴〵いさせながら、滑稽感を唆《そそ》るものである。

此は疑ひもなく、わが国の原始状態の演劇に欠く事の出来ない要素であつた。して方と此もどき狂言との問答が、古い程重要で、此が軽んじられるに随《したが》つて、わき役が独立する様になつたのである。神楽《かぐら》で言へば、人長《にんぢやう》に対する「才《さい》の男《を》」である。して方にかうしたもどきの対立する訣《わけ》は、日本の演劇が、かけあひから出発してゐるからである。

此事は、既に詳しく述べた。つまりは、して方は神、もどきは精霊であつた宗教儀式から出たからであるのだ。精霊が神に逆らひながら、遂《つひ》に屈従する過程を実演して、其効果を以て一年間を祝福したのである。黒尉が狂言方の持ち役ときまつて居るのは、翁と三番叟との関係が、神と精霊との対立から出て来たものなることを示してゐるのである。能楽師は翁を神聖視して居るが、どうしても神社に祀つてある神ではない。たとひ翁が「春日若宮祭り」の一の松の行事に出発したと見ても、春日の神でない事は説明が出来る。況《いは》んや、これは春日の祭りとは関係のない古い宗教演劇だと言ふことが出来るのだ。思ふに我が国の村々の宗教演劇に於て、皆かうした翁の出現して、土地の精霊を屈服させる筋を演出して居たのが、神楽には「才の男の態」となり、春日神社の猿楽師が保存した翁となつたのであらう。翁一人でなく、高砂《たかさご》の尉《じよう》と姥《うば》との様な、夫婦神の来臨を言ふ事も多い。近世は大抵猿田彦《さるたひこ》・鈿女《うづめ》ノ命《みこと》と説明する様であるが、此はやはり大主前《おしゆまい》・祖母《あつぱあ》の対立を以て説明すべき者であり、翁は長者の大主とおなじ起りを持つたものと見ることが出来る。さうすると、椎根津彦《しひねつひこ》と乙猾《おとうかし》の翁《おきな》嫗《おうな》姿の原意も、やはり遠くより来るおとづれ人を表す者であつたことに思ひ当るであらう。

沖縄の民間伝承から見ると、稀《まれ》に農村を訪れ、其生活を祝福する者は、祖霊《それい》であつた。さうしてある過程に於ては妖怪であつた。更に次の径路を見れば、海のあなたの楽土の神となつてゐる。わが国に於ても、古今に亘り、東西を見渡して考へて見ると、微《かす》かながら、祖霊であり、妖怪であり、さうして多く神となつて了うてゐる事が見られるのである。かうした村の成年者によつて、持ち伝へられ、成年者によつて仮装せられて持続せられた信仰の当体《たうたい》、其来《きた》り臨む事の極めて珍らしく、而も尊まれ、畏《おそ》れられ、待たれした感情をまれびとなる語を以て表したものと思ふ。私の考へるまれびとの原始的なものは、此であつた。

祖先であつたことが忘れられては、妖怪・鬼物と怖れられた事もある。一方に神として高い位置に昇せられたものもある。わが国のまれびとの雑多な内容を単純化して、人間の上に飜訳すると、驚くべく歓ぶべき光来を忝《かたじけな》うした貴人の上に移される。賓客をまれびとと言ひ、賓客のとり扱ひ方の、人としての待遇以上であるのも、久しい歴史ある所と頷《うなづ》かれるであらう。

九　あるじの原義

主人をあるじと言ふのは原義ではない。あるじする人なるが故《ゆゑ》に言ふのである。あるじとは、饗応の事である。まれびとを迎へて、あるじするから転じて、主客を表す名詞の生じたのもおもしろい。此《こゝ》に暫《しばら》く、あるじ側の説明をして置く必要を感じる。

たまだれの小甕《をがめ》を中に据ゑて、あるじはもや。さかなまぎに、さかなとりに、小淘綾《こよろぎ》の磯のわかめ刈り上げに（風俗）

此等《これら》になるとあるじ云々《うんぬん》は、主人はと物色する心持ちか、馳走《ちそう》は何と待つ心か、両様にはたらく様で、平安朝末までもあるじの用語例は動揺し、漸《やうや》くあるじぶりなど言ふ風の傾きを生じかけて居る。わが国の記録には、第一義のまれびとに関しては、叙述が乏しくして、痕跡《こんせき》の窺《うかゞ》はれるものがあるに過ぎないが、此方面からでなくては説けない史実が多くある。

藤原氏の氏ノ長者が持ち伝へたと言ふので、皇室の三種の神器《じんぎ》に次ぐ様な貴重な感情を起させた朱器・台盤と言ふ重器《ぢゆうき》は、何の為に尊いのか、何をする物であつたか、私はまだ其説明を聞いたことがない。併《しか》し、朱器は朱の漆《うるし》で塗つた盃《さかづき》であつたらうと言ふ事は、他の用例を見れば知れる。台盤は食膳である。此が何の為に、重器として伝へられる資格を持つのか。伝説では藤原冬嗣《ふゆつぐ》の時に新造した物と言ふ。氏ノ長者の重器とするには、歴史浅いかの観がある。私は恐らく使用に堪へなくなつた為に、更《あらた》めて新しく造つた事を言ふのではないかと思ふ。其《それ》にしても食器が氏ノ長者の標識となる理由は、私の此《この》考へ方に由る外は、説明はつくまい。つまり氏ノ長者としては、是非設けねばならぬあるじを執《と》り行ふに必要なる品で、由緒ある物なのであらう。

単純に説明すれば、氏ノ長者を継ぐと、其《その》披露の饗宴を催さねばならぬ。其時に名誉の歴史ある伝来品を用ゐると考へて見ることが出来る。真に右から左へである。使ふ為に譲られ、次に用ゐる時は、氏ノ長者は自分の手から、他に移つて居ると言ふ事になると見るのである。此見地からしても、饗宴が如何に大切であり、氏ノ長者披露のあるじが一世一代であるかゞ想像出来る。

而《しか》も私は尚《なほ》一般の推論を立てゝ居る。氏ノ上・氏ノ長者の称は藤原氏のみの事ではない。藤原氏の勢力の陰に隠れて、他氏の氏ノ上は問題にならなくなつたが、氏ノ上披露の饗宴の器具なる故《ゆゑ》と言ふ処に力点を置いて見るならば、他氏の氏ノ上にも早くから此と似よりの事が言はれて居るはずである。其が一つも伝はらないのは、記録の湮滅《いんめつ》と言ふよりも、藤原氏特有の重器と言ふ事に意味が生じたのであるまいか。

藤原氏は宮廷神の最高級の神職であつた中臣《なかとみ》から出て、政権に与《あづか》る為に、教権を大中臣氏に委《ゆだ》ねた家柄である。だから、其家の重器としては、宮廷神の祭祀《さいし》或は中臣の祖神の為の祭祀に関聯した器具を持ち伝へる事はあるべき事である。教権は大中臣氏に継がせても、氏ノ長者の権威を保つ為には、祖宗以来の重器としての祭器を伝へたことも想像出来る。私は宮廷の公祭、中臣の私祭に来り臨《のぞ》むまれびとの為のあるじまうけの器具であつて、その為に極めて貴重な物として継承せられた事と思ふ。さうした朱器・台盤も、果して平安朝に入つて幾度使はれたらうか。記録も其事を伝へない。藤原氏にとつて神聖な秘事であつたに違ひない。

此推論を強める一つの民間伝承がある。それは各地方に分布してゐる椀貸し塚・椀貸し穴の伝説である。多数の客を招くのに、木具のない時、ある穴の前に行つて、何人前の木具を貸し賜はれと書き付けをして還ると、翌日其だけの数が穴の前に出されてゐた。ところが或時、狡猾な人間が一つをごまかした為に、二度と出さなかつたと言ふ形式の話が、可《か》なり広く拡がつて行はれて居る。かうした物語の分布は其処に久しい年月のあることを考へさせる。私はまれびとを迎ふるあるじの苦労の幾代の印象が、かうした伝説となつたので、椀貸し塚から出した木具が皆塗り物であつた点が、とりわけ朱器・台盤との脈絡を思はせるものがある。

一〇　神来訪の時期

くりかへして言ふ。わが国の古代には、人間の賓客の来ることを知らず、唯《たゞ》神としてのまれびとの来る事あるをのみ知つて居た。だから甚《はなはだまれ》稀に賓客が来ることがあると、まれびとを遇する方法を以てした。此が近世になつても、賓客の待遇が、神に対するとおなじであつた理由である。だが、かう言うては、真実とは大分距離のある言ひ方になる。まれびとが賓客化して来た為、賓客に対して神迎への方式を用ゐるのだと言ふ方が正しいであらう。まれびととして村内の貴人を迎へることが、段々意識化して来た為に、そんな事が行はれたのだ。今までの叙述は、まれびとの輪郭《りんくわく》ばかりであつた。此《こゝ》からは其内容を細かに書いて見たい。

まれびとの来る時期はいつか。私は定期のおとづれを古く、臨時のおとなひを新しいと見てゐる。不時に来臨するのは、天神或は地物の精霊の神としての資格が十分固定した後に、其等の神々の間にあつたことである。其がまれびとの方に反映したものと思はれるから。まづ春の初めに来ると考へたであらう。まれびとの来ることによつて年が改まり、村の生産がはじまるのであつた。

わが国では、年の暮れ・始めにおとづれ来る者のなごりは、前に述べたとほり数へきれないほどありながら、其形式は変り過ぎる程に変化した。抽象的な畏ればかりは妖怪となり、現実のまゝ若い衆自身々々を露《あら》はしする様な行事にもなり、其が職業化し、芸術化した。さうして、其神秘な分子は、神となつて跡の辿られぬまでになつてゐる。此は歳徳神《としとくじん》と陰陽道《おんみやうだう》風に言ひ表されてゐる年神なのである。此神は、神道以外――寧《むしろ》神道以前――の神であるため、記・紀其他に其名も見えない。大年神・御年神を此だとする説はあるが、まだ定まらない。私は寧、出雲系統の創造神らしい形に見えるかぶろぎ・かぶろみの神々が此に当るのではないかと考へて居る位である。此事は後に述べる。

年神の前身である春のおとづれをするまれびとは、老人であつて、簔笠を着た姿の、謂《い》はゞ椎根津《しひねつ》彦《ひこ》・乙猾《おとうかし》とおなじ風で来り臨んだらうと云ふ推定は出来る。これが社々の年頭の祭事にとりこまれて、猿田彦・鈿女《うずめ》ノ命《みこと》の田植ゑ神事となつて居る。老人を一体と見たのは、翁《おきな》の系統であるが、二体とするのも、段々ある。まやの神・ともまや・赤また・黒また・大主前・あつぱあの如きは、陰陽の観念がある様である。現今も考へてゐる年神の中には、地方によつては一体のもあるが、老夫婦二体の者として居るのも多い。柳田先生はまた、盂蘭盆《うらぼん》に「とも御聖霊《おしやうりやう》」として聖霊以外の未完成のものを祀《まつ》ると言ふ風習もあるから、みたまの飯《めし》として、月の数だけを握つてあげるのは、眷属《けんぞく》たちにまで与へるものと解して居られるらしい。先に言うた様に、餅同様これは霊魂の象徴である。殊《こと》に、三河南設楽《みなみしたら》郡地方では正月、寺から笹の葉に米をくるんでおたまさまと称《とな》へてくれる（早川孝太郎氏報告）例などを見ると、愈《いよいよ》供物《くもつ》でなかつたことが察せられる。

さすればにう木或は鬼打木《おにうちぎ》と称する正月特有の立て物に、木炭で月の数だけの筋をつけるのが、全国的の風俗であることも、起原は此《これ》と一つなのではあるまいか。此を古今集三木《さんぼく》伝のをがたまの木の正体だとする説は、容易に肯定出来ないとしても、をがたまと言ふ名義を考へると、此木の用途が古今伝授の有名な木に結びつく理由だけは訣《わか》る。霊《たま》は言ふまでもないが、をがは「招《を》ぎ」と関係あるものと見たに違ひない。さすれば、にう木にまれびとを迎へる意の含まれて居ることは推せられる。其上に、此にう木に飯・粥等を載せて供へるのも、供物ではなく、霊代《たましろ》だつたと見れば納得出来る。

おめでたごとに必鯖《かならずさば》を持参した例も、恐らくさばの同音聯想から出た誤りではあるまいか。さばは「産飯」と宛て字はするが、やはり語原不明の古語で、お初穂と同義のものらしい。打ち撒《ま》きの米にのみ専《もつぱ》ら言ふのは、後世の事らしい。さばは、地物の精霊の餌《ゑさ》と言ふ考へで撒かれるのであるが、尚《なほ》古くはやはり霊代ではなかつたであらうか。とにもかくにも、霊代としての米のさばが、進物と考へられる様になつて、鯖と変じたものではあるまいか。元来米をよねと言ふのは稲と同根であらうが、神饌《しんせん》としての米をくまと称する（くましねの様に）ことは、こめの原形であらうし、其《その》上《うへ》霊魂との関係を思はせる用例がある。供物から遡源《そげん》して見た春のまれびとは、主体及び其余《そのよ》の群衆を考へて居たこともあるのは明らかである。

此等《これら》の神は、恐らく沖縄のまれびとと同様、村を祝福し、家の堅固を祝福し、家人の健康を祝福し、生産を祝福し、今年行ふべき様々の注意教訓を与へたものであらう。民間伝承を通じて見れば、悉《ことごと》く其要素を具《そな》へて居るが、書物の上で明らかに言ふ事の出来る個処《かしよ》は、家長の健康・建築物の堅固・生産の豊饒《ほうぜう》の祝福が主になつてゐた様である事は後に述べる。奈良朝の史書もやはり村人の生活よりも村君・国造《くにのみやつこ》の生活を述べるのに急であつた為に、まれびとの為事《しごと》の細目は伝へなかつたのであらう。而《しか》も外来である事の証拠の到底あげられない所の、古くして且《かつ》地方生活を固く結合した民間伝承の含む不明の原義を探ると、まれびとの行動の微細な点までも考へることが出来るのである。

一一　精霊の誓約

まれびとは、呪言を以《もつ》てほかひをすると共に、土地の精霊に誓言を迫つた。更に家屋によつて生ずる禍《わざは》ひを防ぐ為に、稜威《いつ》に満ちた力足を踏んだ。其によつて地霊を抑圧しようとしたのだ。平安朝に於て陰陽道の擡頭《たいとう》と共に興《おこ》り、武家の時代に威力を信ぜられることの深かつた「反閇《へんばい》」は実は支那渡来の方式ではなかつた。在来の伝承が、道教将来の方術《はうじゆつ》の形式を取りこんだものに過ぎなかつたのだ。一部の「反閇《へんばい》考」は、反閇《へんばい》の支那伝来説を述べようとして、結局漢土に原由のないものなることを証明した結果に達して居る。字面すら支那の文献にないものであるとすれば、わが国固有の方術を言ふ所の、元来の日本語であつたのであらう。字は「反拝」などゝ書くのを見ても、支那式に見えて、実は拠《よ》り処ない宛て字なることが知れる。まれびとの力強い歩みは、自《おのづか》ら土地の精霊を慴伏《せふふく》させるのであつた。

天子出御《しゆつぎよ》の時、発する警蹕《けいひつ》の声は、平安朝では「をし〳〵」と呼ぶ慣《なら》ひであつた。後に将軍に「ほう〳〵」諸侯に「下に〳〵」を使ふ様になつた事も事実だ。「ほう〳〵」は鳥獣を追ふ声で、人払ひをするのではなく、此語《このことば》も古いのであるから、地霊を逐《お》ふ意があつたものであらう。「をし〳〵」は、天子のこゝに臨ませ給ふ事を示す語であるから、逐ふつもりではあるまい。寧《むしろ》、天子を思ひ浮べさせる歴史的内容を持つた語なのであらう。神武天皇倭《やまと》に入られて、兄磯城《えしき》・弟磯城《おとしき》に服従を慂《すす》めにやられる処に、時に烏《からす》、其営《いほり》に到りて鳴きて曰《い》はく、「天つ神の子汝《いまし》を召す。いざわ〳〵」と。兄磯城忿《いか》りて曰はく、天《あめ》ノ圧神《おしかみ》至ると聞きて、吾慨憤《あががいふん》する時……。次に弟磯城の宅《いへ》に到り……。時に、弟磯城慄然《ちやうぜん》として容《かほ》を改めて曰はく、臣《やつこ》天ノ圧神至ると聞き……。（神武紀 戊午《つちのえうま》年）

とあるのは、をし・おし仮名遣ひの違ひはあるが、同系の語ではなからうか。「をし〳〵」と警蹕を写したのは、必しも発音を糺《ただ》したものとも思へないし、第一其頃既《そのころすで》にお・をの音韻の混同がはじまつてゐるのである。圧《おし》はおそはく・うしはくの義の「圧す」から出たものでなく、また「大《おほし》」に通ずる忍《おし》・押《おし》などで宛て字するおしとも違ふ様だ。来臨する神と言ふ程の古語ではなからうか。おしがみなる故に「をし〳〵」と警《いまし》めるのか「をし〳〵」と警めて精霊を逐ふが常の神なる故におしがみと言ふのか、いづれとも説けるが、脈絡のない語ではあるまい。

三河北設楽《きたしたら》郡一般に行《おこな》ふ、正月の「花祭り」と称する、まれびと来臨の状《さま》を演ずる神楽類似の扮装行列には、さかきさまと称する鬼形の者が家々を訪れて、家人をうつ俯《ぶ》しに臥《ふ》させて、其上を躍り越え、家の中で「へんべをふむ」と言ふ。へんべは言ふ迄もなく反閇《へんばい》である。此も春のまれびとの屋敷を踏み鎮める行儀である。陰陽師《おんみやうじ》配下の千秋万歳《せんずまんざい》は固《もと》より、其流《ながれ》なる万歳舞も反閇《へんばい》から胚胎《はいたい》せられてゐるのである。千秋万歳と通じた点のある幸若舞《かうわかまひ》の太夫《たいふ》も反閇《へんばい》を行ふ。三番叟《さんばそう》にも「舞ふ」と言ふよりは、寧「ふむ」と言うて居るのは、其原意を明らかに見せて居るのである。

新室《にひむろ》を踏静子が手玉鳴らすも。玉の如《ごと》照りたる君を、内にとまをせ（万葉集巻十一旋頭歌）

最初の五字の訓はまだ決定して居ないが、踏んで鎮むる子の意には違ひなからう。さすれば、ふむしづめ子・ふみしづめ子など言ふよりは、ふみしづむ（しづむるの意。古い連体形）子と訓じてよからう。手玉を纏《ま》いた人が、新室の内の精霊を踏み鎮めて居る様《さま》である。

新室《にひむろ》のほかひについて言うて置かねばならぬ事は、其が臨時のものか、定例として定期に行《おこな》うたものかと言ふ事である。新室と言へば、新しく建築成つた時を言ふと思はれるが、事実はさう簡単な事ではなかつた。

宮中の大殿祭《おほとのほかひ》は、一年に数回あつて、神と天子とにへを共にし給ふ時の前提条件として、必《かならず》行はれることになつて居た。大殿祭によつて浄《きよ》められた殿舎において、恒例の儀式が始まる訣《わけ》である。だが、此祭り自体が「祓《はら》へ」ではなくて、ほかひであつた。祓へは勿論、ほかひから分化した作法なのは明らかであるが、大殿祭の場合、祓へを主体と見る事は出来ない。後世こそ「神人相嘗《じんにんあひむべ》」の儀が主となつて、大殿祭は独立した祭りとは思はれない姿をとつて居るが、以前は二者一続きの行事か、或は寧《むしろ》殿ほかひの方が主部をなし、にへの方は附属部の方であつたかも知れない。まれびとを迎へる為の洒掃《さいさう》と考へるのは、まれびとの本義をとり違へて居る。ほかひの結果、祓への効力を生じさせるのは、まれびとの威力である。後には専《もつぱ》らさう解釈して、神を迎へる用意として執《と》り行ふことになつた様だが、本来の姿は、自《おのづか》ら分たれねばならぬ。

奈良朝の文献をすかして見る古代の新室のほかひは、必しも厳格に、新築の建物を対象としては居ない様である。其が、旧室《ふるむろ》をほかふ場合も屢《しばしば》ある様である。旧室に対しても、新室《にひむろ》と呼ぶことの出来た理由があるのだと思ふ。半永住的の建て物を造り出す様になつた前に、毎年新室を拵《こしら》へた時代があることが推せられる。屋は苫《とま》であり、壁は竪薦《たつごも》であつた。我々の国の文献から溯《さかのぼ》れる限りの祖先生活には、岩窟《がんくつ》住居の痕《あと》は見えない。唯《たゞ》一種――後世には形を止《とゞ》めなくなつた――の神社建築形式に、岩窟を利用するものがあつたゞけである。が、むろと言ふ語は、尠《すくな》くとも穴を意味するものである。底と周壁《しうへき》とに堅固な地盤を択んだことだけは証明が出来る。穴が段々浅くなつて、屋外に比べては屋内が掘り凹《くぼ》められてゐる冬期の作業場として、寒国《かんこく》の農村で毎年新しく作るむろ・あなぐらの形に進んで居たのが、わが国文献時代の地方に尚《なほ》存したむろであらう。牀《とこ》をかいたものは、此《これ》と対立した形式でとのと言はれた。だから、むろ・との混同はないはずである。新室と言ひでふ、苫を編み替へ、竪薦を吊《つ》り易《か》へ、常は生きみ霊《たま》の止《とゞま》る処なる寝処《とこ》を掃《はら》ふ位で新室になるのであらう。屋内各部の精霊がやゝ勢力を持ちかけるのを防ぐ為に、此様に一新するのである。だから、新室づくりの日は生きみ霊を鎮める必要がある。而《しか》も其が、徹頭徹尾建て物と関聯して居る処から、新室のほかひと言へば、必《かならず》家人殊《こと》に家長の生命健康を祝福することになつたのである。同時に土地の精霊は固《もと》より、屋内各部の精霊に動揺せぬことを、誓約的に承諾せしめて置く必要があるのである。むろ式の住宅が段々とのに替つて来ると、新室と言ふ語のまゝに、或は大殿など言ふ語を冠《かぶ》したほかひとなる。真の意味の新室でなく、旧建物のまゝほかひを繰りかへす。だからほかひとは言へ、祓《はら》への要素が勝《まさ》つて来る訣である。

定期のものとして、次に生じたのは、恐らく「刈り上げ祭り」であらう。此は農村としての生活が目だつて来てからの事と思ふ。春の初めにほかひせられた結果の現じたことに対する謝礼で、ねぎと言ふ用語例に入る行事である。ねぐと言ふ動詞の内容は、単に「労穡《ねぎら》ふ」にあるとするのでは、半分である。残部は、新しい努力を願ふ点にある。新しいめぐみを依頼する為にねぐのであつた。こふ・のむと違ふ所以《ゆゑん》である（語根ねに就ては、別に言ふことがある）。刈り上げのねぎには、新しく収めた作物を、まれびとと共に喰《く》ふ。即《すなはち》、新嘗を行ふのである。新嘗は此秋のまつりの標準語であらう。さうして、宮廷では自家のまれびとを饗応することを此語で呼び、地方に対しては「相嘗《あひむべ》」と称した。相新嘗の義である。而も此式は、地方の新嘗の為の予行の儀であつて、同時に地方の村々に来るまれびとにとつては、宮廷と地方自体とから、ねぎらはれる事になる。其為《そのため》、此重複をあひを以て表したと見るのが一番適当であらう。同じ様にして伊勢神宮に対しては「神嘗《かむなめ》」と言ふ。神新嘗の義だ。此は神宮の最高巫女《みこ》を神と見て、神どうしの新嘗だからと言ふ観念を含むのである。天照大神《あまてらすおほみかみ》は最初の最高巫女だつたと見るべきであるから、天照大神自《みづか》ら、神に新嘗を進め給ふと見るのである。

此等の宮廷並びに官国幣《くわんこくへい》の神社の儀式は、著しく神学成立後の神道の合理化を受けて居るから、矛盾・重複などを免れない。御歳皇神《みとしすめがみ》以外に、官国幣社に豊饒《ほうぜう》を祈り、感謝するのは、神の観念が変化した為である。いづれの神にも農産の事に与《あづか》る能力があると見て居るのである。更に御歳神を以て、純然たる田の神或は野の精霊と見る方に向いて来たことを示す。野の精霊と国土の神々と相互の協力によつて、生産が完成せられるものと考へて居るのである。

ところが、近世また現今にすら伝承する民間の信仰では、大抵《たいてい》田の行事のはじまる頃から終る時分まで、山の神が里におりて田の神となると考へて居る。此《これ》には誤信を交へては居るが、生産の守護者をば時あつては外から臨む者とし、常在する精霊と見ない処から出て居る証拠である。田の精霊に祈るよりは、まづまれびとにねぐことをしたのである。

一二　まれびとの遠来と群行の思想

既《すで》に話した奈良時代の文献に見えた三種の新嘗《にひなめ》の夜の信仰は、田の神に対してゞなく、遠来のまれびとに対してなることは、明らかである。而《しか》も序に引いた武塔《ふたふ》神の神話も、再《ふたたび》、蘇民《そみん》将来の家に御《み》子《こ》神たちを連れて来られることになつて居る。其《その》二度目のおとづれは、秋であつた。春来たまれびとの秋 再《ふたたび》 おとづれると考へられることになつたのも、古い事である。まれびとの来るを機会に、新室《にひむろ》のほかひをすることは、刈り上げ後にも行はれたと見える。

> 白髪天皇の二年冬十一月、播磨《はりま》の国司山部《やまべ》ノ連《むらじ》の先祖伊与《いよ》ノ来目部《くめべ》ノ小楯《をたて》、赤石郡《あかしのこほり》に於《おい》て、自《みづか》ら新嘗の供物《くもつ》を弁ず。適縮見《たまたましゞみ》ノ屯倉《みやけ》ノ首《おびと》、新室の縦賞《ほかひ》して、夜を以て昼に継ぐに会ふ。（顕宗紀）

とあるのは、新嘗にも新室が附帯する証拠である。允恭《いんぎよう》の七年冬十二月朔日《ついたち》「新室に讌《うたげ》す」とあるのも、時から見れば新嘗の新室である。「新嘗屋《にひなべや》」と言ふのも、別に新嘗の物忌みに室を建るのではなく、新室の事を言ふのである。此点誤解し易い為に、日本紀の旧訓も多少の間違ひをしてゐる。「当《まさ》に新嘗すべき時を見て、則陰《すなはちひそ》かに新宮に屎放《くそま》る」（神代紀）は、にひみや或はにひむろとでも訓むべきで、強ひてにひなめやと言ふに当らないだらう。さうして秋冬のおとづれの時にも、やはり生命健康のほかひをするのである。さすれば、定期のまれびとは、春も刈り上げにも、おなじことを繰り返すことになる。こゝに自《おのづか》ら時代に前後の区別が見える訣《わけ》である。臨時のおとづれは、更に遅れて出来たものであらう。まれびとによつて、ほかひせられたいと思ふ心の起るべき時に、おとづれする事になる訣だ。建築は今日から見れば、臨時の事らしく見えるが、前に言うた通りで、新造の時は定まつてゐたのである。私の考へる所では、婚礼の時・酒を醸《かも》す時・病気の時の三つが挙げられると思ふ。尚《なほ》一つ、不意の来臨を加へて考へることが出来よう。婚礼にまれびとの来ることは、由来不明の祓《はら》へ、並びに其から出た「水かけ祝ひ」で察せられたであらう。我々の国の文献は既に、蕃風《ばんふう》を先進国に知られるのを恥ぢることを知つた時代に出来たのである。だから、殊《こと》に婚礼も性欲に関した伝承は見ることが出来ない。唯《たゞ》わが国にも初夜権の行はれたことは事実であるらしい。讃岐三豊《さぬきみとよ》郡の海上にある伊吹島《いぶきじま》では、近年まで其事実があつた。又三河南北設楽の山中では、結婚の初夜は、夫婦まぐことを禁ぜられて居る。花嫁はともおかたと称する同伴のかいぞへ女と寝《い》ね「お初穂はえびす様にあげる」のだと言ふ。沖縄本島では、花聟《はなむこ》は式後直《ただち》に家を去つて、其夜は帰らない。都会では式に列した友人と共に遊廓に遊ぶと言ふが、此《これ》には意味はない。花嫁を率寝《ゐね》ないことには訣があるのである。

定例のまれびとの場合を見ると、家の巫女《みこ》として残つてゐる主婦・処女はまれびとの枕席《ちんせき》に侍《はべ》るのである。これが一夜《ひとよ》づまといふ語の、正当な用語例である。沖縄で花聟が花嫁を率寝《ゐね》ぬ第一夜の風習は、私は第二次の成女式だと考へてゐる。裳着《もぎ》と袴着《はかまぎ》とが、女と男と対立的に行はれるのは、実は成年式の準備儀礼であつた。男は成年の後、真の成年式によつて、神人《じんにん》たる資格と共に、其重要な要素であつたところの性欲行使の開放を意味する標識を、村固有の形でもつて、からだの上にせられる。其が忘れられた後まで、若い衆入りには、性意識の訓練と、自在な発表とを与へられもし、行ひもした。

女の方でも裳着以後も、真の成女と認められるまでは、私にも公にも結婚は出来なかつた。女の側の破戒は、多くは男の力に由《よ》るのであるから、成女以前の女――後には月事のはじまり又は、はぢひげの調ひを以てする――を犯した者は、穢《けが》れに触れるのである。宗教的に見れば、重大な罪科である。わが国にも此例はあつて、今も尚信じて居る地方はある。村の神が、巫女《みこ》として、性生活に入る事を認め許した成女の資格をまだ持たない者が、未成女である。たとひ身は成熟してゐても。女の側にかゝつたたぶうを犯すからと言ふのでなく、男の方の資格に疵《きず》が出来るからである。神として（神人《じんにん》として）村の祭りに与《あづか》る者は、成女即《すなはち》巫女として神にあふ資格ある者以外に触れてはならないのである。成女式は、村の宗教の権威者の試みを経る事であつた。わが国古代では、地方の神主（最高の神職）たる国造《くにのみやつこ》等が、とり行うた痕《あと》が見える（此は別に述べる）。而も其外にも、村の神人たる若者が、神としての資格で、此式を挙げることもあらう。

此第二次或は本式の成女式が結婚の第一夜に行はれる事は、邑落《いうらく》生活の様式が固定した為であらう。成年式同様に、きまりの年齢に達した女の、神主からの認められ様は、結婚以前に受けて居たのを、原則とする事が出来よう。村の男の妻どひの形は、神の資格に於て、夜の闇の中に行はれた。顔も見せないで家々の娘とあふ形は、通ふ神の風《ふう》が神話化した後迄《まで》も、承け継がれた。だから、女の方の成年式は早く廃《すた》れて、痕跡を初夜権に残し、村の繁殖の為の身体の試験・性教練としての合理的の意味を持つ事になつたのであらう。其以前に祭りの夜のまれびとのひと夜づまの形で卒《を》へられたのが、事実に於ける成女式であつた。

婚礼の夜は、新しい嬬屋《つまや》が新夫婦の為に開かれ、新しい床に魂が鎮められねばならぬのだから、神の来訪を待つことは考へられる。其為に、新夫婦に科する「水祝ひ」なる祓へは、飛鳥朝《あすかてう》にも既に行はれて居た。其頃から既に幾分含んでゐた村人のほふかいな嫉妬表示の固定したものではない。まれびとを迎へる当の責任者を祓へ、二人の常在所となるべき処を清めるのである。此も元は、水をかける若者が、神の資格に於てしたことゝ思はれる。

其上に家の巫女《みこ》として、処女又は主婦が対すると言ふまれびと迎への式がまじり合うて、新嬬屋の第一夜が、夫の「床避《とこさ》り」の風を生じたものであらう。床さる・片さるなど言ふ語は、元《もと》からうして出来たものらしいが、用例は多く変じて居る。此風は、古くは、全国的に行はれて居たものであらう。唯《たゞ》地方的に固いしゞまが守られて、其風が吼《ほろ》びて了うたものと思ふ。

時としては、既に巫女の生活をしてゐる村の娘が「神」の手を離れて「人間」の男にゆくと言ふ考へから、神になごりを惜む形式を行ひ、神の怒りを避けようとすることもある。此も後に言はうが、稍《やゝ》遅れた世の解釈である。村の娘全体巫女であつた時代が過ぎてからのことであらう。

故《ことさ》らに迎へる臨時のまれびとの他の例は「酒醸《さかゝ》み」の場合である。わが国の奈良朝までの文献で見ると、平時にも酒を娯《たの》しむ風は、大陸文明によつて開放せられた上流の、宗教生活を忘れかけて来た階級の、消閑《せうかん》の飲料とする風から拡《ひろが》つたものと見ることが出来る。単に飲み嗜《たしな》む為の「酒醸《さかゝ》み」行事は、民間にはなかつた様である。此にも常例のものはないではない。村の祭りに先立つて、神の為に醸《かも》して、神人たちの恍惚《くわうこつ》を誘ふ為にした。が多くの場合、人の生命に不安を感じる時行ふ儀式がさかほかひであつた。酒の出来ぐあひを以つて、生死を占ふのである。

此一転化したものが、粥占《かゆうら》である。旅行者の身の上を案ずる場合にも、此方法で問うた様である。病気には、其酒をくしのかみとして飲ませ、旅行者無事に帰つた時は此を酌《く》んで賀《が》した。さうした酒宴を酒ほかひと言ふのだと考へる人もある様であるが、醸酒《ぢやうしゅ》の初めに行はれる式を言ふ事は疑はれぬ。此式は占ひの方に傾いた為に、後には神の意志は、象徴として表され、本体は来臨せぬものゝ様に見えるが、

このみ酒《き》は、わがみ酒《き》ならず。酒《くし》の神、常世にいます、石《いは》立たす少名《すくな》御神《みかみ》の、神寿《かむほ》ぎ寿《ほ》ぎ狂ほし、豊寿《とよほ》ぎ寿ぎ廻《もとほ》し、献《まつ》り来しみ酒《き》ぞ。涸《あさ》ず飲《を》せ。ささ（記中巻）

など言ふところから見ると、常世の神が来て、ほかひするものと信じ、其様子を学んで、若者が刀を振り廻し、又はある種の神人《じんにん》が酒甕《さかがめ》の廻りを踊りまはりしたものと言へると思ふ。霊液《くし》の神《かみ》を常世《とこよ》の少彦名《すくなひこな》とする処から見ても、まれびとによつて酒ほかひが行はれると見たことが知れる。又大物主《おほものぬし》を以て酒ほかひの神と見たことも、少彦名・大物主の性格の共通点から見れば、

等しく常世のまれびとの来臨を考へて居たのである。

一三　まつり

春のほかひに臨むのをまれびとのおとづれの第一次行事と見、秋の奉賽《ほうさい》の献《まつ》り事《つか》へが第二次に出来て、春のおとづれと併《あは》せ行はれる様になつたものと見られる。其《それ》は、秋の祭り即《すなはち》新嘗《にひなめ》の行事が、概して、春祭りよりは、新室ほかひを伴ふ事多く、又其が原形だと思はれる点から言ふ事が出来る。新室ほかひは、吉事《よごと》祓《はら》へとしての意味を完全に残して居る。来年の為の予祝なのである。春祭りにも新室、旅行にも新室を作るのは、神を迎へる為の祓へに中心を移して行《おこな》うた為で、後の形であらう。併《しか》し、春祭りの様に、今年から人となる村の男・女児の為の成年式は行はない。まれびと優遇の為に、家々の巫女なる処女・家刀自《いへとじ》の侍《はべ》ることはあるが、此は別である。一年間の農業、其他《そのた》家の出来事に対する批判・解説などをしたのは、春のおとづれにするよりは、刈り上げ祭りの方が適切である。

私の考へを言ふと、刈り上げ祭りと新しい年のほかひとは、元は接続して行はれてゐたのである。譬《たと》へば、大晦日と元日、十四日年越しと小正月、節分と立春と言つた関係で、前夜から翌朝までの間に、新嘗とほかひとが引き続いて行はれた。まれびとは一度ぎりのおとづれで、一年の行事を果したものであらう。其が時期を異《こと》にして二度に行はれる様になつてからは、更に限りなく岐《わか》れて、幾回となく繰り返される様になり、更にまれびととなる事が忘れられて、村の行事の若い衆として、きぢの儘《まま》に考へられ、とゞのつまりは、職業者をさへ出すことになつたのである。おとづれの度数の殖《ふ》えた理由は、常世神の内容の変化して来た為なのは勿論だが、今一つ大きな原因は、村の行事を、家の上にも移すことになつたからである。村全体の為に来り臨《のぞ》み、村人すべての前に示現したまれびとが、個々の村舎《むらや》をおとづれる様になつた。初めは、やはり村に大家《おほやけ》が出来た為である。村人の心を信仰で整理した人が、大家《おほやけ》を作つた。此《この》大家 即《すなわち》村君《むらぎみ》の家に、神の来臨ある事が家屋及び家あるじの身の堅固の為の言《こと》ほぎの風を、段々其《それ》以下の家々にもおし拡めて行つた。併し、凡下《ぼんげ》の家に到るまで果してさうであつたかどうかは疑問である。けれども此点に問題を据ゑて、大体時代が降《くだ》る程一般の風習となつて行つたと見てよからう。だから、ある広場、後には神地に村の人々を集めて、神意を宣《の》つた痕跡と見るべき歌垣《うたがき》風の春祭り――秋にも此形を採る様になつた地方がある――の方が、女の留守をする家々に、一人々々神及び神の眷属《けんぞく》の臨んで、ひと夜づまの形で婚《まぐは》ふ秋の祭りよりも、原始的だと言ふ事が出来る。

其に尠《すくな》くとも今二つ、有力な原動力が考へられる。其は、祖先の一部分が曾《かつ》て住みつき、或《あるい》は経由して来た土地での農業暦である。それから、新古の来住漢人が固有して居た季節観である。我々の祖先の有力な一部分は、南島から幾度となく渡つて来た事は疑ひがない。此種族が、わが中心民族の祖先と謂《い》はないまでも――此に対しては、私は肯定説を持つてゐる。後に述べるであらう。――其等《それら》の南方種は、二度の秋の刈り上げをした。自然、種おろし・栽《う》ゑつけには、暖いと暑いとの二度の春を持つてゐた。十一月の新嘗祭がありながら、六月の神今食《じんこんじき》の行はれた理由は、まだ先達《せんだつ》にも、仮説たり得るものすらない。私は、此をかう考へる。陰陽道《おんみやうだう》に習合せられて残つて、其が江戸期まで行はれたものと見られる「二度正月」の心理であらう。同時に、徳政や古代の商変《あきかへ》しなど言ふ変態な社会政策の生み出される根柢《こんてい》になつたものとも思はれる。大祓への如きも、単に上《じやう》元《げん》・中元に先だつ季節祓へでなく、やはり一年を二年と見た伝習から出たものと見る方がよい様だ。一年に一度刈り上げる国土に来ても、固定した信仰行事の上では、二秋《ふたあき》の旧郷土の俤《おもかげ》を残したものらしい。

支那及び其影響を受けた民族の将来してゐた伝承では、めぐり神の畏怖《いふ》は、まだ具体的にはなつて居ない。が、守護神の眼の届かぬ季節交替期、所謂《いはゆる》ゆきあひの頃を怖れる心持ちが、深く印象せられた。わが民族の中心種族の間にも、時の替り目に魂の漂《うか》れ易い事を信じて居た。其が合体して、五節供《せつく》其他の形代《かたしろ》を棄てる風が、段々成長して来た。日本に於ける陰陽道は、其道の博士たちの学問が正道《せいだう》を進んで居た間さへ、実行方面は帰化種の下僚《かれう》の伝説的方式——必《かならず》、多くの誤伝と、変改とを含んだ筈《はず》の——をとり行はしめた。宮中或は豪家《かうけ》・官庁の在来の儀式に、方術を並べ行ひ、又時としては仏家《ぶつけ》の呪術をさへ併せて用ゐる様なことがあつた。其間に、呪術の目的・方法・伝説さへ混乱する様になつた。七夕の「乞巧奠《きつかうてん》」の如き、「盂蘭盆会《うらぼんゑ》」の如き、「節折《よを》り」の如き、皆鎮魂・魂祭り・祓除《ばつぢよ》・川祭りの固有の儀礼に、開化した解説と、文明的な——と思はれた——方式の衣を着せたものであつた。

かうした変化法・吸収法を以《もつ》て、外来の伝承に融合して行つたものである。だから、季節毎《ごと》の畏怖を鎮魂又は祓除によつて、散却《さんきやく》してゐた。勿論、上巳《じやうし》・端午《たんご》には、支那本土でも、祓除の意味があつたのだが、我《わが》国では、節分にも、七夕にも、盂蘭盆にも、八朔《はつさく》にも、玄猪《ゐのこ》にも、更に又放生《はうじやう》会《ゑ》にすらも、此側から出た痕跡が明らかに見えてゐる。

鎮花祭《はなしづめまつ》りには、多少外来種の色彩が出てゐるが、やはり魂ふりに努めた古風が、少分の外種を含んで出たのである。寧《むし》ろ、帰化種の人々に及んだ影響が、あゝして現れたと見るべきであらう。二度の大祓へに伴ふ鎮魂や、上巳・端午の雛神《ひながみ》や、盆・七夕の精霊《しやうりやう》に対してする「別れ惜しみ」の式などは、芻《すう》霊や死霊の祭り以外に、生きみ魂の鎮魂の意味が十分に残つてゐるのである。

名は同化せられて行つて、上辺《うはべ》は変化しながら、実は固有種と違つた意味に育たしめるのが、我《わが》民族の外来文化に接触の為方《しかた》であつた。だから常識化し、伝説を紛《まぎ》らした道教の方式にたやすく結合して、伝承を伸《のば》して行つた。其で上元の外に、中元を考へ、季節の祓除・鎮魂を行ふことになつた。量《はか》り難く古い道教伝来の昔から、徐々にさうして進んで来て、祓除の根本思想を穢《けが》れの排除にあるとさへ古代に於ても考へるまでになつてゐた。吉事《きちじ》祓へが、凶事祓へに先だつてあつたことが考へられなかつたのは、全《まつた》く道教の影響である。

神に扮し、又神を迎へる為の人及び家屋の斎戒《さいかい》や祓除をするのが元であつた。神としての聖《きよ》さを獲《え》むが為の人身離脱が、祓へ・禊《みそ》ぎの根本観念であることを考へぬ人が多い。凶事祓へを原《もと》とする考へ方は、祓への起原を神にあるとした、凶事祓へが主になつた時代の古伝説に囚《とら》はれてゐるのである。吉事祓へは、畢竟《ひつきやう》たぶうの内的表現で、外的には、縵《ばん》・忌《い》み衣などを以て、しるしとした。

季節のゆきあひ毎《ごと》に祓除を行ふとゝもに、その附帯条件たるまれびとのおとづれを忘れなかつた。地方によつて遅速はあつても、まれびとの信仰は、ともかくも段々変化して来ずにはゐない。元々まれびとを祖先とする考へすら夙《はや》く失うて、ある地方では至上の神と考へ、又ある地方では、恐るべく、併《しか》し自分の村に対する好意は予期することの出来る魔物とし、或は無力・孤独な小人を神と思ひ、或は群行《ぐんぎやう》する神の一隊を聯想したりして来た。而も青虫の類をすら、此神の姿とするものもあつた。行疫神《ぎやうやくじん》をも、此神の中にこめて見る観察も行はれて来た。

おとづれが頻繁になつて、村の公事なる祭りでなく、一家の私《わたくし》の祝福にも、常世神が臨む様になる。殊に村君の大家《おほやけ》の力が増せば、神たちは其祝福の為に、度々神の扮装をせねばならぬ。其《それ》以下の小家でも、神の来臨を請《こ》ふこと頻《しき》りになつて来る。

酒は旅行者の魂に対する占ひの為に醸《かも》されたものだが、享楽の為に用ゐる時にも、ほかひはせねばならぬ。寿詞《よごと》は昔ながらで、新醸《にひつく》りの出来のよい様に唱へると言つた形をとつて来るわけである。家々の婚礼にも神が臨み、新室開きにも神が迎へられる。醸酒にも、新室にも、神の意識は自他倶《とも》に失はれて了うた。とようかのめにことゞふ神は、夙《はや》く大刀《たち》うち振ふ壮夫《ますらを》と考へられ、家あるじの齢《よはひ》をほぐ神は、唯《たゞ》の人間としての長上の尊者としてあへしらはれた。

此通りまれびとは、必しも昔の様に、常世の国から来ると考へられた者ばかりではなくなつた。幾種類ものまれびとがあり、又、神話化し、過去のことになつたのもあると共に、知らず識《し》らずの間に、やつした神の姿を忘れて、唯の人としてのまれびとが出来た。又、衣帯《えたい》の知れぬ遠処新来の神をも、まれびとに対して懐《いだ》いた考へ方に容《い》れる事になつた。一つは、新神の新《あら》にして、萎《な》えくたびれない威力を信じ畏《おそ》れた為もある。が併し、如何《いか》なる邪神にでも、鄭重《ていちよう》なあるじぶりと、纏綿《てんめん》なるなごり惜しみの情を表出して、他処へ送る風の、今も行はれて居《を》つて、其が盂蘭盆の聖霊《しやうりやう》送りなどに似て居るのを見れば、自《おのづか》ら納得の行くことがあらう。其は遠来神・新渡神に対するのと、精霊に対するのとは、形の上に区別がないことである。即《すなはち》、常世の国から毎年新しく、稀《まれ》におとづれ来る神にした通りの礼式を、色々な意味のまれびとに及《およぼ》したのである。決して単純に、邪神《じやしん》に媚《こ》び事《つか》へて、我が村に事なからしめようとするのだといふ側からばかりは、考へることが出来ないのである。

一四　とこよ

雁《かり》をとこよの鳥としたことは、海のあなたから時を定めて渡り来る鳥だからである。同じ意味に於て、更に神聖な牲料《にへしろ》なる鵠《くゞひ》は、白鳥と呼ばれて常世の鳥と考へられたのは固《もと》より、霊を持ち搬《はこ》び、時としては人間身をも表す事の出来るものとせられた。鵠《くゞひ》が段々数少くなると共に、白い翼の鳥は、鶴でも、鷺《さぎ》でも、白鳥と称《とな》へられ、鵠《くゞひ》の持つた霊力を附与して考へられた。

我国の古俗ばかりから推しても、世界的の白鳥処女伝説は、極めて明快に説明が出来るのは、此《この》国に民間伝承の学問が、大いに興《おこ》る素地を持つてゐるのだと言へようと思ふ。富《と》みと齢《よはひ》の国なる常世は、元、海岸の村々で、てんでに考へて居た祖霊の駐屯所《ちゆうとんしよ》であつた。だから、定期にまれびととして来《きた》り臨む外に、常世浪《なみ》に揺られつゝ、思ひがけない時に、其島から流れて、此岸に寄る小人神があるとせられたこと、のるまん人等の考へと一つ事である。更に少彦名《すくなひこな》の漂着を言ひ、大国主《おほくにぬし》の許《もと》に海の彼方《あなた》から波を照して奇魂《くしみたま》・幸魂《さきみたま》がより来つたと言ふのは、常世を魂の国と見たからである。

常世の国は、飛鳥の都の末頃には既に醇化《じゆんくわ》して、多くの人々に考へられてゐた様であるが、此《これ》には原住帰化漢人種の支那伝来の、海中仙山の幻影が重つて来て居る。藤原の都では、常世に蓬萊《ほうらい》の要素を十分に持つて来て居る事が知れる。けれども、言語は時代の前後に拘《かゝは》らず、用語例の新旧を検査して見る必要がある。新しい時代にも、土地と人格とによつては、古い意義を存してゐるのだ。

常夜往《とこよゆく》と言ふ古事記の用例は、まづ一番古い姿であらう。「とこよにも我が往《ゆ》かなくに」とある大伴ノ坂上《さかのへ》ノ郎女《いらつめ》の用法は、本居宣長《もとをりのりなが》によれば、黄泉《よみ》の意となる。此は少し確かさが足らない。が、とこよを楽土とは見て居ないやうで、旧用語例に近よつて居る。常夜・常暗《とこやみ》など言ふとこは、永久よりも、恒常・不変・絶対などが、元に近い内容である。ゆくは続行・不断絶などの用語例を持つ語だから、絶対の闇のあり様《さま》で日を経ると言ふことであらう。而も、記・紀には、其《その》すぐ後に海の彼方の異郷の生物を意味するとこよの長鳴鳥《ながなきどり》を出して居るから、一つゞきの物語にすら、用語例の変化した二つの時代を含んでゐることが見られる。古事記には尚、常世の二つの違《ちが》うた用例を見せて居る。海龍の国を常世として、楽土を考へてゐること、浦島子《うらしまのこ》の行つた常世と違はない。此は新しい意味である。たぢまもりの橘を求めた国は、実在の色彩濃いながら、やはり常世の国となつて居る。其他異色のあるのは、常陸風土記の常陸自身を常世国だと称した事である。此は理想国の名を、如何にも地方の学者らしく、字面からこじつけ引きよせた一家言《いつかげん》であつたのだらう。ほをりの命《みこと》と浦島子との場合の常世は、目無筐《まなしかたま》に入ると言ひ、魚族の居る国と伝へ（記・紀）、海中らしく見えるが、他の場合の常世の意は、すべて海の彼岸にあるらしく伝へてゐる。つまりは、古代人の空想した国或は島であつたのだ。たぢまもりの場合は、其出自が漢種であり、現実性が多い書き方の為に、如何にも橘を齎《もたら》した国が南方支那の様に見える。けれども、此出石《いづし》人の物語も、一種のりつぷゔあんゐんくる式の要素を備へてゐて、常世特有の空想の衣がかゝつてゐる。

思ふに、古代人の考へた常世は、古くは、海岸の村人の眼には望み見ることも出来ぬ程海を隔てた遥かな国で、村の祖先以来の魂の、皆行き集《あつま》つてゐる処として居たのであらう。そこへは船路或は海岸の洞穴から通ふことになつてゐて、死者ばかりが其処《そこ》へ行くものと考へたらしい。さうしてある時代、ある地方によつては、洞穴の底の風の元の国として、常闇の荒い国と考へもしたらう。風に関係のあるすさのをの命の居る夜見《よみ》の国でもある。又ある時代ある地方には、洞穴で海の底を潜《くぐ》つて出た、彼岸の国土と言ふ風にも考へたらしい。地方によつて違ふか、時代によつて異るか、其は明らかに言ふことは出来ない。なぜならば、海岸に住んだ古代の祖先らは、水葬を普通として居た様だから、必しも海底地下の国ばかりは考へなかつたであらう。洞穴に投じたり、荒籠《あらこ》に身がらを斂《をさ》めて沈めたりした村の外《ほか》は、船に乗せて浪に任せて流すこと、後世の人形《ひとがた》船や聖霊《しやうりやう》船・虫払ひ船などの様にした村々では、海上遥《はる》かに其到着する死の島或は国土を想像したことも考へられる。

事実かういふ彼岸の常世を持つた村々が多かつたらしいのである。

此二つの形が融合して、洞穴を彼岸へ到る海底の隧道《ずいだう》の入り口と言ふ風に考へ出したものと思ふ。

琉球の八重山及び小浜島のなびんづうから通ふにいるすくも、にこらい・ねふすきい氏の注意によれば、底の国ではなく、垣・村・塁などを意味する「城」の字を宛て慣はしたすくである事は既に述べた。此辺にすくを称する離島は可なりにある。さすれば、にらい国は必しも海底の地ともきまらぬのである。事実沖縄諸島では、他界を意味する島を海上にあるとする地方が多く、海底にあると言ふ処はまだ聞かない。大東島《うふあがりしま》も明治以前は単なる空想上の神の島――あがるいの大主の居る――の名であつたのを、偶然其方角に発見して、実際の名としたのであつた。尖閣《せんかく》列島にも、旧王朝時代には神の島と眺められて居たものがあつた。

とにもかくにも最初は、死の常闇の国として畏怖せられて居たのが、其国の住者なる祖先及び眷属《けんぞく》の霊のみが、村の為に好意を持つて、時あつて来臨するのだから、怖いが併し、感謝すべきおにの居る国といふことになつて、親しみを加へて来る。一方には畏《おそろ》しさの方面にのみ傾いて、すさまじい形相を具《そな》へた魔物の来臨する元の国と言ふ風《ふう》に思うた処もある。にいるすくは其《それ》だ。奥羽地方のなもみの類の化け物、杵築《きづき》のばんない等をはじめとして、おにといふ説の内容推移に従うて、初春のまれびとを悪鬼・羅刹《らせつ》の姿で表してゐる地方が多い。ところが、其等《それら》は年中の農作祝福に来るのであるから、仏説に導かれて変化した痕《あと》はあり〳〵と見える。節分の追儺《ついな》に逐《お》はれる鬼すら、やはり春の鬼としてのまれびとの姿を残してゐる地方が段々ある。幸福は与へてくれるのだが、畏《おそろ》しいから早く去つて貰ひたいと古代人の考へたまれびと観が、語意の展開と共に、之《これ》を逐ふ方に専《もつぱ》らになつて来たのである。

代《よ》を経た祖先として、既に畏怖の念よりも、尊敬の方に傾いて来ると、男性・女性の祖先一統を代表する霊の姿が考へられて来る。其が祖先であると言ふ考へから、高年の翁《おきな》・媼《おうな》に想像せられたことが多い。だが、生殖力の壮《さか》んなことを望むところから、壮年のめをと神を思ひ浮べた例も多い。此夫婦神の様式が神争ひ・神逢遭《ゆきあひ》などの物語・行事の上にも影を落して、双方の神を男女或は夫婦として配する風が成長して来た。農作に関係のある神来臨が、初春といひ、五月と言ひ、多く夫婦神であることは、一面婚合《まぐはひ》の儀式を行うて、作物を感染せしめようとする呪術《じゆじゆつ》を伴《ともな》うてゐたものかも知れぬ。

其他の場合のまれびとには、主神一柱の外は眷属だけが随《したが》うて、女性の神の来ないのが多かつたと思はれる。

まれびとが人間化する最初は、恐らく新室のほかひなどであらう。まれびととして迎へられた神なる人が、待遇は神にする様式を改めなかつたけれど、段々人としての意識を主客共に持つ様になつた。顕宗紀《けんぞうき》の室寿詞《むろのよごと》に「いで、常世たち」と賓客たちに呼びかけてゐるのは、齢《よはひ》の久しい人と言ふ様にもとれる。勿論さうした祝福をこめた詞《ことば》ではあるが、古代からまれびとに対して呼びかけた

「常世の神たちよ」と言つた風の固定した常用句が、やはり残つて居たものと見るべきである。とこよが永久の齢・長寿などの用語例を持つたのは、語の方からも、祖先の霊と言ふ考への上に、よに齢《よ》の聯想が働いたからである。常闇の国から、段々不死の国と言ふ風に転じて行つたのである。而もよと言ふ語には、古代から近代まで、穀物或は其成熟の意味があつた。とこよは更に、豊饒《ほうぜう》或は富みの国なる聯想を伴ふ様になつた。常世と一つに考へられ易いわたつみの国は、人間の富みの支配者であつた上に、時々潮に乗つて、彼岸の沃肥《よくひ》を思はせる様な異様な果実などの流れよることなどがある為、空想は愈《いよいよ》濃くなり、色どられて行く。

かうした展抒《てんじよ》は、藤原朝以前からであつた。漢種の人々の影響が具体的になつて来ると、益《ますます》海中の三仙山の寿福の姿が、常世の国の上に重つて来て、常世・仙山を接近させる様になつた。平安朝の初期に、「標《へう》の山」の上に仙山を作つて、夫婦神を据ゑる様にさへなつたのは、此信仰の混淆《こんかう》から来たのだ。

更に常世の国に就《つい》て、日漢共通の、而も独立発生の疑ひのないものは、神婚譚《たん》がどちらにもついて廻つて居ることである。漢・魏《ぎ》・晋《しん》・唐の間の民間説話の記録なる小説は、宮廷秘事でなければ、神仙と高貴の人との媾遇《まぐはひ》を主題とした物が多い。更に「楚辞《そじ》」にも屈原の物すら、稍《やゝ》此傾向のあるものがあるが、其末流なる宋玉《そうぎよく》・登徒子《とうとし》等の作物は、張文成《ちやうぶんせい》の艶話《つやばなし》の前駆とも言ふべき自叙伝体の、仙女又は貴女との交渉を記したものが多い。文成の物になると、日本・三韓あたりの念書人の鑑賞に適切な、啓蒙的な筆致と構想とを備へてゐた。而も、夙《つと》に歓び迎へられた「遊仙窟」は、仙女との間の情痴を描写したものである。書物よりの影響は、勿論日本の文人を動《うごか》して、奈良朝に出入して、既に浦島子伝《ほたうしでん》・柘枝伝《つみのえでん》に辿々《たどたど》しい模倣の筆つきで、わが国固有の神女・人間婚合《まぐはひ》の物語を書かしめた。而も筆を以てせぬ漢種の人々の神仙譚が、人々の耳に触れた多くの機会を想像する事が出来る。さうした事が、如何に、常世と仙山とを分ち難いものにしたことであらう。其上、国語では、男女の交情・関係をも「よ」と言ふ音で表した。常世が恋愛の無何有郷《むかいうきやう》と言ふ風にも考へられた。浦島子譚《たん》と同系と見えるほをりの命の物語も、常世の富みと恋ひとを述べて居る。「齢」の方は、此方にはなくて、前者の方に説いてゐる。其浦島子の幸福を逸した愚さを、歯痒《はがゆ》く感じた万葉人《びと》の詞は、すべての万葉人の仰望《ぎやうばう》をこめての歎息《たんそく》だつたのである。

覓国使《くにまぎつかひ》の南島を求めて出た動機には、かうした楽土への憧れを含んで居たことであらう。ちようど中世紀の欧洲人が、挙《こぞ》つて浄土西印度《にしいんど》の空想をあめりかに実現した様に、此《これ》は七島・奄美・沖縄諸島を探り得たのだ。而も其島々の荒男も、おなじくさうした楽土に憧れて居たこと、今の世の子孫が尚あるが如くであつたらう。平安朝に入つては、常世の夢醒《さ》めて、唯《たゞ》文学上の用語となり、雁《かり》がねに古風な情趣を添へようとする人が、時たま使ふだけになつて了《しま》うた。まことに、海の彼方《あなた》に憧れの国土を観じた祖先の夢は、ちぎれ〱になつて了うたのである。

海については、四天王寺の西門は、極楽浄土東門に向ふが故に、浄土往生疑ひなしと信じて、水に入つた鎌倉時代の人々や、南海にあると言ふ観世音《くわんぜおん》の楽土を想うて、扁舟《へんしう》に死ぬまでの身を乗せて、漕ぎ出した「普陀落渡海《ふだらくとかい》」も、皆水葬の古風が仏家《ぶつけ》の新解説を得たまでゞ、目ざす浄土は、やはり常世の形を変へたものに過ぎなかつたのである。

時勢から見ても、常世の国は、忘られねばならなかつた。常世神に仕へた村人らは海との縁が尠《すくな》くなつて行つた。平野から山地にまで這入つて了うては、まれびとの来る処は、自《おの》ら《づか》変つて来る。現在或は近世の神社行事の溯源《そげん》的な研究の結果と、古代信仰の記録とを並べて考へて行くと、一番単純になりきつたのは、海浜の村の生活の印象である。こゝまで行くと、我国土の上に在つたことか、其とも主要な民族の移住以前の故土《こど》での事か、訣《わか》らなくなる部分が出て来る。此事については、別に論じたく思ふが、此だけの事は言はれる。

ともかくも、信仰を通じて見た此国土の上の生活が、かなり古くからであつたらしい事である。尠くとも、さうした生活を始めた村が、極めて古くあつた。其上自発したものか、他の村からとり込んだかは二の次にして、相似《あひに》た生活様式の多くが、沢山な村々の上に極めての古代に見出《みいだ》される。平野に深く移つて後も、尚祭りには、海から神の来る事を信じた村もある。だが多くは、段々形を変へて、山からとし、天からと考へる様になる。元来、天上に楽土を考へた村々もあるにはあつたらしいのである。


昭和二年十月稿。昭和四年一月「民族」第四巻第二号

琉球の宗教

一　はしがき

袋中大徳《たいちゆうだいとこ》以来の慣用によつて、琉球神道の名で、話を進めて行かうと思ふ。それ程、内地人の心に親しく享《う》け入れる事が出来、亦《また》事実に於ても、内地の神道の一つの分派、或《あるい》は寧《むしろ》、其巫女教《そのふじよけう》時代の俤《おもかげ》を、今に保存してゐるものと見る方が、適当な位《くらゐ》である。其《それ》くらゐ、内地の古神道と、殆《ほとん》ど一紙の隔てよりない位に近い琉球神道は、組織立つた巫女教の姿を、現に保つてゐる。而《しか》も琉球は、今は既に、内地の神道を習合しようとしてゐる過渡期と見るべきであらう。沖縄本島の中には、村内の御嶽《おたけ》を、内地の神社のやうに手入れして、鳥居を建てたのも、二三ある。よりあけ森の神・まうさてさくゝもい御威部《おんいべ》に、乃木大将夫婦の写真を合祀《がうし》したのが一例である。国頭《くにがみ》の大宜味村《おほぎみそん》の青年団の発会式に、雀の迷ひ込んだのを、此《この》会の隆《さか》んになる瑞祥《ずいしやう》だ、と喜び合うたのは、近年の事である。此は、内地風の考へ方に化せられたので、老人仲間では、今でも、鳥の室に入ることを忌《い》んでゐる。其穢《けが》れに会ふと、一家浜下《はまう》りをして、禊《みそ》いだものである。併《しか》しながら、宗教の上の事大の心持は、此島人が昔から持つてゐた、統一の原理でもあつた。甚《はなはだ》しい小異を含みながら、大同の実を挙げて、琉球神道が、北は奄美《あまみ》の道の島々から、南は宮古、八重山の先《さき》島々《じまく》まで行き亘《わた》つてゐる。

二　遥拝所――おとほし

琉球の神道の根本の観念は、遥拝《えうはい》と言ふところにある。至上人《しじやうにん》の居る楽土を遥拝する思想が、人に移り香炉《かうろ》に移つて、今も行はれて居る。

御嶽拝所《おたけをがん》は其出発点に於て、やはり遥拝の思想から出てゐる事が考へられる。海岸或は、島の村々では、其村から離れた海上の小島をば、神の居る処として遥拝する。最有名なのは、島尻《しまじり》に於ける久高島《くだか》、国頭《くにがみ》に於ける今帰仁《なきじん》のおとほしであるが、此類《このたぐひ》は、数へきれない程ある。私は此形が、おとほしの最古いものであらうと考へる。

多くの御嶽《おたけ》は、其意味で、天に対する遥拝所であつた。天に楽土を考へる事が第二次である事は「楽土」の条《くだ》りで述べよう。人をおとほしするのには、今一つの別の原因が含まれて居る様である。古代に於ける遊離神霊の附著《ふちやく》を信じた習慣が一転して、ある人格を透《すか》して神霊を拝すると言ふ考へを生んだ様である。近代に於て、巫女を拝する琉球の風習は、神々のものと考へたからでもなく、巫女に附著した神霊を拝むものでもなく、巫女を媒介として神を観じて居るものゝやうである。

琉球神道に於て、香炉が利用せられたのは、何時《いつ》からの事かは知られない。けれども、香炉を以《もつ》て神の存在を示すものと考へ出してからは、元来あつたおとほしの信仰が、自在に行はれる様になつた。女の旅行者或は、他国に移住する者は、必《かならず》香炉を分けて携へて行く。而も、其香炉自体を拝むのでなく、香炉を通じて、郷家《がうけ》の神を遥拝するものと考へる事だけは、今に於ても明らかである。また、旅行者の為に香炉を据ゑて、其香炉を距《へだ》てゝ、其人の霊魂を拝む事すらある。だから、村全体として、其移住以前の本郷《ほんがう》の神を拝む為の御嶽拝所《おたけをがん》を造る事も、不思議ではない。例へば、寄百姓で成立《なりた》つて居る八重山の島では、小浜島から来た宮良《めいら》の村の中に、小浜おほんと称する、御嶽《おたけ》類似の拝所をおとほしとして居り、白保《すさぶ》の村の中では、その本貫《ほんぐわん》波照間《はてるま》島を遥拝する為に、波照間おほんを造つて居る。更に近くは、四箇《しか》の内に移住して来た与那国《よなくに》島の出稼人《でかせぎにん》は、小さな与那国おほんを設けて居る。

此様《このやう》におとほしの思想が、様々な信仰様式を生み出したと共に、在来の他の信仰と結合して、別種の様式を作り出して居る所もあるが、畢竟《ひつきやう》、次に言はうとする楽土を近い海上の島とした所から出て、信仰組織が大きくなり、神の性格が向上すると共に、天を遥拝する為の御嶽拝所《おたけをがん》さへも出来て来たのである。だから、御嶽《おたけ》は、遥拝所であると同時に、神の降臨地と言ふ姿を採《と》る様になつたのである。

三　霊魂

霊魂をひつくるめてまぶいと言ふ。まぶりの義である。即《すなはち》、人間守護の霊魂が外在して、多くの肉体に附著して居るものと見るのである。かうした考へから出た霊魂は多く、肉体と不離不即の関係にあつて、自由に遊離脱却するものと考へられて居る。だから人の死んだ時にも、肉霊を放つまぶいわかしと言ふ巫術《ふじゆつ》が行はれる。又、驚いた時には、魂を遺失するものと考へて、其《それ》を又、身体にとりこむ作法として、まぶいこめすら行はれて居る。

大体に於て、まぶいの意義は、二通りになつて居る。即、生活の根本力をなすもの、仮りに名付くれば、精魂とも言ふべきものと、祟《たゝ》りをなす側から見たもの、即、いちまぶい（生霊）としにまぶい（死霊）とである。近世の日本に於ては、学問風に考へた場合には、精魂としての魂を考へることもあるが、多くは、死霊・生霊の用語例に入つて来る。

けれども古代には、明らかに精霊の守護を考へたので、甚しいのは、霊魂の為事《しごと》に分科があるものとした、大国主《おほくにぬし》の三霊の様なものすらある。

但《ただし》、琉球のまぶいは、魂とは別のものと考へられて居る。魂は、才能・伎倆《ぎりやう》などを現すもので、鈍《どん》根《こん》な人を、ぶたましぬむうんと言ふのは、魂なしの者、即、働きのない人間と言ふ事になつて居る。又、たまと言ふ語《ことば》を、人魂《ひとだま》或は庶物《しよぶつ》の精霊に使用する例は、恐らく日本内地から輸入したもので、古くは無かつたものと思ふ。強《し》ひて日琉に通ずる、たまの根本義を考へると、一種の火光を伴ふものと言ふ義があるやうである。

精霊の点《とも》す火の浮遊する事を、たまがり＝たまあがりと言ふのは、火光を以《もつ》て、精霊の発動を知るとした信仰のなごりで、その光其自《それみづか》らが、たまと言はれた日琉同言の語なのであらう。だからもとは、まぶいは守護霊魂が精霊の火を現したのが、次第に変化して、霊魂そのものまでも、たまと言ふ日本語であらはす事になつたのであらう。そして、魂が火光を有《も》つと言ふ考へを作る様になつたと思はれるのである。

此守護霊を、琉球の古語に、すぢ・せぢ・しぢなど言うたらしい。近代に於ては、すぢ或は、すぢやあは、人間の意味である。其義を転じて、祖先の意にも用ゐてゐる。普通の論理から言へば、すぢゆん即、生れるの語根、すぢから生れるものゝ義で、すぢやあが人間の意に用ゐられる様になつたのだ、と言ふことが出来よう。然《しか》しながら、更に違つた方面から考へれば、すぢが活動を始めるのは、人間の生れることになるのだから、すぢを語根として出来たすぢゆんが、誕生の動詞になつたとも見られよう。其点から見ると、すぢゆんは、生《うま》るの同義語であるに拘《かかは》らず、多くは、若返る・蘇生するなどに近い気分を有つて居るのは、語根にさうした意味のあるものと思はれる。後に言ふ、聞得大君《ちふいぢん》御殿《おどん》の神の一なる、おすぢの御前は、唯、神と言ふだけの意味で、精《くは》しくは、金のみおすぢ即、金の神、或は米の神、或は楽土（かない）の神と言ふ位の意味に過ぎない。而も其《その》もとは、霊魂或は、精霊と言ふ位の処から出て居るのであらう。琉球国諸事由来記其他を見ても、すぢ・せぢ・ますぢなどを、接尾語とした神話がある。柳田国男先生は、此すぢをもつて、我国の古語、稜威《いつ》と一つものとして、まな信仰の一様式と見て居られる。

とにかく、近代の信仰では、すべてが神の観念に飜訳せられて、抽象的な守護霊を考へる事が、出来なくなつて居る。けれども、長く引続いて居る神人《じんにん》礼拝の形式を溯《さかのぼ》つて見ると、さうした守護霊の考へられて居た事は、明らかである。

沖縄に於ては、妹《おなり》をがみ・巫女《のろ》をがみ・親《おや》をがみ・男《おめけり》をがみ等の形を残して居る。
おもろさうし巻二十二、てがねまるふしに、

きこゑ大きみが
おぼつ、せぢ、おるちへ
あんじ、おそいよみまぶて

と言ふ歌がある。此意味は

名にひゞく天子がことを言はむ。
楽土なるせぢをおろして、
大君主をみまもりてあらむ。

と言ふ位の意味である。此《これ》を見ても、せぢが神でなく、守護霊であることは、考へられる。又、くわいにやの例として、伊波普猷《いはふゆう》氏が引かれた、久高《くだか》島のものには、かういふものがある。

にらいどに、おしよけて
かないどに、おしよけて
のろがすぢ、せんどう、しやうれ
主がすぢ、せんどう、しやうれ
きみがおすぢ、みおんつかひ、をがま
しゆうがおすぢ、みおんつかひ、をがま

此意味は、

　楽土への渡りどに、大船おしうけてあれば、
　此船に祈る巫女のすぢよ、せんどう、しませ。
　天子のすぢよ、船頭しませ。
　われはかくして、女君のおすぢを、をがみ迎へむ。
　天子のおすぢを、をがみ迎へむ。

と言ふ意味であらうが、此は、巫女を拝み、君主を拝む事に因《よ》つて、それ〴〵のすぢを拝む事になるので、古くから、此すぢと、すぢのつく人との間に、区別が著しくは立つて居《を》らないのである。畢竟《ひつきやう》、我国古代の、あきつかみと言ふ語も、此すぢを有《も》つ天子を、すぢ自身とも観じたのである。即、主がおすぢと同じことになる。但《ただし》あきつかみに於ては、其すぢが、神に飜訳せらるゝほどに、日本の霊魂信仰が、夙《つと》に変化して居つたことを示して居る。

四　楽　土

琉球神道で、浄土としてゐるのは、海の彼方《あなた》の楽土、儀来河内《ぎらいかない》である。さうして、其処《そこ》の主宰神の名は、あがるいの大神《おほぬし》といふ。善縄大屋子《よくつなうふやこ》、海亀に嚙まれて死んだ後、空に声あつて、ぎらいかないに往《い》つた由《よし》、神託があつた。而《しか》も、大屋子《うふやこ》の亡骸は屍解《しかい》してゐたのである。天国同時に、海のあなたといふ暗示が此《この》話にある様《やう》である。(国学院大学郷土研究会での柳田先生の話)

昔の書物や伝承などから、楽土は、神と選ばれた人とが住む所とせられたやうである。六月の麦の芒《のぎ》が出る頃、蚤《のみ》の群が麦の穂に乗つて儀来河内《ぎらいかない》からやつて来ると考へられてゐる。此は、琉球地方では蚤の害が甚《はなは》だしい為、其《それ》が出て来るのを恐れるからである。儀来河内は、善い所であると同時に悪い所、即《すなはち》、楽土と地獄と一つ場所であると考へ、神鬼共存を信じたのである。

儀来は多く、にらい・にらや・にれえ・ねらやなど発音せられ、稀《まれ》には、ぎらい・けらいなど言はれてゐる。河内は、かない・かなや・かねやと書く事がある。国頭《くにがみ》地方ではまだ、儀来《ぎらい》に海の意味のあることを忘れずにゐる。謝名城《じなぐすく》（大宜味村《おほぎみ》）の海神祭《うんじやみ》のおもろには「ねらやじゆ〔潮〕満《さ》すい、みなと〔湊〕じゆ満《みち》ゆい……」とあつて、沖あひの事を斥《さ》すらしい。那覇から海上三十海里《かいり》にある慶良間《けらま》群島も洋中遥《はる》かな島の意らしく思はれる。かないは、沖に対する辺で、浜の事ではなからうか。かな・かねで海浜を表す例が多いから。つまりは、沖から・辺からと言ふ対句が、一語と考へられて、神の在《いま》す遥かな楽土と言ふ事になつたのであるまいか。さうして其儀来河内《ぎらいかない》から、神が時を定めて渡つて来る、と考へてゐる。其場合、其神の名をにれえ神がなしと称《とな》へてゐる。

先島では、にいるかないを地の底と考へてゐる。にいるに、二色を宛てゝゐる。毎年六七月の頃、のろの定めた干支の日、にいるかないから二色人《にいるぴと》が出て来ると言ふ信仰が、八重山を中心として小浜・新城《あらぐすく》・古見の三島に行はれてゐる。石垣島《いしがき》の宮良村《めいら》には、なびんづうと言ふ洞穴があつて、祭りの日には、此穴から二色人《にいるぴと》が現れて来ると言はれてゐる。

此祭りは、少年を成年とする儀式で、昔は二色人《にいるぴと》が少年に対《むか》つて色々の難題を吹きかけたり、踊らしたりしたといふ。にいるぴとは、それぐ赤と黒との装束をしてゐたので、二色人と言うたのだと言ふが、他の島では一定した色はない。今は二色人を奈落人《ならく》と考へてゐる。沖縄の言葉は、日本語と同じく、語部《かたりべ》に伝誦せられた神語・叙事詩から出たものが多い。だから、対句になつてゐる儀来河内《ぎらいかない》も其例の一つと見てよい。

沖縄本島から北の鹿児島県に属する道の島々並びに、伊平屋《いへや》島に亘《わた》つては、其浄土を、なるこ国・てるこ国と言うてゐる。其処《そこ》から来る神の名を、なるこ神・てるこ神（又、ちりこ神）と言ふ。なるこは勿論、にらい系統の語であらう。此伊平屋《いへや》島は南北の島々の伝承を一つに集めてゐる様に見える場所で、沖縄本島近辺と同じく、にらいかないを信じ、にらい神・かないの君真者《きむまむん》の名を言ふと共に、なるこ神・てるこ神を言ふ。其ばかりか、まやの神・いちき神といふ名称をさへ、右の海を渡つて来る神に、命《なづ》けてゐる。

まやの神は、石垣島で六月の頃行《おこな》ふ穂利《ふり》の祭りの日に、ともまやの神を連れて家々を祝福して歩く神である。此神には勿論、村の青年が仮装するのであるが、村人は、神である事を信じてゐる。手四箇では盆の四日間にあんがまあが来る。もとは芭蕉の葉で面を裹《つつ》んでゐたが、今は許されなくなつて薄布を以てする。また、老人の神うしゆめい（おしゆまい）・老婆の神あつぱあに連れられて来る亡者の群もある。此等《これら》は皆、同一系統のもので、後生《ぐしよ》から来ると言ふ。後生《ぐしよ》は、地方に依《よ》つては墓の意味に用ゐられてゐる。まやの神は、何処から来るか、訣《わか》らない。まやには猫の義があるが、此処ではそれではないらしく、土地の名であらう。此信仰は台湾に亘つて、阿里山蕃族《ありさんばんぞく》が、ばくぐわかあ山或はばくぐやまから出て、分れて一つはまやの国へ行つたと言ふ伝説があるから、琉球の南方でも、恐らくまやを楽土と観じてゐたのであらう。

なるこ・てるこは、北方即《すなはち》道の島風《ふう》であり、まや・いちきは南方、先島《さきじま》風の呼び名である。而も更に驚くのは、やはり右の渡り神を、場合によつては、あまみ神とも言うてゐる事である。あまみは、言ふまでもなく、琉球の諾冉《だくぜん》〔いざなぎ・いざなみ〕二尊とも言ふべきあまみきょ・しねりきょの名から来てゐるのである。あまみきょ・しねりきょは、沖縄本島の東海岸、久高《くだか》・知念《ちねん》・玉城《たまぐすく》辺に、来りよつたと言ふ事になつてゐるが、其名はやはり、浄土を負うてゐるものと見られる。ぎょ・きょう・きゅうなどは、人《ちゅ》から出た神の接尾語で、あまみ・しねりが神の国土の名である。其を実在の島に求めて、奄美《あまみ》大島の名称を生んだものであらう。しねりに、儀来（ぎらい・じらい）との関係が見えるばかりか、あまみのあまには、儀来同様、海なる義が窺《うかが》はれるのである。

決して合理的な解釈を下す事は出来ない。北方、奄美《あまみ》大島から来た種族が、沖縄の開闢《かいびゃく》をなしたと考へるのは、神話から孕《はら》んだ古人の歴史観を、其儘に襲うた態度である。あまみ・しねりは、やはりにらい・かない、なるこ・てるこ同様に、信仰の上の理想国に過ぎないのであらう。まや・いちきと言ふ語も、同音聯想《れんさう》は違つた説明をも導く様であるが、やはり南方での、儀来河内《ぎらいかない》なのであらう。楽土の主神の名のあがるいは、東方《あがり》と言ふ意を含んでゐる。東海の中に、楽土を観じた沖縄本島の人の心持ちが見える。

此外《このほか》に尚一つ、天国の名として、おぼつかぐらと言ふのがあつた様である。混効験集《こんかうけんしふ》には「天上の事を言ふ。いづれも首里《しゆり》王府《わうふ》神歌《かみうた》御双紙《おさうし》に見ゆ」とある。天帝（太陽神）の居る天城で、あまみきょ・しねりきょも其処から来たものである。併《しか》し、此も「……雨欲しやに、水欲しやに、おぼつ通ちへ、かぐら通ちへ、にるやせぢ、かなやせぢ、まきょにあがて、くたにあがて……」などあるのを見ると、此語のなりたちも、大体は想像がつく。

屍解《しかい》して昇天する話は、限りなくある。此は選ばれた人ばかりが、儀来河内《ぎらいかない》に入るとせられた考へから出たのである。善縄大屋子《よくつなうふやこ》の様なのもあるが、大抵は神人《じんにん》の上にある事なのである。のろに限つて、洗骨せぬ地方もあり、洗骨しても多くは、家族と同列に骨甕《ほねがめ》を列《なら》べないのを原則としてゐるのは、屍解昇天する人と然《しか》らざる者とを区別したので、若《も》し此に反《そむ》くと、神人昇天出来ぬ為に、祟《たた》る事があると考へられてゐたのであらう。此事は我《わが》内地の文献にも、同様の例を留《とど》めてゐる。

五　神々

琉球の神々を、天神と海神とに分つ。此等に関した文書は、琉球神道記の他に、球陽《きうやう》がある。球陽を漢訳したものが、中山世鑑《ちゆうざんせいかん》である。

琉球の王室で祀《まつ》つた神を、君真者《きむまむん》と言ふ。真者《まむん》とは、尊者の称呼である。此を正しい文法にすると、真者君と言ふことである。琉球の神々と、内地の神々との最《もつとも》甚しい差異点は、琉球の神々は、時々出現することである。此出現を、新降（あらふり）と言ふ。球陽の説では、君真者《きむまむん》は、天神と海神との二つで、色々の神々を、此二つに分類して居る。此神々は、年に一度出現する神もあれば、三十年に一度出現する神もあり、一年の間に度々出現する神もある。其中《そのなか》で、最著しい神は、与那《よな》原《ばる》のみおやだいり（御公事）の神である（中山世鑑）。この神は、琉球の王廟《おうべう》の中に祭祀する。其祭祀する者は、此国第一位の女神官である。天子の代の替る毎《ごと》に、聞得大君《ちふいぢん》が出来る。首里より一里程《ほど》海岸の与那原《よなばる》に聞得大君が行く時に、与那原のみおやだいりの神が現れる。みおやだいりは、其神に奉仕するのであつて、其祭りに奉仕する時は、此を神と認めて儀式を行ふのである。

毎年、夏の盛りに出現する神を、きみてすりと言ふ。此神は、仕官を司《つかさど》る神で、沖縄本島の北方にある辺土（ふいど）に出現する。此神の出現する時は此御嶽《おたけ》に神の笠が降《お》り、其附近の今帰仁《なきじん》にも笠が降《お》りる。此笠をらんさんと言つてゐる。此は、天蓋《てんがい》の如きもので、其を樹《た》てると、神その蔭に現ると信じて居る。此らんさんの天降（あふり又はあほり）の時に言ふ言葉を、おもろと言ふ。柳田先生は、あふりとおもろと、同一であらうと説明されて居る。此おもろが、朝廷に伝はり、地方にも自然的に伝播《でんぱ》する。即、地方の神官の家には、代々伝へられて、保存せられてゐた。此を考へて見ると、太陽信仰の存する処には、笠はつきものなのである。琉球の大切な神を、おちだがなしと言ひ、ちだと略称して居る。台湾には、みさちだと言ふ太陽神がある。笠の観念は、月が暈《かさ》を着ると言ふ信仰によるものと、尊い神に直接あたらぬ様にすると言ふ、二つの信仰が、合したものであるらしい。

琉球の女官・后《きさき》・下々《しもじも》の女官・神職に到るまでの事柄は、女官御双紙《にょくわんおさうし》に載つて居る。神職の名前の中で、今帰仁《なきじん》の神職に、あふりあゑと称して居る者がある。又一地方に、さすかさのあじと言ふ者がある。あじは按司（朝臣）であると言ふ。あふりはおらんさんの事で、さすかさも、翳《さ》し蔽《おほ》ふ笠の事だと言ふ説がある。笠が最後に王城の庭に樹ち、王始め群臣の集《あつま》つて見て居る前で、おらんさんが、三十余《あま》り立つて踊る。即、人間が神の姿を装うて居るのだが、其間は、すべての人間は、其仮装者に神格を認め、仮装者自身も、其間は神であると言ふ信念を有《も》つて行動するのである。

島尻郡の知念《ちねん》には、昔、うふぢちう（大神宮）と言ふ人があつた。ちうとは、宰丸《かうぐわん》の義で、うふぢは大の義である。此人の子が、また、大豪傑であつた。うふぢちうの死後棺の蓋を取つて見ると、屍体《したい》は失《な》くなつて居て、柴の葉が残つて居た。此は、昇天したのだと言うて居る。此人は、琉球神道記によると、実在の人物ではなく、海神であると見えて居る。此海神は、大きな宰丸を有つて居て、肩に担《かつ》いで歩く。此頃では、国頭《くにがみ》郡の方へ行つて居ると言ふ。どう言ふ訣《わけ》か、解説に苦しむ事柄である。此海神の子孫が、現在字《あざ》をなして残つて居る。

正式に首里王朝で認めて居る神の中に、変な神がある。其神の根本は、天から来る神と、海から来る神とに分つが、先島《さきじま》辺りは、此分け方は、行はれて居ない。此分け方は、民間信仰に基礎を置いたものであるが、島々の見方によると、多少の相違がある。琉球では、太陽神の他に、自然崇拝そのまゝの形を残して居る。それ故恐しい場所、ふるめかしい場所、由緒ある場所は、必《かならず》、御嶽《おたけ》になつて居る。自分の祖先でも、七代目には必神になる。中山世鑑《ちゆうざんせいかん》は、七《しち》世生《せしやう》神と書いてゐる。此は、死後七代目にして神となると言ふことである。以前には、人が死ぬと、屍体を、大きな洞窟の中へ投げこんで、其洞窟の口を石で固め、石の間を塗りこんだものであるが、此習《なら》はしが次第に変化して、墓を堅固に立派にするやうになつた為に、墓を造つて財産を失ふ人が多くなつた。七代経つと、其洞の中へは屍《しかばね》を入れないで、神墓（くりばか）と称し、他の場所へ、新墓所を設ける。神墓《くりばか》は拝所となる。此拝所ををがんと言ふ。時代を経るに従つて、他の人々も拝する様になる。此拝所《をがん》が、恐しい場所になつて来る。拝所《をがん》を時々発掘すると、白骨が出て来る。此を、骨霊《こちまぶい》と言ふ。

琉球神道の上に見える神々は、現にまだ万有神である。恐しいはぶは、山の神或は、山の口（蝮《くち》か）として、畏敬《いけい》せられ、海亀・儒艮《じゆごん》（ざん＝人魚）も、尚神としての素質は、明らかに持つてゐる。地物・庶物に皆、霊があるとせられ、今も島々では、新しい神誕生が、時々にある。而《しか》も其中《そのうち》、最《もつとも》大切に考へられてゐるのは、井《かあ》の神・家の神・五穀の神・太陽神・御嶽の神・骨霊《こちまぶい》などである。大体に於て、石を以て神々の象徴と見る風があつて、道の島では、霊石に、いびがなし〔神様〕といふ風な敬称を与へてゐる処もある。又一般に、霊石をびじゆるといふのも「いび」を語根にしてゐるので、琉球神道では、石に神性を感じる事が深く、生き物の石に化した神体が、沢山ある。井《かあ》の神として、井の上に祀られてゐるものは、常に変つた形の鍾乳石《しようにゆうせき》である。此をもびじゆると言うてゐる。ある人の説に、びじゆるは海神だとあるが、疑はしい。家の神の代表となつてゐるのは、火の神《かん》である。此亦《これまた》、三個の石を以て象徴せられて、一列か鼎足《ていそく》形かに据ゑられてゐる。巫女の家や旧家には、おもな座敷に、片隅の故《ことさ》らに炉の形に拵《こしら》へた漆喰《しつくい》塗りの場処に置く。普通の家では、竈《かまど》の後の壁に、三本石を列べて、其頭に塩・米などの盛つてあるのを見かける。火の神の祭壇は、炉であつて、而も家全体を護《まも》るものと考へられてゐるのである。家があれば、火の神のない事はなく、どうかすれば、神社類似の建造物の主神が皆、火の神である様に見える。巫女の家なる祝女殿内《のろどのち》、一族の本家なる根所《ねどころ》の殿《とおん》、拝所になつてゐる殿《とおん》、祭場ともいふべき神あしやげ、皆火の神のない処はない。併し恐らくは、火の神の為に、建て物を構へたのは一つもなく、建て物あつて後に、火の神を祀る事になつたので、某々の家の宅《やか》つ神、と考へて来たのに違ひない。火の神と言ふ名は、高級巫女の住んでゐる神社類似の家、即、聞得大君御殿《ちふいぢんおどん》・三平《みひら》等の「大阿母《うふあむ》しられ」の殿内《とぬち》では、お火鉢の御前《おまへ》と言ふ事になつて居た。

尚《しやう》王家の宗廟とも言ふべき聞得大君御殿《ちふいぢんおどん》並びに、旧王城正殿百浦添《もんだすい》の祭神は、等しく御日《おちだ》・御月《おつき》の御前《おまへ》・御《お》火鉢の御前《おまへ》（由来記）であるが、女官御双紙《おさうし》などによると、御《お》すぢの御前《おまへ》・御火鉢の御《お》前《まへ》・金の美御《みお》すぢの御前《おまへ》の三体、と言ふ事になつて居る。伊波普猷氏は、御《お》すぢの御前《おまへ》を祖先の霊、御火鉢の御前《おまへ》を火の神、金の美御すぢを金属の神と説いて居られる。前二者は疑ひもないが、金の美おすぢは、日月星辰《せいしん》を鋳出《ちうしゆつ》した金物の事かと思はれる節〔荻野仲三郎氏講演から得た暗示〕がある。併し語どほりに解すると、かねは、おもろ・おたかべの類に、穀物の堅実を祝福する常套語で、又かねの実《み》ともいふ。みおすぢの「み」が「実《み》」か「御《み》」かは判然せぬが、いづれにしても、穀物の神と見るべきであらう。或は、由来記を信じれば、月神が穀物の神とせられてゐる例は、各国に例のあること故、御月《おつき》の御前《おまへ》に宛てゝ考へることが出来さうである。

御すぢの御前は、琉球最初の陰陽《おんみよう》神たるあまみきょ・しねりきょの親神なる太陽神即《すなはち》、御日《おちだ》の御《お》前《まへ》を、祖先神と見たのだと解釈せられよう。琉球神道の主神は、御日《おちだ》の御前《おまへ》で、やはり太陽崇拝が基礎になつてゐる。国王を、天加那志《ちだかなし》（又は、おちだがなし、首里ちだがなし）と言ふのも、王者を太陽神の化現《けげん》即、内地の古語で言へば、日のみ子と見たのであるらしい。祖先崇拝の盛んな事、其を以て、国粋第一と誇つてゐる内地の人々も、及ばぬ程である。旧八月から九月にかけて、一戸から一人づゝ、一門中一かたまりになつて遠い先祖の墓や、一族に由緒ある土地・根所、其外の名所・故跡を巡拝して廻る神拝みと言ふ事をする。首里・那覇辺から、国頭《くにがみ》の端まで出かける家すらある。単に此だけで、醇化《じゆんくわ》せられた祖先崇拝と言ふ事は出来ない。常に其背後には、墓に対する恐怖と、死霊に対する諂《こ》び仕《つか》への心持ちが見えてゐる。

六　神　地

琉球神道では、神の此土《この》に来るのは、海からと、大空からとである。勿論厳密に言へば、判然たる区別はなくなるのであるが、ともかく此二様の考へはある様である。空から降ると見る場合を、あふり・あをり・あもりなど言ふ。皆天降《あも》りと一つ語原である。山や丘陵のある場合には、其に降るのが、古式の様だが、平地にも降る事は、間々ある。但《ただし》、其場合は喬木《けうぼく》によつて天降るものと見たらしい。蒲葵《くば》（＝びらう）の木が神聖視されるのは、多く此木にあふりがあると見たからである。蒲葵の木が、最《もつとも》神聖な地とせられてゐる御嶽《おたけ》の中心になり、又さなくともくば・こばう・くぼうなど言ふ名を負うた御嶽の多いのは、此信仰から出たのである。

神影向《やうがう》の地と信じて、神人の祭りの時に出入《でいり》する外、一切普通の人殊《こと》に男子を嫌ふ場処が、御嶽である。神は時あつて、此処に涼傘《りやんさん》を現じて、其下にあふるのである。首里王朝の頃は、公式に涼《りやん》傘《さん》の立つ御嶽と認められて居たものは、極《きま》つて居た。併し、間切《まぎり》々々《ぐ》の御嶽の神々も、涼傘《りやんさん》を下してあふるのが、古風なのである。御嶽のある地を、普通森《もり》といふ。「もり」は丘陵の事である。高地に神の降るのが原則である為の名に違ひない。其が、内地の杜《もり》と同じ内容を持つ事になつたのである。

神は御嶽《おたけ》に常在するのではないが、神聖視する所から、いつでも在《いま》す様に考へられもする。内地の杜々《もりく》の神も、古くは社を持たなかつたに相違ない。三輪の如きは「三輪の殿戸」の歌を証拠として、社殿の存在した事を主張する人も出て来たが、あの歌だけでは、此《これ》までの説を崩すまでにはゆかぬ。杜《もり》・神南備《かむなび》などは、社殿のないのが本体で、社あるは、家《やか》つ神《がみ》或は、梯立《はしだて》で昇り降りするほくらの神から始まるのである。社ある神と、ない神とが、同時に存在したのは、事実である。社殿に斎《いつ》かなかつた神は、恐らく御嶽と似た式で祀られてゐたものであらう。

処《ところ》によつては、極めて稀《まれ》に、御嶽の中に、小さな殿を作つてゐる処もある。此は必《かならず》、祭儀の必要から出来たもので、神の在り処《どころ》でないであらう。

御嶽は、神人《かみんちゆ》の外は入れない地方と、女ならば出入《でいり》を自由にしてあるところとがある。女には、神人となる事の出来る資格を認めるからと思はれる。どの地方でも、男は絶対に禁止である。島尻の斎場《さいふあ》御嶽でも、近年までは、女装を学ばねば這入れぬ事になつてゐた。

大きな御嶽《おたけ》なら、其中に、別に歌舞《あそび》をする場処がある。久高の仲の御嶽《おたけ》の如きが其である。併し多くは、其為《そのため》に神あしゃげがある。

神あしゃげ多くは、神あさぎと言ふ。神あしあげの音転である。建て物の様式から出た名であらう。此建て物は、原則として、柱が多く、壁はなく、床を張らぬ事になつてゐる。天地根元宮造りの、掘《ほ》つ立ての合掌《がつしやう》式の、地上に屋根篷《とま》の垂れたのから、一歩進めたものであらう。古式なのは、桁《けた》行《ゆき》長く、梁間《はりま》の短い三尺位の高さのもので、地に掘つ立てた数多い叉木《またぎ》で、つき上げた形に支へられてゐる。つまり伏せ廬《いほ》の足をあげたものであるからの名と思はれる。此式は国頭《くにがみ》地方に多いが、外《ほか》の地方は、大抵屋根は瓦葺《かはらぶ》き、柱は厚さの薄い物に、緯《ぬき》を沢山《たくさん》貫いて、柱間一つだけを入り口として開けてゐる。勿論丈も高くなつて、屈むに及ばない。中はたたきになつて居て、一隅《ひとすみ》に火の神の三つ石を、炉の形にした凹みに据ゑてある。大抵御嶽《おたけ》からは遠く、祝女殿内《のろどんち》からは近い。御嶽《おたけ》に影向《やうがう》あつたり、海から来た神を迎へて、此処で歌舞《あそび》をする。其中では、祝女《のろ》を中心に、根神おくで其他の神人《かみんちゅ》が定まつた席順に居並ぶ。其中のあすびたもと言ふ神人《かみんちゅ》が、のろ等の謳《うた》ふ神歌《おもろ》（おもろ双紙の内にあるものでなく、其地方々々の神人の間に伝承してゐるもの）で、舞ふのである。舞ふのは勿論、右のあしゃげ庭《なあ》と言ふ建て物の外の広場でゞある。又、唯《ただ》あしゃげとばかり言ふ建て物がある。此は、根所々々の先祖を祀つてゐる建て物で、一軒建ちの、住宅と殆ど違ひのない、床もかいてある物である。此は正しくは、殿と言ふべきもので、根所之殿《ねどころのとおん》・里主所之殿など、書物にあるのが、其であらう。

殿《との》（又、とん）と言ふのにも、色々ある。右のやうな殿もあり、又、祝女殿内《のろどんち》（ぬるどのち＝ぬんどんち）の様に、祝女の住宅を斥《さ》す事もある。が、畢竟《ひつきやう》、神を斎《いつ》いてあるからの名で、なみの住宅には、殿とは言はぬ。琉球神道では、旧跡を重んじて、城趾《じやうし》・旧宅地などの歴史的の関係ある処には、必《かならず》殿を建てゝ、祭日にのろ以下の神人の巡遊には、立ちよつて一々儀式がある。殿・あしやげと区別のない建て物か、又建て物なしに必《かならず》拝む場処がある。其が海中である事も、道傍の塚である事も、崖の窟《がま》である事もある。総称してをがんといふ。拝所即《すなはち》をがみである。人形遣ひをちょんだらあと言ひ、其子孫を嫌つてゐるが、此に似て一種の特殊部落の如きねんぶつちゃあと言ふのが、首里の石嶺に居る。此は葬式の手伝ひをし、亦人形を遣ふ。人形を踊らせる箱をてらと称するが、内地のほこらと同じやうなもので、寺とは全く違うてゐる。

七　神祭りの処と霊代と

神の目標となるものは香炉である。建築物の中には、三体の火の神《かん》が置かれてあると同様に、神の在《おは》す場所には、必《かならず》香炉が置いてある。それ故、その香炉の数によつて、家族の集合して居る数が知れる。琉球の遊廓《いうくわく》へ、税務所の官吏が出張して尾類《ずり》（遊女）の数を見定めるには、竈《かまど》の側に置いてある香炉の数で知る事が出来ると言ふ。

香炉は、其《その》置く場所を、臨時に変へることは出来ない。女は各自、必香炉を所有して居る。女には、香炉は附き物である。香炉がなければ、神の在る所がわからない。其ほど、香炉に対する信仰がある。形は壺の如きものや、こ穢《きたな》い茶碗の縁の欠けた物等が、立派に飾られてある。香炉がある所には、神が存在すると信じて居る故《ゆえ》、香炉が神の様になつて居る。拝所には、幾種類もの香炉がある。

八重山のいびと言ふ語は、香炉の事であると思ふが、先輩の意見は各《おのおの》異つて居る。

八重山には、御嶽に三つの神がある。又、かみなおたけ・おんいべおたけと言ふのがある。八重山のみ、いび又はいべと言ふ事を言ふが、他所のいびとうぶとは異つて居る。うぶは、奥の事である。沖縄では、奥武と書いて居る。どれがいびであるか、厳格に示す事は出来ないが、うぶの中の神々《かうがう》しい神の来臨する場所と言ふ意味であると思ふ。八重山の老人の話では、御嶽のうぶではなくて、門にある香炉であると言つて居る。即、香炉を神と信ずる結果、香炉自体をいびと言ふのである。処が火の神にも香炉がある。中には香炉だけの神もあるが、要するに自然的に香炉を神と信じて居る。其香炉が、又幾つにも分れる。香炉が分れるけれども、分れたとは言はないで、彼方《あなた》の神を持つて来たと言ふ、言ひ方をする。つまり、嫁に行つたり、比較的長い間家を出て居るものは、香炉を作つて持つて行く。尾類《ずり》（遊女）は、此例によつて、香炉を各自持参するのである。

沖縄には、遥拝所《えうはいしよ》がある。三平《みひら》の大阿母《うふあむ》しられの殿内《どんち》即《すなはち》、南風《はえ》の平《ひら》には首里殿内《しゆんどんち》、真和志の比等《ひら》には真壁殿内《まかんどんち》、北《にし》の比等《ひら》には儀保殿内《ぎぼどんち》なる巫女の住宅なる社殿を据ゑ、神々のおとほしとして祀つてある。即、遠方より香炉を据ゑて、本国の神を遥拝するのである。此遥拝する事から、色々の問題が出て来る。例へば、祝《のろ》の家にも香炉があり、御嶽にも香炉がある。のろは、家の香炉に線香を立てゝ御嶽に行く。時によると、香炉を中心にして社を造る事がある。沖縄の辺でも、久高島を遥拝する為に、べんが御嶽を作つて居り、八重山の中でも、よなぎ島より来た人々は、よなぎおほんを作り、宮良《めいら》村では、小浜村より渡来したのであるから、小浜おほんを作り、各香炉を据ゑて、遥拝所として居る。又、白保《すさぶ》村の波照間おほんの如きも其である。此等《これら》は皆、御嶽に属して居るけれども、個人で言へば、尾類《ずり》が竈に香炉を置いて遥拝するのと同様である。

一族の神を祀るは、女の役目である。其家の香炉を拝するのは、其家の女であると言ふ観念が先入主となつて、女の旅行には必、此香炉を持つて行く。此は男にはよく訣《わか》らないが、女は秘密裡に此等を保存して居る。家によると、香炉が沢山ある所がある。中には、理由の訣らぬ香炉が出て来る。大昔、其家を造つたと称する者の香炉が二つある。嫁《とつが》した娘の若死によつて、持つて行つた香炉が戻つて来る。さうして居る間に、何年も経ると理由の訣らぬ香炉が出来て来る。八重山では、香炉の格好が大分異つて来る。香炉に、ふんじんと、かんじん（又はこんじん）の二種類がある。ふんじんは、其家の分れて後の先祖を祀るもので、本神とも言ふ意味である。こんじんの名義は不明である。かんじんは、女でなければ触れる事すら出来ない。其に供へた物は、女のみが食し得るものである。此は女でなければ、供へ物をする事は出来ないと言ふ意味である。かんじんは、女の人の喰べ余りと言ふ解釈にもなる。かんじんは、女の嫁入りする時に持つて行く。而《しか》して、仏壇が別である。ふんじんは男も拝する事が出来るけれども、かんじんは女の専有物である。

沖縄本島では、自分の家の香炉を有《も》つて来ても、別の場所に置いてある。自分の家の神は亭主が祀つてもよいが、嫁の持つて来た香炉は、女以外の人間の、全《まつた》くどうする事も出来ないものである。

こんじんは、根神より出たものではなからうかと思ふ。

八　色々の巫女

琉球の神話では、天地の初め、日の神下界《げかい》を造り固めようとして、あまみきょ・しねりきょに命じて、数多くの島を造らせた。それが後の有名な御嶽或《あるい》は、森となつた。さうして其二柱《ふたはしら》の産んだ三男・二女が、人間の始めとなつてゐる。長男は国主の始め、二男は諸侯の始め、三男は百姓の始め、長女は君々《きみぐ》の始め、二女は祝々《のろく》の始めと称せられてゐる。

のろは、始終《しじゆう》ゆたと対照して考へられる所から、君々《きみぐ》はゆたの元と考へられ勝ちであるが、男の方でも、三つの階級に分けて考へてゐる以上、女の方も亦《また》、上級・下級二組の区別を見せたものと見てよいはずである。君《きみ》と祝《のろ》とは、女官御双紙《によくわんおさうし》を見ても知れるやうに、琉球の女官と言ふ考へには、普通の后妃《こうひ》・嬪《ひん》・夫人《ふじん》以下の女官と聞得大君《きこえうふきみ》・島尻の佐司笠按司《さすかさあじ》・国頭《くにがみ》の阿応理恵按司《あおりゐあじ》などの神職を等しく女官として登録してゐる。思ふに君《きみ》と言ふのは、右の三神職の外に、首里三比《みひら》等の大《うふ》阿母《あむ》しられ其他、歴史的に意味のついてゐる地方の大阿母《うふあむ》・阿母加奈志《あんがなし》（伊平屋島）・君南風《きみはえ》（久米島）など言ふ重い巫女たちを斥《さ》すものであらう。君南風《きみはえ》は、南君と言ふのと同じ後置修飾格で、南方に居る高級巫女の意である。毎年十二月、君々《きみぐ》御玉改めと言ふ事があつて、三平《みひら》等の大阿母《うふあむ》しられの玉かわら（巫女のつける勾玉）を調べたよし、由来記に見えてゐる。又、君《きみ》に三十三人あつた事は、女官御双紙に出てゐる。君々《きみぐ》の祖、祝々《のろく》の祖とあるのは、巫女の起原を説いたので、巫女に高下あるのは、其祖の長幼の順によつたのだ、とするのである。

国頭村辺戸の神人

辺戸名のろ

同右

久高島久高のろ

八重山大阿母

摩文仁のろ

女官の中《うち》、皇后の次に位し、巫女では最高級の聞得大君《ちふいぢん》（=きこえうふきみ）は、昔は王家の処女を用ゐて、位置は皇后よりも高かつたのを、霊元院《れいげんゐん》の寛文《くわんぶん》七年に当る年、席順を換へたのである。王家の寡婦《くわふ》が、聞得大君《ちふいぢん》となる事になつたのも、可なり古くからの事と思はれる。昔は、琉球神道では、巫祝《ふしゆく》の夫を持つ事を認めなかつたのであらうが、段々変じて、二夫に見《まみ》えない者は、許す事になつたのである。地方豪族の妻を大阿母《うふあむ》・祝女《のろ》などに任じた事も、可なり古くからの事らしい。唯《ただ》形式だけでも、いまだに、独身を原則として居るのは、国頭《くにがみ》の巫女たちで、今帰仁《なきじん》の阿応理恵《あおりゑ》は独身、辺土《へど》のろは表面独身で、私生の子を育てゝゐる。其外のろの夭折《えうせつ》を信じてゐる事も、国頭地方に強い。神の怨《うら》みを受けると信じてゐたのである。此は、国頭《くにがみ》地方が、北山《ほくざん》時代からの神道を伝へて、幾分、中山《ちゆうざん》・南山の神道と趣きを異にしてゐる所があるからであらう。久高島では、結婚の時、嫁が壻《むこ》を避けて逃げ廻る習慣があつたが、其は夜分のことで、昼の間は現れて為事《しごと》を手伝うたりした。夜になつて壻が大勢の友人と嫁を捜すのをとじとめゆん 即《すなはち》嫁《よめ》さがしと称する。此《この》島には現在のろが二人居るが、其一人の老婆は、七十余日の間逃げ廻つたと言ふので有名である。

聞得大君《ちふいぢん》は、我が国の斎宮・斎院と同じ意味のもので、其《その》居処聞得大君御殿《ちふいぢんおどん》は、琉球神道の総本山の様な形があつた。此琉球の斎王《さいわう》が、皇后の上に在つたと言ふ事は、琉球の古伝説に数多い、巫女と巫女の兄なる国主・島主の話を生み出した根元の、古代習俗であつたのである。

久高島の結婚の時に合唱する謡《うた》

　女神殿《ゐなぐめがなさ》は、君《きみ》の愛《めで》（?）。男神殿《ゐきがみがなさ》は、首里殿愛《すんぢやなしめで》。

と言ふ文句は、新郎なる此島男《この》は、国王に愛せられむ。新婦なる此女は、聞得大君《ちふいぢん》に愛せられむとの意であらう。民間伝承にすら、此様に国王と、聞得大君とを双《なら》べ考へてゐる。

琉球本島を分けどつてゐた、昔の北山・南山・中山の三国は、各大同であつて小異を含んだ神道を持つてゐて、中山は聞得大君、南山は佐司笠按司《さすかさあじ》、北山は阿応理恵按司《あおりゑあじ》を最高の巫女としてゐたものであらう、と柳田先生も、伊波氏も言うてゐられる。其三巫女の代理とも言ふべきものを、首里三平等《ひら》（台地）に置いた。南風《はえ》の平等《ひら》には首里殿内《しゅんどんち》、真和志の平等《ひら》には真壁殿内《まかんどんち》、北《にし》の平等《ひら》には儀保殿内《ぼどんち》なる巫女の住宅なる社殿を据ゑて、三つの台地に集めた、三山豪族たちの信仰の中心にしてあつた。而《しか》も、殿内々々には、聞得大君同様の祭神を祀らして居た。此等の殿内は皆、三山の主神の遥拝所《おとほし》として設けたのであらう。三殿内には、真壁大阿母志良礼《まかんうふあむしられ》・首里大阿母志良礼《しゅんうふあむしられ》・儀保大阿母志良礼《ぎぼうふあむしられ》を置いた。其上更《さら》に官として、聞得大君が据ゑてあつたのである。三つの大阿母志良礼《うふあむしられ》の下には、其々《それぞれ》の地方の巫女が附属してゐる。佐司笠《さすかさ》・阿応理恵《あおりゑ》は、実力から自然に、游離《いうり》して来る事になつたのである。併し、此とて、元々別々のものが帰一せられたものではなく、同根の分派が再び習合せられたものと見るのが、当を得てゐるであらう。

三比等《ひら》の殿内の下には、間切《まきり》々々（今、村）、村々（今、字）の君《きみ》並びに、のろたちが附属してゐる。のろは敬称してのろくもいと言ふ。くもいは雲上と宛て字する。親雲上《ぺいちん》（うやくもい）などゝ同じく、役人に対して言ふ敬意を含んでゐるのであらう。王朝時代は、役地が与へられてゐて、下級女官の実を存してゐたのである。一間切に一人以上ののろがあつて、数多《あまた》の神人《かみんちゅ》（女）を統率してゐる。女は皆神人となる資格を持つのが原則だつたので、久高島の婚礼謡《うた》の様な考へ方が出て来る。上は聞得大君《ちふいぢん》から、下は村々の神人に到る迄、一つの糸で貫いてあるのが、琉球の巫女教《ふじよけう》である。のろの仕へるのは、地物《ちぶつ》・庶物《しよぶつ》の神なる御嶽・御拝《をがん》所の神である。又、自分ののろ殿地《どんち》の宅《やか》つ神なる火の神に事《つか》へる。其外にも、村全体としての神事には、中心となつて祭りをする。間切、村の根所《ねどころ》の祭りにも与《あづか》る。

根所《ねどころ》と言ふのは、各地にかたまつたり、散在したりしてゐる一族の本家の事である。根所《ねどころ》は元々其地方の豪族であつたものであらう。根所々々には、先祖を祀つた殿或《あるい》はあしゃげがあつて、其中には、仏壇風の棚に位牌を置くのが普通である。此神が根神《ねがみ》である。標準語で言へば、氏神と言ふ事になる。一つ根所《ねどころ》の神を仰いでゐる族人が根人《ねびと》（ねいんちゆ＝にんちゆ＝につちゆ）である。処が、根所《ねどころ》の当主に限り特に根人《ねびと》と言ふ事も多い。此は男であつて、而も、神事に大切な関係を持つてゐるもので、勢頭神《しづかみ》又は、大勢頭《うふしづ》など言ふ者が、巫女中心の神道に於ける男覡《をとこみこ》である。根人腹《ねんちゆばら》（原と宛て字するのと一つであらう）と言ふ事は、氏子・氏人の意が明らかにある。

根神《ねがみ》に仕へる女を亦、根神《ねがみ》と言ふ。根神おくで（又、うくでい）と言ふが正しい。併し、ある神と、ある神専属の巫女との間に、区別を立てる事をせぬ琉球神道では、巫女を直《じか》に、神名でよぶ。根神おくでの略語と言ふ事は出来ないのである。御《お》くでは、くでとかこでとか言ふ語が語根で、託女と訳してゐる。古くはやはり、聞得大君《ちふいぢん》同様、根所《ねどころ》たる豪族の娘から採つたものであらうが、近代は、根人腹《ねんちゆばら》の中から女子二人を択んで、氏神の陽神に仕へる方を男《おめ》（神《けい》）託女《おくで》、陰神に仕へるのを、女《おめ》

（神《ない》）託女《おくで》と言ふ、と伊波氏は書いてゐられる（琉球女性史）。地方にあつては、厳重に此通りも守つては居ない様である。此根神おくでの根神《ねがみ》が、一族中に勢力を持つてゐるので、一村が同族である村などでは、根神《ねがみ》はのろを凌《しの》ぐ程の権力がある。根神《ねがみ》はのろの支配下にあるのであるが、のろと仲違《たが》ひしてゐるものゝ多いのは、此為《このため》である。而も村の神事には、平生の行きがゝりを忘れて、一致する様である。根所々々にも、のろの為には、一つの御拝所《をがん》であり、根神も、一方に村の神人《かみんちゅ》である点から、根所以外の祭事にも与《あづか》つて、のろの次席に坐る。

祖先崇拝が琉球神道の古い大筋だとの観察点に立つ人々は、のろが政策上に生まれたものと見勝ちである。けれども、祖先崇拝の形の整ふ原因は、暗面から見れば、死霊恐怖であり、明るい側から見れば、巫女教に伴ふ自然の形で、巫女を孕《はら》ました神並びに、巫女に神性を考へる所に始るのである。地方下級女官としてのろの保護は、政策から出たかも知れぬが、のろを根神より新しく、琉球の宗教思想に大勢力のある祖先崇拝も、琉球神道の根源とは見られないのである。

内地の神道にも、産土神《うぶすながみ》・氏神の区別は、単に語原上の合理的な説明しか出来て居ないが、第二期以後の神道には、所謂《いはゆる》産土神を祀る神人《じんにん》と、氏神に事へる神人とが対立して居た事が思はれる。厳格に言へば、出雲国造《くにのみやつこ》の如きも、氏神を祀つてゐたのではない。のろは謂《い》はゞ、産土神の神主と言うてよいかも知れぬ。

のろ・根神の問題から導かれるのは、ゆた（ゆんた・よた）の源流である。伊波氏は、ゆんたはしやべるの用語例を持つてゐるから、神託を告げる者と言ふのと、八重山で、ゆんたと言ふのは、歌といふ事だから、託宣の律語を宣《の》るものとの、二通りの想像を持つてゐられる様に見える。佐喜真《さきま》興英《こうえい》氏は、のろよりもゆたが古いものだらうと演説せられてゐる（南島談話会）。私は、女官《にょくわん》御双《おさう》紙《し》に見えた、国王下庫裡《したごり》への出御《しゆつぎよ》や、他への行幸のをり、いつも先導を勤める女官よたのあむしられと関係がないかと想像してゐる。場合は違ふが、天子神事の出御に必《かならず》先導するのは、我が国では、大巫《おほみかむこ》の為事《しごと》になつて居た。王の行幸に、凶兆のある時は、君真者《きんまむん》現れて此を止める国柄ゆゑ、行幸・出御に与る此女官に、さうした予知力ある者を択んで日時《とき》の吉凶を占はしたので、ときゆたなどいふ語も出来たのか、よた（枝）の義の分化に、尚多く疑ひはあるが、此方面から見る必要があり相《さう》である。よたのあむしられの今は伝《つたは》らぬ職分の、地方に行はれたのが、ゆたの呪術ではあるまいか。正当なのろ・根神などの為事から逸《そ》れた岐路《きろ》といふので、ゆた神人《かみんちゆ》と言うたのが語原ではあるまいか。此点から見れば、よたのあむしられも、神事から分岐した為事に与る女官の意かも知れぬ。

久高島久高のろの夫、西銘《にしめ》松三氏の話では「根神はしゆんくりの様な事をする」との事であつた。しゆんくりは同行の川平《かびら》朝令氏にもわからなかつたが、東恩納寛惇《ひがしおんなかんじゆん》氏は総括《そうくく》りと言ふ様な語の音転ではないかと言はれた。久高島の語は、沖縄本島の人にすらわからぬのが多い。西銘《にしめ》氏の前後の口ぶりでは、本島のゆたのする様な為事を、根神《ねがみ》がする様な話だつたので、私は尚疑問にしてゐる。柳田先生が、大島で採集して来られたしよんがみい（海南小記）と同根でありさうに思ふ。此は、ゆたの為事をする男の事である。根神《ねがみ》は一村の人と親しい事、のろよりも濃かるべきはず故、冠婚葬祭の世話を焼くは勿論、運命・吉凶・鎮魂術《まぶいこめ》まで見てやつた処から、ゆた神人たる職業が分化して来たのではあるまいか。沖縄県では、のろは保護せぬまでも虐待しては居ないが、ゆたは見逃して居ないにも拘《かかは》らず、ゆたの勢力は、女子の間には非常に盛んで、先祖の霊が託言したのだと称して風水見《ふうしいみ》（墓相・家相・村落様式等を相する人、主に久米村から出る）の様な事を言うて、沢山の金を費《つひや》させる。先祖の墓を云々《うんうん》したり魂《まぶい》を預つて居る様な所は、根神《ねがみ》の為事のある部分が游離して来たものらしい気がする。全体、琉球神道には、こんなゆたの際限なく現れるはずの理由がある。其は、神人に聯絡《れんらく》した問題である。

広い意味では、のろ・根神までも込めて神人《かみんちゅ》といふが、普通は、村の女の中、択ばれてのろの下で、神事に与る者を言ふ様である。殆どすべてが女で、男では根人《ねびと》、並びに世話役とも言ふべき勢《し》頭《づ》を二三人、加へるだけである。神人になるのは、世襲の処と、ある試験を経てなる地方との二つあるのである。発生から言ふと、後の方が却《かへ》つて、古い風らしい。大体母から娘へと言ふ風に、神人を襲《つ》ぐ様である。だから、神秘の行事は、不文のまゝ、村の神人から神人に伝はる。夫や子ですらも、自分の妻なり母が神人として、どう言ふ為事をして居るのか決して知らない。神人には役わりがめい〳〵割りふられてゐて、重いものは何某《なにがし》の神に扮し、軽い者で歌舞《あそび》を司《つかさど》る様である。さうして一々にそれ〳〵神名がついて居る。山の神・磯の神或はさいふあ（斎場御嶽の事か）神・にれえ神など言ふ風な名である。其外に、神人の神事に与つて居る時は、あそび神・たむつ神など言ふ風に言ふ。さうして其中《そのうち》、其扮する神の陰陽によつて、誰はうゐきい神（男神）彼はをない神（女神）と区別してゐる。人としての名と神としての名が、何処ののろに聞いても混雑して来る。

事実、あちこちののろどんちに残つた書き物を見ても、神人の常の名か、祭りの時の仮名《けみやう》か、判然せぬ書き方がしてある。殊《こと》にまぎらはしいのは、七人・八人とかためて書く様な場合に、七人・八人、又は七人神・八人神と書いたりする事である。実名も神名も書かないで、何村神と書いて、一年の米の得分を註記してある類《たぐひ》もある。何村何某妻　何村何某妻うし　何村何某母親などあるかと思ふと、何村伊知根神　何村さいは神　何村殿内神など言つた書き方も見える。神人自身、神と人の区別がわからないので、祭りの際には、尠《すくな》くとも神自身と感じてゐるらしい。其気持ちが平生にも続く事さへあるのである。神人を選択するのはのろ、根神《ねがみ》は、一人子の場合は問題はないが、姉妹が多かつたり、沢山の女姪の中から択ばなければならなかつたりする時は、ゆたに占《うらな》うて貰ふと言ふ変態の為方《しかた》もあるが、大抵は病気などに不意にかゝつて、次の代ののろとして、神から択ばれたといふ自覚を起すのである。

処が、唯の神人《かみんちゆ》は、さうした偶然に委《まか》せることの出来ない程、人数が多い。それで選定試験が行はれる。大体に於て、久高島に今も行はれるいざいほふといふ儀式が、古風を止《とど》めてゐるに近いものであらう。いざいほふをうける女は、若いのは廿六七、四十三四までが、とまりである。午《うま》年毎《ごと》に、第三期まで勤めあげた神人と交迭《かうてつ》するのである。十三年に一度、其年の八月の一日から三日間、殿庭《とんにやあ》とも、あさぎ庭《なあ》ともいふ、神あしやげ前の空地《あき》に、桁《けた》七つに板七枚渡した低い橋を順々に渡つて、あしやげの中に入るのである。此を七つ橋といふ。此行事を遂げたものが皆、神人《かみんちゆ》になるのであるが、若《も》し姦通した女が交つてゐる時は、其低い芝生の上に渡した橋から落ちて死ぬものと信ぜられてゐる。そして、新しく神人になつた者の神名は、いざい神で、其を或期間勤め上げると、たむつ神の時期に入る。此が又、二期に分れてゐる様で、たむつ神を勤め上げて、神人関係を離れるのはどうしても六十を越してからである。西銘《にしめ》氏は、七十で満期だといふてゐる。此いざいほふは、内地の託摩《つくま》の鍋祭りと同じ意味のもので、久高人《くだかびと》が今日考へてゐる様に、貞操の試験ではなく、琉球神道に於ける神人資格の第一条件である所の二夫に見《まみ》えてゐない女といふ事が、根本になつてゐる様である。他の地方では今日それ程、厳重な儀式を経なくなつてゐる。

現在の久高《くだか》のろは大正十年の春、前代の久高《くだか》のろの子の西銘《にしめ》氏の妻であつたのが、嫁から姑の後をついだのであつた。それまでは、矢張りたむつ神として神人の一人であつた。此嫁のろの制度は、久高島では初めてゞあるが、本島では早くから行うてゐた処もある。それは、のろ役地を、娘のろであると、其儘《そのまま》持つて嫁入りするといふ虞《おそ》れがあるからである。

九　祖先の扱ひ方の問題

七世《しちせ》ニシテ生ズレ神ヲは、人が死後七代経てば、其《その》死人は神となると言ふことである。其《それ》が、父神（ゐきい神）母神（おめない神）の位に分れる。つまり、一番新しい家で言へば、其家には神がない。此《これ》を新宗家《しんむうと》と言ふ。それより古い家を、中むうとと言ひ、其中《そのうち》、宗家の宗家を、大宗家《うふむうと》と言ふ。即《すなわち》、八重山では、新建物に火の神を祀《まつ》る。時によれば父・母二神の上に、根神の存する事がある。処《ところ》が、おめない神・ゐきい神は、両方とも根神である。其で、ゐきいおくで・おめないおくでを統括するねがみおくでがある。即、ねがみおくでは、総本家の女房である。此女房が先達《せんだつ》となつて、もとはか詣《まう》でに出かける。此は、今では一種の遊山旅行であるが如くになつて来た。（ほんとうの神体として、沖縄本島では、銅製の鏡を立てるが、八重山では、此を嫌つて居る。）

毎年時候のよい時に、総本家の女房に率《ひき》ゐられて、数多くの拝所《をがん》を、拝みながら巡回する。琉球の島にあつて、神に関係ある場所は、此等の人々に大抵関係があるので、一つ〱巡つて歩く。少しでも関係ある墓等も、遺《のこ》りなく拝み巡る。それ故、遠近の差で、其拝む度数が定まつて来る。又、血縁の遠近によつても、拝する度数が定まつて来る。其他、ゆたの言によつて、諸処を拝んで歩く。琉球の女は迷信深いから、到る処を拝してまはる。それで、西参り・東参りの話が出来た。此は西巡礼・東巡礼の如きものである。婚姻後には、更に巡礼する場所が増加して来る。参拝は、彼等にとつて、最大なる事業である。此《この》巡礼をせなければ、神の祟りをうけると信じて居る。巡礼の原因は、死人の霊の祟りを怖れて、其霊魂に仕へる為であるが、此意味が次第に薄らいで来て遂《つひ》に、神様になつたのである。古い時代には、途《みち》に骸骨等があると、自分の家と反対の方向へ向けて戻つた。其は、此骸骨から、魂が自分の家の方へ来てはならぬ様にするからである。塚なども、厳重に守られた。昔は、洞窟の中へ死体を入れて、其口を漆喰《しつくい》等で厳重に固めたのである。それで、現今古墳の漆喰の隙間をのぞくと白骨が非常に沢山見える。沖縄本島では、墓を祀つたものは大切にしないが、宮古・八重山では、墓をおほんとしたものが多い。即、墓の前に拝殿を築いた様なものも多くある。本島の方にも、此があるらしく想はれる。此墓から、うやあがん・ふあがんが出来て来るのである。

一〇　神と人との間

日本内地に於ける神道でも、古くは神と人間との間が、はつきりとしない事が多い。近世では、譬《ひ》喩的《ゆてき》に神人《じんにん》を認めるが、古代に於ては、真実に神と認めて居たのである。生き神とか現《あき》つ神とか言ふ語は、琉球の巫女の上でこそ、始めて言ふ事が出来る様に見える。即《すなはち》、神人は祭時に於て、神と同格である。

薩摩の大島郡喜界个《が》島では、てんしやばら（天者の系統）と言ふ家筋がある。昔、此附近へ女神が降りて来た時、村人は尾類《ずり》（遊女）が降つたと言うて嘲笑した。天女は再び天へ上り、異つた地へ天降《あまくだ》つた。此村のある百姓が発見して大切に連れ戻り、天女と結婚して子孫を挙げた。後に此女は高山へ登つたが、其櫛・かもじ等が、洞窟の中に残存して居る。此女の子孫が、天者腹《てんしやばら》であると言ふ。此は人間界の話を、神格化した物語である。此様な話は、内地から琉球へかけて非常に沢山ある。研究して行くと、此女は神人であつて、神人が結婚し得ざる時代、神人に男が関係する事の出来ない時代の話に他《ほか》ならない。

神と人との境の明らかでないことが、前に述べた程甚《はなはだ》しいのであるから、神を拝むか、人を拝むか、判然しない場合すらある。のろ殿内に祀るのは、表面は、火の神《かん》であるが、此は単に、宅《やか》つ神としてに過ぎない事は既に述べた。のろ自身は、由来記などに記した程、火の神を大切にはしてゐない。のろの祀る神は、別にあるのである。

正月には、村中のものがのろ殿内を拝みに行く。最古風な久高《くだか》島を例にとると、其は確《たしか》に久高《くだか》・外間《ほかま》両のろの火の神を拝むのではない。拝まれる神は、のろ自身であつて、天井に張つた赤い涼傘《りやんさん》といふ天蓋《てんがい》の下に坐つて、村人の拝をうける。涼傘は神あふりの折に、御嶽《おたけ》に神と共に降ると考へてゐるのであるから、とりも直さずのろ自身が神であつて、神の代理或は、神の象徴などゝは考へられない。併《しか》し、神に扮してゐるのは事実であつて、其が火の神ではなく、太陽神若《ちだがなしも》しくは、にれえ神と考へられてゐる様である。外間《ほかま》のろの殿内には、火の神さへ見当らなかつた位《くらゐ》である。外間のろ或は、津堅《つけん》島の大祝女《うふぬる》の如きは、其拝をうける座で、床をとり、蚊帳《かや》を釣つて寝てゐる。津堅《けん》の方は、そこで夫と共寝をする位である。のろ自身が同時に、神であると云ふ考へがなければ、かうした事はない筈《はず》である。本島に於て、神を意味するちかさ(司)は、先島ではのろと言ふ語の代りに用ゐられてゐる。ねがみおくでの「おくで」は、久高島では、神の意味らしく使ふ。

生前さへも其通りだから、死後に巫女を神と斎《いつ》くは勿論である。本島から遠い離島《はなれ》に数ある女神の伝説は、殆どすべて、島々に巫女として実在した人の話にすぎない。即、沖縄神道では、君《きみ》・祝《のろ》に限つては、七世《しちせ》にして神を生ずといふ信仰以上に出て、生前既に、半ば神格を持つてゐるのである。羽衣・浦島伝説系統の女神・天女に関する限りなき神婚譚は、皆巫女の上にありもし、あり得べくもあつて(柳田氏)民習の説話化したものに疑ひない。其上余り古くない時代に、久高の女が現にある様に、一村の女性挙《こぞ》つて神人生活を経た者と見えて、今尚《いまなほ》主として姉を特殊の場合に、尊敬してうない神といふ。姉妹神の義である。姉のない時は、妹なり誰なり、家族中の女をうない神と称《たた》へて、旅行の平安を祈る風習が、首里・那覇《なは》辺にさへ行はれてゐる。うない拝《をが》みをして、其頂《そのいただき》の髪の毛を乞うて、守り袋に入れて旅立つ。此は全く、巫女の鬘《かつら》に神秘力を認める考へから出たものである。尤《もつとも》、一村の男をすべて、男神《ゐきいがみ》（おめけい神）と見る例は、語《ことば》だけならば、久高島の婚礼期にもあつた。国頭《くにがみ》郡安田《あだ》では一年おきに、替り番にうない神を拝み、ゐきい神を拝むと称して、一村の女性又は男性を、互に拝しあふ儀式がある。併しゐきい神を男子を以て代表させることは、女であつて陽神専属・陰神専属の神人があつたことの変化したものではあるまいか。でなくては、厳格にゐきい神といはれるのは、根人だけでなければならぬ。事実、男の神人は極めて少数で、男《だん》逸女労《いつじよらう》といはれる国土でありながら、宗教上では、女が絶対の権利を持つてゐたのである。神人の墓と凡人の墓とを一緒にすると、祟りがあると言ふ。紀に見えた神功皇后の話も此と一つである。〔阿豆那比《あづなひ》の罪の話。〕

久高・津堅二島は、今尚神の島と自称してゐる土地である。学校あり、区長がゐても、事実上島の方針は、のろたちの意嚮《いかう》によつてゐる形がある。

神託をきく女君の、酋長であつたのが、進んで妹なる女君の託言によつて、兄なる酋長が、政《まつりごと》を行うて行つた時代を、其儘《そのまま》に伝へた説話が、日・琉共に数が多い。神の子を孕《はら》む妹と、其兄との話が、此《これ》である。同時に、斎女王《いつきのみこ》を持つ東海の大国にあつた、神と神の妻《め》なる巫女と、其子なる人間との物語は、琉球の説話にも見る事が出来るのである。

此短い論文は、柳田国男先生の観察点を、発足地としてゐるものである事を、申し添へて置きます。

大正十二年五月『世界聖典外纂』

水の女

一　古代詞章の上の用語例の問題

口頭伝承の古代詞章の上の、語句や、表現の癖が、特殊な――ある詞章限りの――ものほど、早く固定するはずである。だから、文字記録以前に既にすでに、時代々々の言語情調や、合理観が這入《はひ》つて来る事を考へないで、古代の文章及び、其《それ》から事実を導かうなど〻する人の多いのは、――さうした人ばかりなのは――根本から、まちがうた態度である。

神聖観に護られて、固定のま〻或は拗曲《えうきよく》したま〻に、伝《つたは》つた語句もある。だが大抵は、呪《じゆ》詞《し》諷唱《ふうしやう》者・叙事詩伝誦者らの常識が、さうした語句の周囲や文法を変化させて辻褄を合せて居る。口頭詞章を改作したり、模倣した様な文章・歌謡は、殊《こと》に時代と個性との理会《りくわい》程度に、古代の表現法を妥協させて来る。記・紀・祝詞などの記録せられる以前に、容易に原形に戻す事の出来ぬまでの変化があつた。古詞及び、古詞応用の新詞章の上に、十分かうした事が行はれた後に、やつと、記録に適当な――あるものは、まだ許されぬ――旧信仰退転の時が来た。奈良朝の記録は、さうした原形・原義と、ある距離を持つた表現なる事を、忘れてはならぬ。譬《たと》へば天の御蔭・日の御蔭、すめらみこと・すめみまなど言ふ語《ことば》も、奈良朝或は、此近代の理会によつて用ゐられてゐる。中には、一語句でゐて、用語例の四つ五つ以上も持つてゐるのがある。言語の自然な定義変化の外に、死語・古語の合理会《がふりくわい》を元とした擬古文《ぎこぶん》の上の用語例、から言ふ二方面から考へて見ねば、古い詞章や、事実の真の姿は、わかるはずはない。

二　みぬまと云ふ語

此から言ふ話なども、此議論を前提としてかゝるのが便利でもあり、其有力な一つの証拠にも役立つ訣《わけ》なのである。

出雲国造神賀詞《かむよごと》に見えた「をち方のふる川岸、こち方のふる川ぎしに生立（おひたてるヵ）若水沼《わかみぬ》間《ま》の、いやわかえに、み若えまし、すゝぎふるをとみの水のいや復元《をち》に、み変若《をち》まし、……」とある中の「若水沼間」は、全体何の事だか、国学者の古代研究始まつて以来の難義の一つとなつてゐる。「生立」とあるところから、生物と見られがちであつた。殊に植物らしいと言ふ予断が、結論を曇らして来た様である。宣長《のりなが》以上の組織力を示した唯一人の国学者鈴木重胤《しげたね》は、結局「くるす」の誤りと言ふ仮定を断案の様に提出してゐる。だが、何よりも先に、神賀詞の内容や、発想の上に含まれてゐる、幾時代の変改を経て来た、多様な姿を見る事を忘れてゐた。

早くとも、平安に入つて数十年後に、書き物の形をとり、正確には、百数十年たつてはじめて公式に記録せられたはずの寿詞《よごと》であつたことが、注意せられてゐなかつた。口頭伝承の久しい時間を勘《かん》定《ぢやう》にいれないでかゝつてゐるのは、他の宮廷伝承の祝詞の古い物に対したとおなじ態度である。「ふる川の向う岸・こちら岸に、大きくなつて立つてゐるみぬまの若いの」と言うて来ると、灌木や禾本類《くわほん》、乃至《ないし》は水藻《みづも》などの聯想《れんさう》が起らずには居ない。時々は「生立」に疑ひを向けて、「水沼間」の字面の語感にたよつて、水たまり・淵などゝ感じる位に止《とど》まつたのは、無理もない事である。実は、詞章自身が、口伝への長い間に、さう言ふ類型式な理会を加へて来てゐたのである。

一番此に近い例としては、神功紀《じんぐうき》、住吉《すみのえ》神出現の段「日向《ひむか》の国の橘の小門《をど》のみな底に居て、水葉稚《みつはもわか》之出居《(?)にいでゐる》神。名は表筒男《うはつつのを》・中筒男・底筒男の神あり」と言ふのがある。此も表現の上から見れば、水中の草葉・瑞々《みづみづ》しい葉などを修飾句に据ゑたものと考へてゐたのらしい。変つた考へでは、みつはは水走《みづばしり》で、禊《みそ》ぎの水の迸《ほとばし》る様《さま》だとするのもある。

みぬま・みつは、おなじ語に相違ない。其に若さの形容がつき纏《まと》うてゐる。だが神賀詞に比べると「出居」と言ふ語が「水葉」の用法を自由にしてゐる。動物・人間ともとれる言ひ方である。唯さうすれば、みつは云々《うんうん》の句に、呪詞《じゆし》なり叙事詩なりの知識が、予約せられてゐると見ねばならぬ。其にしても、此表記法では、既に固定して、記録時代の理会が加《くは》つてゐるものと言へよう。此二つの詞章の間に通じてゐる、一つの事実だけは、やつと知れる。其は此語が禊ぎに関聯《くわんれん》したものなることである。みぬま・みつはと言ひ、其若い様《やう》に、若くなると言つた考へ方を持つてゐたらしいとも言へる。古代の禊ぎの方式には、重大な条件であつた事で、夙《はや》く行はれなくなつた部分があつたのだ。詞章は変改を重ねながら、固定を合理化してゆく。みつは・みぬまと若やぐ霊力とを、色々な形にくみ合せて解釈して来る。其が、詞章の形を歪《ゆが》ませて了《しま》ふ。宮廷の大祓式《おほはらへしき》は、あまりにも水との縁が離れ過ぎてゐた。祝詞の効果を拡張し過ぎて、空文《くうぶん》を唱へた傾きが多い。一方又、神祇官《じんぎくわん》の卜部《うらべ》を媒《なかだち》にして、陰陽道《おんみやうだう》は、知らず悟らぬ中《うち》に、古式を飜案《ほんあん》して行つて居た。出雲国造の奏寿《そうじゆ》の為に上京する際の禊ぎは、出雲風土記の記述によると、わりに古い型を守つてゐたものと見てよい。さうして尠くとも、此《ここ》にはあつて、宮廷の行事及び呪詞にない一つは、みぬまに絡んだ部分である。大祓詞《おほはらへごと》及び節折《よを》りの呪詞の秘密な部分として、発表せられないでゐたのかも知れない。だが、大祓詞は放つ方ばかりを扱うた事を示してゐる。禊ぎに関して発生した神々を説く段があつて、其後新しい生活を祝福する詞を述べたに違ひない。そして大直《おほなほ》日《び》の祭りと其祝詞とが神楽《かぐら》化し、祭文《さいもん》化し、祭文化する以前には、みぬまと言ふ名も出て来たかも知れない。

三　出雲びとのみぬは

神賀詞《かむよごと》を唱へた国造《くにのみやつこ》の国の出雲では、みぬまの神名である事を知つてもゐた。みぬはとしてゞある。風土記には、二社を登録してゐる。二つながら、現に国造の居る杵築《きづき》にあつたのである。でも、みぬまとなると、わからなくなつた呪詞・叙事詩の上の名辞としか感ぜられなかつたのであらう。水沼の字は、おなじ風土記の仁多郡《にたのこほり》の一章に二とこまで出てゐる。

三津郷《さと》……大穴持命《おほなもちのみこと》の御子阿遅須枳高日子命《あぢすきたかひこ》……大神夢《いめ》に願《ね》ぎ給《たま》はく「御子の哭《な》く由《よし》を告《の》れ」

と夢に願《ね》ぎましゝかば、夢に、御子の辞通《ことかよ》ふと見ましき。かれ寤《さ》めて問ひ給ひしかば、爾時《そのとき》に「御津《みあさき》」と申しき。その時何処《いづく》を然《しか》言ふと問ひ給ひしかば、即《すなはち》、御祖《みおや》の前を立去《たちさり》於《に》坐《いでま》して、石川渡り、阪の上に至り留《とどま》り、此処《ここ》と申しき。その時、其津の水沼於《みぬまいで》（？）而《て》、御身沐浴《みみそゝ》ぎ坐《ま》しき。故《かれ》、国造の神吉事奏《かむよごとまう》して朝廷《みかど》に参向《まゐむか》ふ時、其水沼出而《いでゝ》用《もち》ゐ初《そ》むるなり。

出雲風土記考証の著者後藤さんは、やはり汲出説である。此条は、此本のあちこちに散らばつたあぢすき神の事蹟と、一続きの呪詞《じゆし》的叙事詩であつた様だ。恐らく、国造代替り又は、毎年の禊ぎを行ふ時に唱へたものであらうと思ふ。禊ぎの習慣の由来として、みぬまの出現を言ふ条があり、実際にも、みぬまがはたらいたものと見られる。だが、其詞は、神賀詞とは別の物で、あぢすき神と禊ぎとの関係を説く呪詞だつたのである。其詞章が、断篇式に神賀詞にも這入《はひ》つて行つて、みぬま及び関係深い白鳥の生き御調《みつき》がわり込んで来たものであるらしい。

水沼間・水沼・弥努波（又は、婆）と三様に、出雲文献に出てゐるから、「水汲《みづくみ》」と訂すのは考へ物である。後世の考へから直されねばならぬ程、風土記の「水沼」は、不思議な感じを持つてゐるのだ。人間に似たものゝ様に伝へられて居たのだ。此風土記の上《たてまつ》られた天平五年には、其信仰伝承が衰微《すいび》して居たのであらう。だから儀式の現状を説く古の口述が、或は禊ぎの為の水たまりを聯想するまでになつてゐたのかも知れぬ。勿論みぬまなる者の現れる事実などは、伝説化して了うて居たであらう。三津郷《さと》の名の由来でも、「三津」にみつまの「みつ」を含み、或は三沢（後藤さん説）にみぬ（沢をぬ・ぬまと訓じたと見て）の義があつたものと見る方がよいかも知れない。でないと、あぢすき神を学んでする国造の禊ぎに、みぬまの出現する本縁の説かれて居ない事になる。「つ」と「ぬ」との地名関係も「つ」から「さは」に変化するのよりは自然である。

四　筑紫の水沼氏

筑後三潴《みぬま》郡は、古い水沼氏の根拠地であつた。此名を称《とな》へた氏は、幾流もあつた様である。宗像《むなかた》三女神を祀つた家は、其君姓の者と伝へてゐるが、後々は混乱してゐるであらう。宗像神に事《つか》へるが故に、水沼氏を称したのもある様である。此三女神は、分布の広い神であるが、性格の類似から異《い》神《しん》の習合せられたのも多いのである。宇佐から宗像、其から三瀦《みぬま》と言ふ風に、此神の信仰はひろがつたと見るのが、今の処、正しいであらう。だが、三瀦の地で始めて、此家名が出来たと見ることは出来ない。

其よりも早く神の名のみぬまがあつたのである。宗像三女神が名高くなつたのは鐘《かね》个《が》岬《さき》を中心にした航路（私は海の中道に対して、海北の道中が、此だと考へてゐる）に居て、敬拝する者を護《まも》つたからの事と思ふ。水沼神主の信仰が似た形を持つたが為に、宗像神に習合しなかつたとは言へぬ。さう言ふ事の考へられるほど、みぬま神は、古くから広く行き亘《わた》つてゐたのである。三瀦の地名は、みぬま・みむま（倭名鈔）・みつまなど、時代によつて、発音が変つて居る。だが全体としては、古代の記録無力の時代には、もつと音位が自由に動いて居たのである。

結論の導きになる事を先に述べると、みぬま・みぬは・みつは・みつめ・みぬめ・みるめ・ひぬま・ひぬめなどゝ変化して、同じ内容が考へられてゐた様である。地名になつたのは、更に略したみぬ・みつ・ひぬなどがあり、又つ・ぬを領格《りやうかく》の助辞と見てのきり棄てたみま・みめ・ひめなどの郡郷の称号が出来てゐる。

五　丹生と壬生部

数多かつた壬生部《みぶべ》の氏々・村々も、段々村の旧事《きうじ》を忘れて行つて、御封《みぶ》といふ字音に結びついて了《しま》うた。だが早くから、職業は変化して、湯坐《ゆゑ》・湯母《ゆおも》・乳母《ちおも》・飯嚼《いひがみ》の外のものと考へられてゐた。でも、乳部と宛てたのを見ても、乳母関係の名なる事は察しられる。又入部と書いてみぶと訓《よ》まして居るのを見れば、丹生（にふ）の女神との交渉が窺《うかゞは》れる。或は「水に入る」特殊の為事《しごと》と、み・にの音韻知識から、宛てたものともとれる。

後にも言ふが、丹生神とみぬま神との類似は、著しい事なのである。其《それ》に大和《やまと》宮廷の伝承では、丹生神を、後入のみぬま神と習合して、みつはのめとしたらしいのを見ると、益《ますます》湯坐・湯母の水に関した為事を持つた事も考へられる。

事実、壬生と産湯との関係は、反正《はんぜい》天皇と丹比《たぢひ》ノ壬生部との旧事によつて訣《わか》る。出産時の奉仕者の分業から出た名目は、恐らくにふ・みふの用語例を、分割したものであつたらう。万葉には、赭土《はに》即《すなはち》、丹《に》をとる広場即、原《ふ》と解してゐる歌もあるから、丹生の字面《じづら》もさうした合理観から出てゐると見られる。にふべからみふべ・みぶと音の転じた事も考へてよい。

産湯から育みの事に与《あづか》る壬生部は、貴種の子の出現の始めに禊ぎの水を灌《そそ》ぐ役を奉仕してゐたらしい。此が、御名代部《みなしろべ》の一成因であつた。壬生部の中心が、氏の長の近親の女であつた事も確かである。かうして出現した貴種の若子《わくご》は、後に其《その》女と婚する事になつたのが、古い形らしい。水辺又は水神に関係ある家々の旧事に、玉依媛《たまよりひめ》の名を伝へるのは、皆此類である。祖《おや》(母)神に対して、乳《お》母神《もかみ》をば(小母)と言つた処から、母方の叔母即、父から見た妻《め》の弟《と》と言ふ語が出来た。此が亦、神を育む姥(をば・うば)神の信仰の元にもなる。

大嘗《だいじやう》の中臣天神寿詞《なかとみのあまつかみのよごと》は、飲食の料としてばかり、天つ水の由来を説いてゐるが、日のみ子甦生《そせい》の呪詞の中に、産湯を灌ぐ儀式を述べる段があつたのであらう。「夕日より朝日照るまで天つ祝詞《のりと》の太《ふと》のりと詞《ごと》をもて宣《の》れ。かくのらば、……」――朝日の照るまで天つ祝詞の……と続くのでない。祝詞の発想の癖から言ふと、こゝで中止して、秘密の天つのりとに移るのである。此天つ祝詞にさうした産湯の事が含まれて居たらしい事は、反正天皇の産湯の旧事に、丹比《たぢひ》ノ色鳴《しこめ》ノ宿禰《すくね》が天神寿詞を奏したと伝へてゐる。貴種の出現は、出産も、登極《とうきよく》も一つであつた。産湯を語り、飲食を語る天神寿詞が、代々の壬生部の選民から、中臣神主の手に委ねられて行つて、さうした部分が脱落して行つたものらしい。

けれども中臣が奏する寿詞にも、さうしたみふ類似の者の顕《あらは》れた事は、天子の祓へなる節折《よを》りに、由来不明の中臣女《なかとみめ》の奉仕した事からも察しられる。中臣天神寿詞と、天子祓への聖水即産湯とが、古くは更に緊密に繋《つなが》つてゐて、其に仕へるにふ神役をした巫女であつたと考へる事は、見当違ひではないらしい。丹比《たぢひ》氏の伝へや、其から出たらしい日本紀の反正天皇御産の記事は、一つの有力な種子である。履中《りちゆう》天皇紀は、ある旧事を混同して書いてゐるらしい。二股船《ふたまた》を池に浮べた話・宗像三女神の示現《じげん》などは、出雲風土記のあぢすきたかひこの神・垂仁《すいにん》のほむちわけなどに通じてゐる。だから、みつはわけ天皇にも、生れて後の物語が、丹比壬生部に伝つて居た事が推定出来る。

六　比沼山がひぬま山であること

みぬま・みつはは一語であるが、みつはのめの、みつはも、一つものと見てよい。「罔象女」と言ふ支那風の字面は、此丹比神に一種の妖怪性を見てゐたのである。又此女性の神名は、男性の神名おかみに対照して用ゐられてゐる。「おかみ」は「水」を司る蛇体《じやたい》だから、みつはのめは、女性の蛇又は、水中のある動物と考へて居た事は確からしい。大和《やまと》を中心とした神の考へ方からは、おかみ・みつはのめ皆《みな》山谷の精霊らしく見える。が、もつと広く海川に就て考へてよいはずである。龍に対するおかみ、罔象に当るみつはのめの呪水《じゆすい》の神と考へられた証拠は、神武紀に「水神を厳《いつ》ノ罔象女《みつはのめ》となす」とあるのでも訣《わか》る。だが大体に記・紀に見えるみつはのめは、禊ぎに関係なく、女神の尿又は涙に成つたとして居る。逆に男神の排泄に化生《くわせい》したものとする説もあつたかも知れぬと思はれるのは、穢れから出て居る事である。

阿波の国美馬《みま》郡の「美都波迺売《みつはのめ》神社」は、注意すべき神である。大和のみつはのめと、みつは・みぬまの一つものなる事を示してゐる。美馬の郡名は、みぬま或はみつま・みるめと音価の動揺してゐたらしい地名である。地名も神の名から出たに違ひない。「のめ」と言ふ接尾語が気になるが、とようかのめ・おほみやのめなど……のめと言ふのは、女性の精霊らしい感じを持つた語である。神と言ふよりも、一段低く見てゐるやうである。みつはのめの社も、阿波出の卜部《うらべ》などから、宮廷の神名の呼び方に馴れて、のめを添へたしかつめらしい称《とな》へをとつたのであらう。摂津の西境一帯の海岸は、数里に亘《わた》つて、みぬめの浦（又は、みるめ）と称へられてゐた。此処には汶売《みぬめ》神社があつて、みぬめは神の名であつた。前に述べた筑後の水沼君の祀つた宗像三女神は、天真名井《あまのまなゐ》のうけひに現れたのである。だから、禊ぎの神と言ふ方面もあつたと思ふ。が、恐らくは、みぬま・宗像は早く習合せられた別神であつたらしい。

丹後風土記逸文の「比沼山」の事。ひちの郷《さと》に近いから、山の名も比治山《ひぢやま》と定められてしまうてゐる。丹波の道主《みちぬし》ノ貴《むち》を言ふのに、ひぬま（氷沼）の……と言ふ風の修飾を置くから見ると、ひぬまの地名は、古くあつたのである。此ひぬまも、みぬまの一統なのであつた。

第一章に言うた様な事が、此語についても、遠い後代まで行はれたらしい。「烏羽玉《うばたま》のわが黒髪は白川の、みつはくむまで老いにけるかな」（大和物語）と言ふ檜垣《ひがき》ノ嫗《おうな》の歌物語も、瑞歯含《みづはく》むだけは訣つても、水は汲むの方が「老いにけるかな」にしつくりせぬ。此はみつはの女神の蘇生の水に関聯した修辞が、平安に持ち越して訣らなくなつたのを、習慣的に使うたまでだらうと説きたい。此歌などの類型の古い物は、もつとみつはの水を汲む為事《しごと》が、はつきり詠まれて居たであらう。とにかく、老年変若《をち》を希《ねが》ふ歌には「みつは……」と言ひ、瑞歯に聯想し、水にかけて言ふ習慣もあつた事も考へねばならぬと思ふ。

丹比のみづはわけと言ふ名は、瑞歯の聯想を正面にしてゐるが、初めは、みつは神の名をとつた事は既に述べた。詞章の語句又は、示現の象徴が、無限に譬喩《ひゆ》化せられるのが、古代日本の論理であつた。みつはが同時に瑞歯の祝言にもなつたのである。だが此は後について来た意義である。本義はやはり、別に考へなくてはならぬ。

みぬま・みつは・みつま・みぬめ・みるめ・ひぬま。此だけの語に通ずる所は、水神に関した地名で、此に対して、にふ（丹生）と、むなかたの三女神が、あつたらしい事だ。

丹後の比沼山の真名井に現れた女神は、とようかのめで、外宮《げぐう》の神であつた。即《すなはち》其水及び酒の神としての場合の、神名である。此神初めひぬまのまなゐの水に浴してゐた。阿波のみつはのめの社も、那賀郡のわなさおほその神社の存在を考へに入れて見ると、ひぬま真名井式の物語があつたらう。出雲にもわなさおきなの社があり、あはきへ・わなさひこと言ふ神もあつた。阿波のわなさ・おほそとの関係が思はれる。丹波の宇奈韋《うなゐ》神が、外宮の神であることを思へば、酒の水即食料としての水の神は、処女の姿と考へられても居たのだ。此がみつはの一面である。

七　禊ぎを助ける神女

出雲の古文献に出たみぬまは早く忘れられた神名であつた。みつはは、まづ水中から出て、用ゐ試みた水を、あぢすきたかひこの命に浴《あび》せ申した。其縁で、国造神賀詞《かむよごと》奏上に上京の際、先例通り其みつはが出て後、此水を用ゐ始めると言ふ習慣のあつた事を物語るのである。風土記の既に非常に曖昧な処があるのは、古詞をある点まで、直訳し、又異訳して、理会《りくわい》出来ぬ処は其俤《おもかげ》を出さうとしたからであらう。其が神賀詞となると、口拍子にのり過ぎて、一層わからなくなつてゐるのである。彼方此方《あなたこなた》の二个処《かしよ》の古川と言ふのが、川岸と言ふやうになり、植物化して考へられて行つた。尤《もつとも》、神功《じんぐう》紀のすら、植物と考へてゐたらしい書きぶりである。其詞章の表現は、やゝ宙ぶらりである。何としても「みつは……」は、序歌《じよか》風に使はれて居、みつはの神の若いと同様、若やかに生ひ出づる神とでも説くべきであらう。

思ふに、みつはの中にも、稚《わか》みつはと呼ばれるものが、禊《みそ》ぎの際に現れて、其世話をする。此神の発生を説いて、禊ぎ人の穢《けが》れから化生したと言ふ古い説明が伝はらなくなつたのかも知れぬ。とにかく、此女神が出て、禊ぎの場処を上・下の瀬と選び迷ふしぐさをした後、中つ瀬の適《よろ》しい処に水浴をする。此ふるまひを見習うて禊ぎの処を定めたらしい。此が久しく意義不明のまゝ繰返され、みぬまとしての女が出て、禊ぎの儀式の手引きをした。其が次第に合理化して、水辺祓除《ばつじよ》のかいぞへに中臣女の様な為事をする様になり、其事に関した呪詞の文句が愈《いよいよ》無意義になり、他の知識や、行事・習慣から解釈して、発想法を拗《ねぢ》れさせて来た。そこに、大体は訣《わか》つて、一部分おぼろな気分表現が、出て来たのだらう。

大湯坐《おほゆゑ》・若湯坐《わかゆゑ》の発生も知れる。みぬまに、候補者又は「控へ」の義のわかみぬまがあつたのであらう。大和宮廷の呪詞・物語には、みつはを唯《ただ》の雨雪の神として、おかみに対する女性の精霊と見た傾きがあり、丹生女神《にふのめがみ》とすら、幾分、別のものらしく考へた痕《あと》があるのは、後入の習合だからであらう。

いざなぎの禊ぎに先だつて、よもつひら坂に現れて、「白《まう》す言」あつた菊理媛《くゝりひめ》（日本紀一書）は、みぬま類の神ではないか。物語を書きつめ、或は元々原話が、錯倒してゐた為、すぐ後の檍原《あはぎはら》の禊《みそ》ぎの条に出るのを、平坂の黄泉道守《よもつちもり》の白言《まうしごと》と並べたのかも知れぬ。其言ふ事をよろしとして散去《さんきよ》したとあるのは、禊ぎを教へたものと見るべきであらう。くゝりは水を潜《くゞ》る事である。泳の字を宛てゝゐる所から見れば、神名の意義も知れる。くゝり出た女神ゆゑの名であらう。いざなぎの尊《みこと》ばかりの行動として伝へた為、此神は陰の者になつたのであらう。例の神功紀の文は、此くゝり媛からみつはへ続く禊ぎの叙事詩の断篇化した形である。住吉神の名は、底と中と表《うへ》とに居て、神の身を新しく活《いか》した力の三つの分化である。「つゝ」と言ふ語は、蛇（＝雷）を意味する古語である。「を」は男性の義に考へられて来たやうであるが、其に並べて考へられた汶売《みぬめ》・宗像・水沼の神は実は神ではなかつた。神に近い女、神として生きてゐる神女なる巫女であつたのである。海北ノ道ノ主ノ貴《むち》は、宗像三女神の総称となつてゐるが、同じ神と考へられて来た丹波の比沼ノ神に仕へる丹波ノ道ノ主ノ貴は、東山陰地方最高の巫女なる神人の家のかばねであつた。

八　とりあげの神女

国々の神部《かむべ》の乞食《こつじき》流離の生活が、神を諸方へ持ち搬《はこ》んだ。此をてつとりばやく表したらしいのは、出雲のあはきへ・わなさひこなる社の名である。阿波から来経《きへ》――移り来て住みつい――た事を言ふのだから。前に述べかけた阿波のわなさおほそは、出雲に来経たわなさひこであり、丹波のわなさ翁・嫗も、同様みぬまの信仰と、物語とを撒いて廻つた神部《かむべ》の総名であつたに違ひない。養ひ神を携へあるいたわなさの神部は、みぬま・わなさ関係の物語の語り手でもあつた。わなさ物語の老夫婦の名の、わなさ翁・嫗ときまるのは、尤《もつとも》である。論理の単純を欲すれば、比沼・奈具《なぐ》の神も、阿波から持ち越《こ》されたおほげつひめであり、とようかのめであり、外宮の神だとも言へよう。だが、わなさ神部の本貫については、まだ〳〵問題がありさうである。

私は実の処、比沼のうなゐ神は禊ぎの為の神女であり、其仕へる神の姿をも、兼ね示す様になつたものと信じてゐる。丹波ノ道主ノ貴《むち》の家から出る「八処女《やをとめ》」の古い姿なのである。此神女は、伊勢に召されるだけではなかつた。宮廷へも、聖職奉仕に上つてゐる。此初めを説く物語が、さほひめ皇后の推奨《すいしよう》によるものとしてゐたのである。知られ過ぎた段だが、後々の便宜の為に、引いて置く。

亦《また》、天皇、其后へ、命詔《みこともた》しめて言はく、「凡《およそ》、子の名は必《かならず》、母名づけぬ。此子の御名をば、何とか称《とな》へむ。」かれ、答へ白《まう》さく、……。又詔命《みこともた》しむるは、「いかにして、日足《ひた》しまつらむ。」答へ白さく、「御母《みおも》を取り、大湯坐《ゆゑ》・若湯坐《ゆゑ》定め（御母を取り……湯坐に定めてと訓《よ》む方が正しいであらう。又、取御母《とりみおも》を養護御母の様に訓んで、……に――としての義――大湯坐……を定めてとも訓める）て、ひたし奉らば宜《よ》けむ。」かれ、其后の白しに随《したがひもち》以て日足し奉るなり。

又、其后に問ひて曰はく、「汝所堅之美豆能小佩《ながかためこしみづのをひも》（こおびか）は、誰かも解かむ。」答へ申さく、「旦波比古多々須美智能宇斯王《たにはのひこたゝすみちのうしのみこ》の女、名は兄比売《えひめ》・弟比売《おとひめ》、此二女王《ふたみこ》ぞ、浄《きよ》き公民《おほみたから》（？）なる。かれ、使はさば宜《よ》けむ。……」

又、其后の白しのまゝに、みちのうしの王の女等、比婆須比売《ひばすひめ》命、次に弟比売命（次に弟比売命……命……命とあるべき処だ）次に、歌凝比売《うたごりひめ》命、次に円野《まとの》比売命、併せて四柱を喚上《めさ》げき。

（垂仁記）

唯、妾死すとも、天皇の恩を忘れ敢へじ。願はくは、妾の掌《つかさど》れる后宮《きさいのみや》の事、宜《よろ》しく好仇《よきつま》に授け給ふべし。丹波国に五婦人あり。志並《とも》に貞潔なり。是《これ》、丹波道主王の女なり。道主王は、稚日本根子大日々天皇の子（孫）彦坐王の子なり。一に云はく、彦湯産隅王の子なり。当《まさ》に掖廷《えきてい》に納《い》れて、后宮の数に盈《あ》つべしと。天皇聴《ゆる》す。……丹波の五女を喚《め》して、掖廷《えきてい》に納《いれ》る。第一を日葉酢《ひはす》姫と曰ひ、第二を淳葉田瓊入《ぬはたぬいり》媛と曰ひ、第三を真砥野《まとぬ》媛と曰ひ、第四を薊瓊入《あざみぬいり》媛と曰ひ、第五を竹野媛と曰ふ。（垂仁紀）

此後が、古事記では、弟王二柱、日本紀では、竹野《たかの》媛が、国に戻される道で、一人は恥ぢて深淵に（紀では自堕輿とある）堕《お》ち入つて死ぬ。其から、堕国《おつ》と言うた地名を、今では弟国《おと》と言ふとあるいはながひめ式の伝へになつてゐる。

思ふに、悪女の呪《のろ》ひの此伝へにもあつたのが、落ちたものであらう。ほむちわけのみこのもの言はぬ因縁を説いたのが、古事記では、既に、出雲大神の祟りと変つてゐる。出雲と唖《おし》王子とを結びつけた理由は、外《ほか》にある。紀の自堕輿而死の文面は「自ら堕《おちい》り、輿《ことあげ》して死す」と見るべきで、輿は輿の誤りと見た方がよさ相《さう》だ。「おつ」・「おちいる」と言ふ語の一つの用語例に、水に落ちこんで溺れる義があつたのだらう。自殺の方法の中《うち》、身投げの本縁《ほんえん》を言ふ物語を含んだものである。水の中で死ぬることのはじめをひらいた丹波道主貴の神女は、水の女であつたからと考へたのである。

九　兄媛弟媛

やをとめを説かぬ記・紀にも、二人以上の多人数を承認してゐる。神女の人数を、七処女《なゝをとめ》・八《や》処女・九《こゝの》処女など〻勘定してゐる。此《これ》は、多数を凡《およ》そ示す数詞が変化して行つた為である。其《それ》と共に実数の上に固定を来《きた》した場合もあつた。まづ七処女が古く、八処女が其に替つて勢力を得た。此は、神あそびの舞人の数が、支那式の「佾《いつ》」を単位とする風に、最《もつとも》叶ふものと考へられ出したからだ。唯の神女群遊には、七処女を言ひ、遊舞《あそび》には八処女を多く用ゐる。現に、八処女の出処比沼《ひぬま》山にすら、真名井《まなゐ》の水を浴びたのは、七処女としてゐる。だから、七《なゝ》——古くは八処女の八も——が、正確に七の数詞と定まるまでには、不定多数を言ひ、次には、多数詞と序数詞との二用語例を生じ、遂《つひ》に、常の数詞と定まつた。此間に、伝承の上の矛盾が出来たのである。

神女群の全体或は一部を意味するものとして、七処女の語が用ゐられ、四人でも五人でも、言ふ事が出来たのだ。其《その》論法から、八処女も古くは、実数は自由であつた。其神女群の中《うち》、最高位にゐる一人がえ(兄)で、其余はひつくるめておと(弟)と言うた。古事記は既に「弟」の時代用語例に囚《とら》はれて、矛盾を重ねてゐる。兄に対して大《おほ》ある如く、弟に対して稚《わか》を用ゐて、次位の高級神女を示す風から見れば、弟にも多数と次位の一人とを使ひわけたのだ。即《すなはち》神女の、とりわけ神に近づく者を二人と定め、其中で副位のをおとと言ふ様になつたのである。

かうした神女が、一群として宮廷に入つたのが、丹波道主貴《たにはのみちぬしのむち》の家の女であつた。此《この》七処女は、何の為に召されたか。言ふまでもなくみづのをひもを解き奉る為である。だが、紐《ひも》と言へば、すぐ聯想せられるのは、性的生活である。先達《せんだつ》諸家の解説にも、此先入が主となつて、古代生活の大切な一面を見落されて了《しま》うた。事は、一続きの事実であつた。「ひも」の神秘をとり扱ふ神女は、条件的に「神の嫁」の資格を持たねばならなかつたのである。みづのをひもを解く事が直《ただち》に、紐主にまかれる事ではない。一番親しく、神の身に近づく聖職に備《そなは》るのは、最高の神女である。而《しか》も尊体の深い秘密に触れる役目である。みづのをひもを解き、又結ぶ神事があつたのである。

七処女の真名井の天女・八処女の系統の東遊《あづまあそび》天人も、飛行《ひぎやう》の力は、天の羽衣に繋《つなが》つてゐた。だが私は、神女の身に、羽衣を被るとするのは、伝承の推移だと思ふ。神女の手で、天の羽衣を着せ、脱がせられる神があつた。其神の威力を蒙《かうむ》つて、神女自身も神と見なされる。さうして神・神女を同格に観じて、神を稍《やや》忘れる様になる。さうなると、神女の、神に奉仕した為事《しごと》も、神女自身の行為になる。天の羽衣の如きは、神の身についたものである。神自身と見なし奉つた宮廷の主の、常も用ゐられるはずの湯具を、古例に則《のつと》る大嘗《だいじやう》祭の時に限つて、天の羽衣と申し上げる。後世は「衣」と言ふ名に拘《こだは》つて、上体をも掩《おほ》ふものとなつたらしいが、古くはもつと小さきものではなかつたか。ともかく禊ぎ・湯沐《ゆあ》みの時、湯や水の中で解きさける物忌みの布と思はれる。誰一人解き方知らぬ神秘の結び方で、其布を結び固め、神となる御躬《みきゆう》の霊結《たま》びを奉仕する巫女があつた。此聖職、漸《やうや》く本義を忘れられて、大嘗の時の外《ほか》は、低い女官の平凡な務めになつて行つた。「御湯殿《おゆどの》の上《うへ》の日記」は、其書き続《つ》がれた年代の長さだけでも、為事の大事であつた事が訣《わか》る。元は、御湯殿における神事を日録したものらしい。宮廷の主上《しゆじやう》の日常御起居に於て、最神聖な時間は、湯を奉る際である。此時の神《かむ》ながらの言行は記し留めねばならない。かうしてはじまつた日記が、聖躬《せいきゆう》の健康などに関しても書く様になり、果《はて》は雑事までも留めるに到つたものらしい。由緒知らぬが棄てられぬ行事として長い時代を経たのである。御湯殿の神秘は、古い昔に過ぎ去つた。髪やかづらを重く見る時代が来て、御櫛笥《みくしげ》殿の方に移り、そこに奉仕する貴女の待遇が重くなつて行つた。

一〇　ふぢはらを名とする聖職

此沐浴《もくよく》の聖職に与《あづか》るのは、平安前には「中臣女」の為事となつた期間があつたらしい。宮廷に占め得た藤原氏の権勢も、其氏女なる藤原女の天の羽衣に触れる機会が多くなつたからである。

わが岡の龗《おかみ》に言ひて降らせたる、雪のくだけし、そこに散りけむ（万葉巻二）

天武の夫人、藤原ノ大刀自《おほとじ》は、飛鳥の岡の上の大原に居て、天皇に酬《むく》いてゐる。此歌の如きは「降らまくは後《のち》」とのからかひに対する答へと軽く見られてゐる。が、藤原氏の女の、水の神に縁のあつた事を見せてゐるのである。「雨雪の事は、こちらが専門なのです」かう言つた水の神女としての誇りが、おもしろく昔の人には感じられたのであらう。藤井が原を改めて藤原としたのも、井の水を中心としたからである。中臣女や、其保護者の、水に対する呪力から、飛鳥の岡の上の藤原とのりなほして、一つに奇瑞を示したからであらうと考へる。中臣寿詞《なかとみのよごと》を見ても、水・湯に絡んだ聖職の正流の様な形を見せてゐる。中臣女の役が、他氏《たし》の女よりも、恩寵《おんちよう》を得る機会を多からしめた。光明《くわうみやう》皇后に、薬湯《くすりゆ》施行《しかう》に絡んで、廃疾人《はいしつにん》として現れた仏身を洗うた説話の伝つてゐるのも、中臣女としての宮廷神女から、宮廷の伝承を排して、后位に備《そなへ》るにさへ到つた史実の背景を物語るのである。藤原の地名も、家名も、水を扱ふ土地・家筋としての称《とな》へである。衣通媛《そとほりひめ》の藤原郎女《いらつめ》であり、禊ぎに関聯した海岸に居り、物忌みの海藻の歌物語を持ち、又因縁もなさ相《さう》な和歌ノ浦の女神となつた理由も、稍《やや》明るくなる。

私は古代皇妃の出自が水界に在つて、水神の女である事並びに、其聖職が、天子即位甦生《そせい》を意味する禊ぎの奉仕にあつた事を中心として、此長論を完了しようとしてゐるのである。学校の私の講義の其《それ》に触れた部分から、おし拡げた案が、向山武男君によつて提出せられた。其によると、衣通媛の兄媛《えひめ》なる允恭《いんぎよう》の妃の、水盤の冷《つめた》さを堪《た》へて、夫王を動《うごか》して天位に即《つ》かしめたと言ふ伝へも、水の女としての意義を示してゐるとするのだ。名案であると思ふ。穢《けが》れも、荒行《あらぎやう》に似た苦しい禊ぎを経れば、除き去ることが出来、又天の羽衣を奉仕する水の女の、水に潜《かづ》いて、冷さに堪へた事を印象してゐるのである。水盤をかゝへたと言ふのは、斎河水《ゆかはみづ》の中に、神なる人と共に、水の中に居て久しきにも堪へた事をいふのらしい。やはり此皇后の妹で、衣通媛の事らしい田井中《たゐのなかつ》比売《ひめ》の名《な》代《しろ》を河部《かはべ》と言うた事などもおほゝどのみこの家に出た水の女の兄媛・弟媛《おとひめ》だつた事を示すのだ。

だが、衣通媛の名代は、紀には藤原部としてゐる。藤原の名が、水神に縁深い地名であり、家の名・団体の名にもなつて、必しも飛鳥の岡の地に限らなかつた事を見せる。ふぢはふちと一つで「淵《ふち》」と固定して残つた古語である。かむはたとべの親は、山背《やましろ》ノ大国ノ不遅《ふち》（記には、大国之淵）であつた。水神を意味するのが古い用語例ではないか。ふかぶちのみづやればなの神・しこぶちなどから貴《むち》・尊《むち》なども、水神に絡んだ名前らしく思はれる。神聖な泉があれば、そこには、ふちのゐる淵があるものと見て、川谷に縁のない場処なら、ふちはらと言うたのであらう。

みづのをひものみづは瑞《みづ》と考へられさうである。だが、其《それ》よりもまだ原義がある。此みづは「水」と言ふ語の語原を示してゐる。聖水に限つた名から、日常の飲料をすら「みづ」と言ふやうになつた。聖水を言ふ以前は、禊ぎの料として、遠い浄土から、時を限つてより来る水を言うたらしい。満潮に言ふみつも、其動詞化したものであらう。だから、常世波《とこよなみ》として岸により、川を溯《さかのぼ》り、山野の井泉《ゐせん》の底にも通じて春の初めの若水となるものである。みつ〳〵しは、此みづをあびたもの〻顔から姿に言ふ語で、勇ましく、猛々《たけだけ》しく、若々しく、生き〳〵してゐるなど〻分化する。初春の若水ならぬ常の日の水をも、祝福して言うた処から拡がつたものであらう。満潮時をば、人の生れる時と考へるのも、常世から魂のより来ると考へた為であるらしい。みつぬかしは（三角柏・御綱柏）や、みづきと通称せられる色々の木も、禊ぎに用ゐた植物で、海のあなたから流れよつて、根をおろしたと信じられてゐたものらしい。

みつは又地名にもなつた。さうした常世波のみち来る海浜として、禊ぎの行はれた処である。御津とするのは後の理会で「つ」其ものからして「み」を敬語と逆推してとり放したのであつた。常世波を広く考へて、遠くよりより来る船の、其波に送られて来着く場処としてのみつを考へ、更に「つ」とも言ふ様になつたのである。だから、国造《くにのみやつこ》の禊ぎする出雲の「三津」、八十《やそ》島《しま》祓《はら》へや御《ご》禊《けい》の行はれた難波の「御津《みつ》」などがあるのだ。津《つ》と言ふに適した地形であつても、必しもどこもかしこも、津とは称へない訣《わけ》なのである。後にはみつの第一音ばかりで、水を表して熟語を作る様になつた。

一一　天の羽衣

みづのをひもは、禊ぎの聖水の中の行事を記念してゐる語である。瑞《みづ》といふ称《とな》へ言《ごと》ではなかつた。

此《この》ひもは「あわ緒」など言ふに近い結び方をしたものではないか。

天の羽衣や、みづのをひもは、湯・河に入る為につけ易《か》へるものではなかつた。湯水の中でも、纏《まと》うたまゝ這入る風《ふう》が固定して、湯に入る時につけ易へる事になつた。近代民間の湯具も、此《これ》である。其処《そこ》に水の女が現れて、おのれのみ知る結び目をときほぐして、長い物忌《ものい》みから解放するのである。

即《すなはち》此と同時に神としての自在な資格を得る事になる。後には、健康の為の呪術となつた。が、

最《もつとも》古くは、神の資格を得る為の禁欲生活の間に、外からも侵されぬやう、自《みづか》らも犯さぬ為に生命の元と考へた部分を結んで置いたのである。此物忌みの後、水に入り、変若返《をち》つて、神となりきるのである。だから、天の羽衣は、神其物《かむながら》の生活の間には、不要なので、これをとり匿《かく》されて地上の

人となつたと言ふのは、物忌み衣の後の考へ方から見たのである。さて神としての生活に入ると、常人以上に欲望を満たした。みづのをひもを解いた女は、神秘に触れたのだから、神の嫁となる。恐らく湯棚《ゆだな》・湯桁《ゆげた》は、此神事の為に、設けはじめたのだらう。

御湯殿を中心とした説明も、もはやせばくるしく感じ出された。もつと古い水辺の禊ぎを言はねばならなくなつた。湯と言へば、温湯《をんたう》を思ふ様になつたのは、「出《い》づるゆ」からである。神聖な事を示す温い常世の水の、而も不慮の湧出《ゆうしゆつ》を讃へて、ゆかはと言ひ、いづるゆと言うた。「いづ」の古義は、思ひがけない現出を言ふ様である。おなじ変若水《をちみづ》信仰は、沖縄諸島にも伝承せられてゐる。源河節《ぢんがぶし》の「源河走河《ぢんがはりかあ》や。水か、湯か、潮《うしゆ》か。源河みやらびの御甦生《うすぢ》どころ」などは、時を定めて来る常世浪に浴する村の巫女《みやらび》の生活を伝へたのだ。

常世から来るみづは、常の水より温《あたたか》いと信じられて居たのであるが、ゆとなると更に温度を考へる様になつた。ゆは元、斎《ゆ》である。而し此まゝでは、語をなすに到らぬ。斎用水《ゆかは》或《あるい》はゆかはみづの形が段々縮《ちぢま》つて、ゆ一音で、斎用水を表す事が出来る様になつた。だから、ゆは最初、禊ぎの地域を示した。斎戒《さいかい》沐浴をゆかはあみ（紀には、沐浴を訓《よ》む）と言ふこともある。段々ゆかはを家の中に作つて、ゆかはあみを行ふ様になつた。「いづるゆかは」がいでゆであるから推《お》せば、ゆかはも早くぬる水になつて居たであらう。ゆかはが家の中の物として、似あはしくなく感じられ出して来ると、ゆかはを意味するゆが次第にぬる水の名となつて行くのは、自然である。

一二　たなばたつめ

ゆかはの前の姿は、多くは海浜又は海に通じる川の淵などにあつた。村が山野に深く入つてからは、大河の枝川や、池・湖の入り込んだ処などを択んだやうである。そこにゆかはだな（湯河板挙）を作つて、神の嫁となる処女を、村の神女（そこに生れた者は、成女戒《せいじよかい》を受けた後は、皆此資格を得た）の中から選《え》り出された兄処女《えをとめ》が、此たな作りの建て物に住んで、神のおとづれを待つて居る。此が物見やぐら造りのをさずき（又、さじき）、懸崖《かけ》造りなのをたなと言うたらしい。かうした処女の生活は、後世には伝説化して、水神の生け贄《にへ》と言つた型に入る。来るべき神の為に機《はた》を構へて、布を織つて居た。神御服《かむみそ》は即《すなはち》、神の身とも考へられてゐたからだ。此悠遠な古代の印象が、今に残つた。崖の下の海の深淵や、大河・谿谷《けいこく》の澱《よどみ》のあたり、又多くは滝壺の辺などに、筬《をさ》の音が聞える。水の底に機を織つてゐる女が居る。若い女とも言ふし、処によつては婆さんだとも言ふ。何しろ、村から隔離せられて、年久しくゐて、姥となつて了《しま》うたのもあり、若いあはれな姿を、村人の目に印《しる》したまゝゆかはだなに送られて行つたりしたのだから、年ぱいは色々に考へられて来たのである。村人の近よらぬ畏《おそろ》しい処だから、遠くから機の音を聞いてばかり居たものであらう。おぼろげな記憶ばかり残つて、事実は夢の様に消えた後では、深淵の中の機織る女になつて了ふ。

七夕の乞巧奠《きかうでん》は漢土《かんど》の伝承をまる写しにした様に思うてゐる人が多い。処が存外、今尚《いまなほ》古代の姿で残つてゐる地方々々が多い。

たなばたつめとは、たな（湯河板挙）の機中に居る女と言ふ事である。銀河の織女星は、さながら、たなばたつめである。年に稀《まれ》におとなふ者を待つ点もそつくりである。かうした暗合は、深く藤原・奈良時代の漢文学かぶれのした詩人、其《それ》から出た歌人を喜ばしたに違ひない。彼等は、自分の現実生活をすら、唐代以前の小説の型に入れて表して、得意になつて居た位だから、文学的には早く支那化せられて了うた。其から見ると、陰陽道《おんみやうだう》の方式などは、徹底せぬものであつた。だから、何処《どこ》の七夕祭りを見ても、固有の姿が指摘せられる。

でも、たなばたが天の川に居るもの、星合ひの夜に奠《おきまつ》るものと信じる様になつたのには、都合のよい事情があつた。驚くばかり多い万葉の七夕歌を見ても、天上の事を述べながら、地上の風物から享《う》ける感じの儘《まま》を出してゐるものが多い。此は、想像力が乏しかつたから、とばかりは言へないのである。古代日本人の信仰生活には、時間空間を超越する原理が備《そなは》つてゐた。呪詞《じゆし》の、太初《はじめ》に還《かへ》す威力の信念である。此事は藤原の条にも触れておいた。天香具山《あめのかぐやま》は、尠《すくな》くとも、地上に二个《か》所は考へられてゐた。比沼《ひぬま》の真名井《まなゐ》は、天上のものと同視したらしく、天《あめ》ノ狭田《さだ》・長田は、地上にも移されてゐた。大和の高市は天の高市、近江の野洲川は天の安河《やすがは》と関係あるに違ひない。天の二上《ふたかみ》は、地上到る処に、二上山《ふたかみやま》を分布（此は逆に天に上《のぼ》したものと見てもよい）した。かうした因明《いんみやう》以前の感情の論理は、後世までも時代・地理錯誤の痕《あと》を残した。

湯河板挙《ゆかはだな》の精霊の人格化らしい人名に、天ノ湯河板挙があつて、鵠《くぐひ》を逐《お》ひながら、御禊ぎの水門《みなと》を多く発見したと言うてゐる。地上の斎河《ゆかは》を神聖視して、天上の所在と考へる事も出来たからである。

かうした習慣から、神聖観を表す為に「天《あめ》」を冠《かぶ》らせる様にもなつた。

一三　筬もつ女

地上の斎河《ゆかは》に、天上の幻を浮べることが出来るのだから、天漢《てんかん》に当る天の安河・天の河も、地上のものと混同して、さしつかへは感じなかつたのである。たなばたつめは、天上に聖職を奉仕するものとも考へられた。「あめなるや、弟《おと》たなばたの……」と言ふ様になつた訣《わけ》である。天の棚機津女《たなばたつめ》を考へる事が出来れば、其《それ》に恰《あたか》も当る織女星に習合もせられ、又錯誤から来る調和も出来易い。おと・たなばたを言ふからは、水の神女に二人以上を進めた事もあるのだ。天上の忌服殿《いむはたどの》に奉仕するわかひるめに対するおほひるめのあつた事は、最高の巫女でも、手づから神の御服を織つたことを示すのだ。

古代には、機《はた》に関した讃へ名らしい貴女の名が多かつた。二三をとり出すと、おしほみゝの尊《みこと》の后《きさき》は、たくはた・ちはた媛（又、たくはた・ちゝ媛）と申した。前にも述べた大国不遅《ふぢ》の女垂仁天皇に召された水の女らしい貴女も、かりはたとべ（今一人かむはたとべをあげたのは錯誤だ）、おと・かりはたとべと言ふ。くさか・はたひ媛は、雄略天皇の皇后として現れた方である。神功皇后のみ名おきなが・たらし媛の「たらし」も、記に、帯の字を宛てゝゐるのが、当つて居るのかも知れぬ。

ひさかたの天《あめ》かな機《はた》。「女鳥《めとり》のわがおほきみの織《おろ》す機。誰《た》が料《たね》ろかも。」

記・紀の伝へを併せ書くと、かう言ふ形になる。皇女・女王は古くは、皆神女の聖職を持つて居られた。此《この》仁徳の御製と伝へる歌なども、神女として手づから機織る殿に、おとづれるまれびとの姿が伝へられてゐる。機を神殿の物として、天を言ふのである。言ひかへれば、処女《をとめ》の機屋に居てはたらくのは、夫なるまれびとを待つてゐる事を、示す事にもなつて居たのであらう。

天孫又問ひて曰はく、「其秀起《かのほだ》たる浪の穂の上に、八尋殿《やひろどの》起《た》てゝ、手玉《てだま》もゆらに機紝《はたお》る少女《をとめ》は、是誰《これた》が女子《むすめ》ぞ。」答へて曰はく、「大山祇《おほやまつみ》ノ神の女等、大は磐長《いはなが》姫と号《なの》り、少《おと》は、木華開耶《このはなさくや》姫と号《なの》る。」……（日本紀一書）

此《これ》は、海岸の斎用《ゆかは》水に棚かけ亘《わた》して、神服《かむはた》織る兄《え》たなばたつめ・弟《おと》たなばたつめの生活を、稍細《ややこま》やかに物語つて居る。丹波道主貴《たにはのみちぬしのむち》の八処女《やをとめ》の事を述べた処で、いはなが媛の呪咀《じゆそ》は「水の女」としての職能を、見せてゐることを言うて置いた。このはなさくや媛も、古事記すさのをのよつぎを見ると、其を証明するものがある。すさのをの命の子やしまじぬみの神、大山祇神《おほやまつみのかみ》の女「名は、木《この》花知流比売《はなちるひめ》」に婚《あ》うたとある。此系統は皆水に関係ある神ばかりである。だから、このはなちるひめも、さくやひめと殆どおなじ性格の神女で、禊ぎに深い因縁のあることを示してゐるのだと思ふ。

一四　たなと言ふ語

漢風習合以前のたなばたつめの輪廓は、此《これ》でほゞ書けたと思ふ。だが、七月七日といふ日どりは、星祭りの支配を受けてゐるのである。実は「夏と秋とゆきあひの早稲のほの〴〵と」と言うてゐる、季節の交叉点に行うたゆきあひ祭りであつたらしい。

初春の祭りに、唯一度おとづれたぎりの遠つ神が、屢《しばしば》来臨する様になつた。此は、先住漢民族の茫漠たる道教風の伝承が、相混《あひ》じてゐた為もある。ゆきあひ祭りを重く見るのも、其である。春と夏とのゆきあひに行うた鎮花祭と同じ意義のもので、奈良朝よりも古くから、邪気送りの神事が現れた事は考へられる。鎮花祭については、別に言ふをりもあらう。唯、木の花の散ることの遅速によつて、稲の花及び稔《みの》りの前兆と考へ、出来るだけ躊躇《やすら》はせようとしたのが、意義を変じて、田には稲虫《いなむし》のつかぬ様にとするものと考へられた。其と同時に、農作は、村人の健康・幸福と一つ方向に進むものと考へた。だから、田の稲虫と共に村人に来る疫病は、逐《お》はるべきものとなつた。春祭りの「春田打ち」の繰り返しの様な行事が、段々疫神送りの様な形になつた。

一五　夏の祭り

七夕祭りの内容を小別《こわ》けして見ると、鎮花祭の後すぐに続く卯《う》月八日の花祭り、五月に入つての端午の節供や田植ゑから、御霊《ごりやう》・祇園の両祭会《さいゑ》・夏神楽までも籠《こ》めて、最後に大祓へ・盂蘭盆《うらぼん》までに跨《また》がつてゐる。夏の行事の総勘定のやうな祭りである。

柳田先生の言はれた様に、卯月八日前後の花祭りは、実は村の女の山入り日であつた。恐らくは古代は、山ごもりして、聖なる資格を得る為の成女戒を享けたらしい日である。田の作物を中心とする時代になつて、村の神女の一番大切な職分は、五月の田植ゑにあるとするに到つた。其《それ》で、田植ゑの為の山入りの様な形を採つた。此《これ》で今年の早処女《さをとめ》となる神女が定まる。男も大方同じ頃から物忌《い》み生活に入る。成年戒を今年授からうとする者共は固《もと》より、受戒者もおなじく禁欲生活を長く経なければならぬ。霖雨《ながあめ》の候の謹身《つゝみ》であるから「ながめ忌み」とも「雨《あま》づゝみ」とも言うた。後には、いつでもふり続く雨天の籠居《ろうきよ》を言ふやうになつた。

此ながめいみに入つた標《しるし》は、宮廷貴族の家長の行うたみづのをひもや、天の羽衣様《やう》の物をつける事であつた。後代には、常もとりかく様になつたが、此は田植ゑのはじまるまでの事で、愈《いよいよ》早苗《さなへ》をとり出す様になると、此物忌みのひもは解き去られて、完全に、神としてのふるまひが許される。其までの長雨《ながめ》忌《い》みの間を「馬にこそ、ふもだしかくれ」と歌はれた繫《かい》・絆《ほだし》（すべて、ふもだし）の役目をするのが、ひもであつた。かう言ふ若い神たちには、中心となる神があつた。此等《これら》眷属《けんぞく》を引き連れて来て、田植ゑのすむまで居て、さなぶりを饗《う》けて還る。此群行《ぐんかう》の神は皆簑《みの》を着て、笠に顔を隠してゐた。謂《い》はゞ昔考へたおにの姿なのである。

昭和二年九月、三年一月「民族」第二巻第六号、第三巻第二号

若水の話

一

ほうっとする程長い白浜の先は、また目も届かぬ海が揺れてゐる。其《その》波の青色の末が、自《おの》づと伸《の》し上る様になつて、頭の上まで拡がつて来てゐる空だ。其が又、ふり顧《かへ》ると、地平をくぎる山の外線の、立ち塞《ふさが》つてゐる処まで続いてゐる。四顧《しこ》俯仰《ふぎやう》して目に入るものは、此《これ》だけである。日が照る程風の吹くほど、寂しい天地であつた。さうした無聊《ぶれう》な目を瞠《みは》らせる物は、忘れた時分にひよつくりと、波と空との間から生れて来る——誇張なしに——島と紛れさうな刳《く》り舟の姿である。遠目には磯の岩かと思はれる家の屋根が、ひとかたまりづゝ、ぽつつりと置き忘られてゐる。琉球の島々には、行つても〳〵、こんな島ばかりが多かつた。

我々の血の本筋になつた先祖は、多分かうした島の生活を経《へ》て来たものと思はれる。だから、此国土の上の生活が始つても、まだ万葉人《まんねふびと》までは、生の空虚を叫ばなかつた。「つれ〴〵」「さう〴〵しさ」其《それ》が全内容になつてゐた、祖先の生活であつたのだ。こんなのが、人間の一生だと思ひつめて疑はなかつた。又さうした考へで、ちよつと見当の立たない程長い国家以前の、先祖の邑落《いふらく》の生活が続けられて来たのには、大きに謂《い》はれがある。去年も今年も、又来年も、恐らくは死ぬる日まで繰り返される生活が、此だと考へ出した日には、たまるまい。

郵便船さへ月に一度来《こ》ぬ勝《が》ちであり、島の木精《こだま》がまだ一度も、巡査のさあべるの音を口まねた様な事のない処、巫女《のろ》や郷巫《つかさ》などが依然、女君《じよくん》の権力を持つてゐる離島《はなれ》では、どうかすればまだ、さうした古代が遺つてゐる。稀には、那覇の都にゐた為、生き詮《かひ》なさを知つて、青い顔して戻つて来る若者なども、波と空と沙原《すなはら》との故郷に、寝返りを打つて居ると、いつか屈托など言ふ贅沢《ぜいたく》な語《ことば》は、けろりと忘れてしまふ。我々の先祖の村住ひも、正《まさ》に其とほりであつた。村には歴史がなかつた。過去を考へぬ人たちが、来年・再来年を予想した筈はない。先祖の村々で、予《あらかじ》め考へる事の出来る時間があるとしたら、作事《さくじ》はじめの初春から穫《と》り納《い》れに到る一年の間であつた。昨年以前を意味する「こそ」と言ふ語は、昨日以前を示す「きそ」から、後代分化して来たのであつた。後年《あとゝし》だから、仮字遣ひはおとゝしと、合理論者がきめた一昨年も、ほんとうはさうでない。をとゝしの「をと」には、中に介在するものを越した彼方《あなた》を意味する「をち」と言ふ語が含まれてゐるのだ。去年の向うになつてゐる前年の義で「彼年《をちとし》」である。一つ宛《づゝ》隔てゝ、同じ状態が来ると言ふ考へ方が、邑落生活に稍《やゝ》歴史観が現れかける時になつて、著しく見えて来る。祖父と子が同じ者であり、父と孫との生活は繰り返しであると言ふ信仰のあつた事は、疑ふことの出来ぬ事実だ。ひよつとすると、其頃になつて、暦の考へが此様《このやう》に進んで来たのかも知れぬ。

去年《こぞ》と今年《ことし》とを対立させて居たのである。其違つた条件で進む二つの年が、常に交替するものとしてゐたと言うても、よさゝうである。此《この》暦法の型で行けば、ことしとをとゝしのこそのとしは、をとゝし先の年（万葉）のくり返しである。完全に来年・再来年を表す古語の、出来ずじまひにすんだ古代にも、段々、今年のくり返しは再来年、来年は去年の状態が反覆せられるものとの考へが、出て来てゐたかと思ふ。

其が又、一年の中にも、二つの年の型を入れて来た。国家以後の考へ方と思ふが、一年を二つに分ける風が出来た。此は帰化外人・先住漢人などの信仰伝承が、さうした傾向を助長させたらしい。つまり中元の時期を界《さかひ》にして、年を二つに分ける考へである。第一に「大祓へ」が、六月と十二月の晦日《つごもり》に行はれる様になつたのに目をつけてほしい。遠い海の彼方《あなた》なる常世《とこよ》の国に鎮《しづま》る村の元祖以来の霊の、村へ戻つて来るのが、年改まる春のしるしであつた。

其が後には、仏説を習合して、七月の盂蘭盆を主とする様になつた。だが、其《その》以前から既に、秋の御霊迎《みたまむか》へは、本来の春の霊祭《たまゝつ》りに対照して、考へ出されてゐたのであつた。常世神の来訪を忘れて了ふ様になると、春来る御霊《みたま》は歳神《としがみ》・歳徳様《としとくさま》など言ふ、日本陰陽道特有の廻り神になつて了うた。さうして肝腎の霊祭りは秋が本式らしくなつた。坊様に、棚経《たなぎやう》を読んで貰はねば納《おさま》らぬ、と言つた仏法式の姿をとつて行つた。

極《ごく》の近代まであつた、不景気の世なほしに、秋に再び門松を立てたり、餅を搗いたりした二度正月の風習は、笑ひ切れない人間苦の現れである。が、此とて由来は古いのである。ことし型の暦はわるかつたから、こぞ型の暦で行かうと言ふのである。

だが、其一つ前の暦はことしだけであつた。さう言ふ一年より外に、回顧も予期もなかつた邑落《いふらく》生活の記念が、国家時代まで、又更に近代まで、どういふ有様に残つてゐたかを話したい。

二

鹿島の言触《ことぶ》れも春の予言に歩かなくなり、三島暦《こよみ》の板木《はんぎ》も、博物館物になりさうになつて了うた世の中である。神宮司庁の大麻暦《たいまれき》さへ忘れた様な古暦のくり言《ごと》も、地震の年をゆり返した様な寂しい春のつれ〴〵を、も一つ飜《かへ》して、常世の国の初だよりの吉兆を言ひ立てる事になるかも知れない。

洋中《わたなか》の孤島に渡らずとも、おなじ「つれ〴〵」は、沖縄本島にも充ち満ちてゐる。首里王朝盛時なら、生きながら髯長嬌風大主《ひぢながゆなほしのうふぬし》とでも、今頃は神名を島人から受けて居さうな、島のわが親友は、島の朋党《ほうたう》からけぶたがられて、東京へ出て来た。あんな恩知らずの人々の為に、其でも懲りずに、まだ書いてゐる。先年出版した「孤島苦の琉球」なども、千何百年を所在なく暮した島人の吐息を、一人で一返《いつぺん》に吐き出した様な、勝ち方の国の我々をさへ、寂しがらせる書物である。首里宮廷の勢力の強く及んだ島尻・中頭《なかがみ》は其でもよかつた。君主の根じろであつた島の北部国頭《くにがみ》郡には、やはり伝来の「さう〴〵しさ」が充ちてゐて、今ではそろ〳〵はけ口を探し出してゐる。さうした海岸の村々を歩いて、ぞつとさせられた。孤島苦が人間の姿を仮りて出た様な、いぶせくいたましい老人の倦《ものう》い眦《まなじり》に遭うた時の気持ちである。山多きが故に山原《やんばる》で通つてゐる国頭郡の山中には、新暦の正月に赤い桜が咲くさうである。私は二度まで国頭の地を踏んだが、いつも東京でさへ暑い盛りの時ばかりであつた。一度は、緋桜《ひざくら》の花の、熱帯性の潤葉《ひろば》の緑の木の間から、あはれに匂うてゐる様《さま》が見たいとは、思うたばかりで縁がない。其桜は日本旅《やまとたび》の家づとに、昔誰かゞ持ち還つたものか。元々島の根生ひであつたか。其側の学者には、既に訣《わか》つてゐる事かも知れぬ。

加納諸平《かのうもろひら》の「鰒玉集《ふくぎよくしふ》」には、島の貴族の作つたやまと歌が載つてゐる。薩摩の八田氏などから供給せられた材料であらう。其頃からもう、伊勢物語をなぞつた様な、島の貴族の自叙伝も出来てゐた。源氏や古今や万葉も、手に触れた人は尠くなかつた。国の古蹟・家の由緒を語る碑文《ひのむん》の平仮名が、正確で弾力のない御家流《おいへりう》である如く、島人の倭文《やまとぶみ》・倭歌は、つれ〴〵の結晶かと思はれる程、類型の重くるしさを湛《たた》へてゐる。島の孤島苦の目醒めには、島津氏などのやり方が、大分原因になつてゐる。やまと人と言へば薩摩者。こはらしい人ばかりの様に想像せられても、やつぱり何か心惹《ひ》くものがあつたらう。

おもろ草紙の古語にも、生きた首里の内裏《だいり》語《ことば》にも、やまとの古い語が、到る処に交りこんでゐた。首里宮廷の巫女の伝へた古詞には、島渡りして来た山城の都の御曹司《おんぞうし》の俤《おもかげ》が語られた。島々は島々で、遠い海を越えて来たと言ふ何もりの神なる平家の公達《きんだち》を思はせる名の神が多かつた。弓張月《ゆみはりづき》以前にも、舜天王《しゆてんのう》の父を、此山城の都から来た貴公子にする考への動いてゐたことは察せられる。古く岐《わか》れた一つ流れの民族であつた事は忘れても、又かうした新しい因縁を考へねばならぬ程、深い血筋の自覚があつたのである。尤《もつとも》、孤島苦が生み出したいぶせい事大主義からも、さうはなつたであらうが。問題は其よりも根本的のものであつた。

島の木立ちに、仮令《たとひ》忘れた様にでも、桜の花がまじり咲いた。かうした現実が、歌や物語や、江戸貢進使の上り・下りの海道談に、夢想を走《は》せ勝ちのやまとの、茲《これ》も血を承《う》けた、強い証拠らしい気を起させたであらう。問ひつめれば、理にもならぬはかない花の姿が、気持ちの上には実証的な力を以《もつ》て迫つたでもあらう。歌に詠まれたましらの影は見られずとも、妻恋ふる鹿は、現に居た。西の海中《となか》の離島《はなれ》の一つには「かひよ〳〵」の声も聞かれる。島にも、優美な歌枕がある。かうしたことが、なんぼう張り合ひになつたことか。やまとの人の誇り書きにする「ものゝあはれ」は島人も知つてゐる。かうした事からこみあげて来る親しみ心は、島人の所謂《いはゆる》「他府県人」なる我々にも、凡《およそ》想像はつく。

此頃になつて、又一つの島人の誇りが殖《ふ》えて来た。鮎と言ふ魚は、日本の版図以外には棲《す》まぬものである。其南部だけに、此魚の溯《さかのぼ》る川ある樺太も、だから、日本の領土になつた。かう言ふ噂が伝つて来たところが、沖縄にも唯《ただ》一个処《かしよ》ながら鮎の棲む川があつた。宿命的にいや、血族的にやまと人《びと》たる証拠に違ひない。かうした考へが起るに連れて、支那と薩摩を両天秤にかけた頃のくすんだ気持ちは、段々とり払はれて行く様である。

其の鮎の獲れる場処と言ふのは、国頭《くにがみ》海道の難処、源河《ぢんか》の里の水辺である。里の処女《をとめ》の姿や、情《なさけ》を謡《うた》ふ事が命の琉球の民謡には、村の若者のとりとめぬやるせなさの沁み出たものが多い。

三

東京へ引き出しても、不覚《おくれ》はとらなかつた筈の琉球学者末吉安恭《あんきよう》さんは、島の旧伝承の生きた大きな庫《くら》であつた。さうして、私たちが、幾らも其知識を惹《ひ》き出さない間に、那覇の入り江から彼岸《にらい》浄土《かない》の大主《うふぬし》神が呼びとつて了うた。

源河奔川《ぢんかはいかあ》や、水か。湯か。潮《うしゆ》か。
源河女童《みやらび》の　御《う》すぢどころ（源河節）

此源河節に対する疑問などは、私にとつて、此学者の記念《かたみ》になつた。

私は其前年かに、宮古島から戻つて来て、今大阪外国語学校に居るにこらい・ねふすきいさんから、一つの好意に充ちた抗議を受けてゐた。私の旧著万葉集辞典と言ふのは、今では人に噂せられるさへ、肩身の窄《すぼ》まる思ひのする恥しい本である。其中に「変若水《をちみづ》」と言ふ万葉の用語に関した解釈を書いてゐた。万葉に「月読《つきよみ》の持《も》たる変若水《をちみづ》」と言ふ語がある。此月読神は恐らく山城綴城《やましろつつき》郡の月神で、帰化漢人の祀つたものゝ事であらうと言ふ推定から、此変若水の思想は、其等《それら》帰化人の将来した信仰が拡つたものであらうと言ふ仮説を立てゝゐた。ちようど神仙説の盛んに行はれ、仙術修行に執心する者の多かつた時代の事だから、と言ふので、不老不死泉の変形だらうと感じたことを書いた。ところが、ねふすきいさんはかう言うた。

宮古方言しぢゆん——日本式に言ふと、しでる——は、若返ると言ふのが、其正しい用語例である。

沖縄諸島の真の初春に当る清明節《せいめいせち》の朝汲んだ水は、神聖視せられてゐる。ある地方では「節《しち》の若《わか》水《みづ》」と言ひ、ある処では「節《しち》のしぢ水」と称へてゐる。言ふまでもなく、日本の正月の若水だ。かうした信仰の残つてゐる以上は、支那起原説はあぶない。此《この》、日本人の細かい感情の隈《くま》まで知つた異人は、日本の民間伝承は何でも、固有の信仰の変態だと説きたがる私の癖を知り過ぎてゐた。極めて稀に、うつかり発表した外来起原説を嗤《わら》ふ事が、強情な国粋家の心魂に徹する効果をあげる事を知つてゐた。さうして皮肉らしい笑ひで、私を見た。さういふ茶目吉《ちやめきち》さんだつた。其から年数がたつてゐるので、大分私の考へが這入つて来てゐるかも知れぬ。が大体かうした心切《しんせつ》で、且《かつ》痛い注意であつた。

なんでも月がまつ白に照つて、ある旧王族の御殿《おどん》だつたとか言ふ其屋敷の石垣の外に、うら声を曳く若い男の謡《うた》が、替るぐ〵聞える夜であつた。首里の川平朝令《かびらてうれい》さんの家へ、末吉さんと二人で、およばれに行つてゐた。しぢゅんは卵の孵《かへ》ることだから、お尋ねの「節の若水」のしぢゅんとは別かも知れぬ。私は源河節にある「おすぢどころ」を永く疑うてゐたが、其すぢと一つで、洗ふ事ではあるまいか。水浴することも、手足を洗ふことも一つだから、首里などでも、以前は言うた語である。かう話された時、

『末吉さん。此間も聞いたよ。中城御殿《なかぐすくおどん》――旧王家の女性《によしやう》たちの残り住んで居られる、今の尚家《しやうけ》の首里邸――へ此人を案内した時も、手水盥《てうづだらひ》に水を汲んで「御すぢみしようれ（みしようれ＝ませ）」と言うたつけ。』

かう川平さんも、口を挿んだ。私は、残念でもねふすきいさんの説が、段々確かになつて来るのを感じた。

『お二人さん。私の考へはかうです。今のお話で、しぢゅんに二義あることが知れました。孵る義と、沐浴《もくよく》に関する義とです。此は一つの原義から出たので、やつぱり先から言うてゐる「若がへる」と言ふ事に帰するのでせう。清明節に若水を国王に進める時に言うた語で「若がへりませ」の義であつた。其が、水をまゐらせる時のきまり文句として、常の朝の手水にも申し上げた。いつか「若やぎ遊ばせ」位の軽い意にとられて、国王以外の人々にも、鄭重《ていちよう》な感じを以て言はれる様になつて「顔手足をお洗ひなさい」の古風な言ひまはしと考へられてゐるのです。教へて頂いた源河節なども、清明節の浜下《はまう》り・川下りの風《ふう》から出た歌で、節の水で身禊ぎをする村人の群れに、娘たちもまじつた。其を窺ひ見たがる若者の心持ちなのでせう。清明節以外の祭りの日にも、川下りしたり、水浴びをしたかも知れない。ともかくやはり「若やぐ（若がへるよりも軽い意で）様に」との水浴びで、唯の「洗ふ」「浄める」ではありますまい。』

こんな話などをして那覇の宿へ引きとつた。其後四五日経つて、先島の方へ出掛けた。宮古島でもやはり孵る事らしい。八重山の四箇《しか》では、孵るのにも言ふが、蛇や蟹の皮を蛻《ぬ》ぐ事にも用ゐられてゐる。此島には、物識りが多かつた。気象台の岩崎卓爾《たくじ》翁は固《もと》より、喜舎場永珣《きしやばえいじゆん》氏其他が申し合せた様に証歌《しようか》をあげて説かれた。「やくぢゃま節」などにある「まれる（＝うまれる）かい、すでる（＝しぢる）かい」のすでるは、まれるの対句だから、やはり「生れる甲斐」である。しぢゅんの孵るも、実は生れるといふ義から出たのだ。かう言ふ主張は、四五人から聞いた。

此島出の最初の文学士で、琉球諸島方言の採訪と研究とに一生を捧げる決心の宮良《みやら》当壮《たうさう》君の「採訪南島語彙稿」の「孵る」の条を見ると、凡《およそ》琉球らしい色合ひのある島と言ふ島は、道の島々・沖縄諸島・先島列島を通じて、大抵しぢゅん・しぢるん・すでゆんなどに近い形で、一般に使はれてゐる事が知れる。謂はゞ沖縄の標準語である。宮良君の苦労によつて訣《わか》つた事は、しぢゅんが唯の「生れる」ことでないらしい事である。今度、宮良君が島々を歩く時には、「若返る」「沐浴する」「禊《みそぎ》する」などに当る方言を集めて来てくれる様に頼まう。

清明節のしぢ水に、死んだ蛇がはまつたら、生き還つて這ひ去つた。其がしぢ水の威力を知つた初めだと説くのが、先島一帯の若水の起原説明らしい。此語は其《それ》以前ねふすきいさんも、宮古・離島に採訪して来た様である。ある種の動物にはすでると言ふ生れ方がある。蛇や鳥の様に、死んだ様な静止を続けた物の中から、又新しい生命の強い活動が始まる事である。生れ出た後を見ると、卵があり、殻がある。だから、かうした生れ方を、母胎から出る「生れる」と区別して、琉球語ではすでると言うたのである。気さくな帰依府《きえふ》びとは、しぢ水とも若水とも言ふから、すでる・しぢゅんに若返ると言ふ義のある事を考へたのである。さう説ける用例の、本島にもあつたことを述べた。

さう説くのが早道でもあり、ある点まで同じ事だが、論理上に可なりの飛躍があつた。すでるは母胎を経ない誕生であつたのだ。或は死からの誕生（復活）とも言へるであらう。又は、ある容れ物からの出現とも言はれよう。しぢ水は誕生が母胎によらぬ物には、実は関係のないもので、清明節の若水の起原説明の混乱から出てゐる事を指摘したのは、此為である。すでることのない人間が、此によつてすでる力を享けようとするのである。

四

なぜ、すでることを願うたか。どうしてまた、此から言ふ様に、すでる能力のある人間が間々あつて、其が人間中の君主・英傑に限つてあることなのか。此説明は若水の起原のみか、日・琉古代霊魂崇拝の解説にもなり、其上、暦法の問題・祝詞の根本精神・日本思想成立の根柢に横《よこたは》つた統一原理の発見にもなるのである。

すでると言ふ語には、前提としてある期間の休息を伴うてゐる。植物で言ふと枯死の冬の後、春の枝葉がさし、花が咲いて、皆去年より太く、大きく、豊かにさへなつて来る。此週期的の死は、更に大きな生の為にあつた。春から冬まで来て、野山の草木の一生は終る。翌年復《また》春から冬までの一生がある。前の一年と後の一年とは互に無関係である。冬の枯死は、さうした全然違つた世界に入る為の準備期間だとも言へる。

だが、かうした考へ方は、北方から来た先祖の中には強く動いてゐても、若水を伝承した南方種の祖先には、結論はおなじでも、直接の原因にはなつてゐない。動物の例を見れば、もつと明らかに此事実が訣る。殊《こと》に熱帯を経て来たものとすれば、一層動物の生活の推移の観察が行き届いてゐる筈だ。蛇でも鳥でも、元の殻には収まりきらぬ大きさになつて、皮や卵殻を破つて出る。我々から見れば、皮を蛻《ぬ》ぐまでの間は、一種のねむりの時期であつて、卵は誕生である。日・琉共通の先祖は、さうは考へなかつた。皮を蛻《ぬ》ぎ、卵を破つてからの生活を基礎として見た。其で、人間の知らぬ者が、転生身を獲《う》る準備の為に、籠《こも》るのであつた。殊に空を自在に飛行する事から、前身の非凡さを考へ出す。畢竟《ひつきやう》卵や殻は、他界に転生し、前身とは異形《いぎやう》の転身を得る為の安息所であつた。蛇は卵を出て後も、幾度か皮を蛻ぐ。茲《ここ》に、這ふ虫の畏敬せられた訣《わけ》がある。南島では屢《しばしば》、蝶を鳥と同様に見てゐる。神又は悪魔の使女《うなぢ》としてゐるのは、鳥及び蝶であつた。わが国でも、てふとりの名で、蝶を表してゐた。蛇よりも、蝶の変形は熱帯ほど激しかつた。蝶だと思うてゐると、卵の内にこもつてしまひ、また毛虫になつて出て来る。此が第二の卵なる繭《まゆ》に籠つて出て来ると、見替す美しさで、飛行自在の力を得て来る。だから卵や殻・繭などが神聖視せられて来るのである。

朝鮮では、鳥の卵を重く見るやうになつてゐた。卵から出た君主・英雄の話がある。古代君主の姓から、卵からと言ふより瓠《ひさご》から出たと解せられてゐるのもある。日本では朝鮮同様、殻其他の容れ物に入つて、他界から来ることになつてゐる。他界と他生物との違ひであるが、生物各別の天地に生きて、時々他の住居を訪ふものと見てゐた時代である。だから、畢竟おなじ事になるのだ。秦《はた》ノ河勝《かはかつ》の壺・桃太郎の桃・瓜子姫子《うりこひめこ》の瓜など皆、水によつて漂ひついた事になつてゐる。だが此は、常世から来た神の事をも含んであるのだ。瓢《ひさご》・うつぼ舟・無目堅間《まなしかたま》などに入つて、漂ひ行く神の話に分れて行く。だから、何れ、行かずとも、他界の生を受ける為に、赫耶《かくや》姫は竹の節間《よのなか》に籠つてゐた。此籠つてゐる、異形身《いぎやうしん》を受ける間の生活の記憶が人間のこもり・いみとなつた。いみやにひたやこもりすることが、人から身を受ける道と考へられた。尚厳重なものは、衾《ふすま》に裹《つつ》まれて、長くゐねばならなかつた。

かうした殻皮などの間にゐる間が死であつて、死によつて得るものは、外来のある力である。其威力が殻の中の屍《しかばね》に入ると、すでるといふ誕生様式をとつて、出現することになる。正確に言へば、外来威力の身に入るか入らぬかゞ境であるが、まづ殻をもつて、前後生活の岐《わか》れ目と言うてよい。だから別殊《べつしゆ》の生を得るのだ。一方時間的に連続させて考へる様になると、よみがへりと考へられるのである。すでるは「若返る」意に近づく前に「よみがへる」意があり、更に其原義として、外来威力を受けて出現する用語例があつたのである。

大国主《おほくにぬし》は形から謂へば、七度までも死から蘇つたものと見てよい。夜見《よみ》の国では、恋人の入れ智慧《ちゑ》で、死を免れてゐる。此は死から外来威力の附加を得たことの変化であらう。智恵も一つの外来威力を与ふるところだつたのである。

よみがへりの一つ前の用語例が、すでるの第一義で、日本の「をつ」も其に当る。彼方《あなた》から来ると言ふ義で、をちの動詞化の様に見えるが、或は自らするををつ、人のする時ををく（招）と言うたのか。さうすれば、語根「を」の意義まで溯る事が出来よう。をちなる語が、人間生活の根本を表したらしい例は、をちなしと言ふ語で、肝魂《きもだま》を落した者などを意味する。柳田国男先生は、まななる外来魂を稜威《いつ》なる古語で表したのだと言はれたが、恐らく正しい考へであらう。いつ・みいつ・いつのなど使ふのは、天子及び神の行為・意志の威力を感じての語だ。

ちはやぶるの語源は「いちはやぶる」であるが、皇威の畏《おそろ》しき力をふるまふ事になる。此をうちはやぶるとも言うてゐるから、をちといつ・いちの仮名遣ひの関係が訣る。引いては、神の憑《よ》り来る事も動詞化していつと言ひ、体言化していつかし・いちにはなど言ふ様になつたものか。いつは、後世みたまのふゆなど言ひ、古くはをちと言うたのであらう。をとこ・をとめなども、壮夫・未通女・処女など古くから当てるが、村の神人《じんにん》たるべき資格ある成年戒を受けた頃の者を言うたのが初めであらう。

うずめと言ふ職は、鎮魂を司るもので、葬式にもうずめが出る。此資格の高いものを鈿女命《うずめのみこと》と言ふ。臼女《うすめ》ではない。恐《をぞ》しの「をぞ」と言ふが、やはり仮名の変化でうつめ・をつめだと思ふ。魂を「をちふらせる」役であらう。出現する意からうつ・うつしとなつて、現実的な事を言ひ、うつゝなどに変つたことは、まさ・まさしの、元は神意の表出に言ふのと同じい。をとこ・をとめに対しては、天《あめ》のますひとがある。うつる・うつすも神の人に憑《よ》つての出現であり、うち（∨氏）も外来神霊を血族伝承によつてつぐことが行はれてからの語で、其を続けて受ける団体の順序がつぎと言ふ具体的なのに、対してゐる。物部《もののふ》の八十《やそ》氏川《うじかは》の「氏」も、実は氏多きを言ふのではなくうちを多く持つことであらうか。

血族の総体を一貫して筋《すぢ》と言ひ、其義から分化して線・点・処などに用ゐる。沖縄でもやはりすでには「完全に」の意である。すつ・うつ・うつるも皆「をはる」の意から、投げ出すの義になつたものである。すだくは精霊などの出現集合することであらう。

かうして見ると、をつ・いつに対するすつがあつた様である。奥津棄戸《おきつすたへ》のすたへも霊牀《れいしやう》の意であらう。をつ・いつに当る琉球の古語「すぢ」は、せち・しちなど色々の形になつてゐる。先祖などもすぢと言うた様である。よく見ると、神の義がある。聞得大君御殿《ちふいぢんおどん》の三御前《みおまへ》の神、即《すなはち》おすぢのお前・金の御おすぢの御前・御火鉢の御前の中、金のみおすぢは、米と共に来た霊であつて、後世穀神に祀つた。おすじの御前は先祖の神と解せられてゐるが、王朝代々の守護神なる外来魂である。

五

私は、すぢぁといふ「人間」の義の琉球古語の語原を「すでる者」「生れる者（あは名詞語尾）」の義に解してゐたが、抑《そもそも》此解釈の出発点に誤解のあることを悟つた。すでる者は即、外来魂を受けて出現する能力あるものゝ意である。だが、皆此語の用例は特殊である。神意を受けた産出者である。選ばれた人である。恐らく神人の義であること、日本のひと・ますひと（まさ）と同じで、巫女の古詞章に出て来るものは、神人以外の者には亙《わた》らぬから、同じ古詞の中にも、すぢぁが一般の人の義に解して用ゐられ、世間でも使ふ様になつたのだと思ふ。国王及び貴人の家族は皆神人だから、すぢぁである。すぢ人と言ふよりは、すぢり人の意である。すぢの守護から力を生じるとして、すぢを言はぬ世にはまぶり（守り）を以て魂を現した。体外の魂を正邪に係らずものと言ふ様になつた。
すぢぁに見える思想は、日本側の信仰を助けとして見ると、「よみがへるもの」でも訣るが、根柢は違ふ。一家系を先祖以来一人格と見て、其が常に休息の後また出て来る。初め神に仕へた者も、今仕へる者も、同じ人であると考へてゐたのだ。人であつて、神の霊に憑られて人格を換へて、霊感を発揮し得る者と言ふので、神人は尊い者であつた。其が次第に変化して来た。神に指定せられた後は、ある静止の後転生した非人格の者であるのに、それを敷衍《ふえん》して、前代と後代の間の静止（前代の死）の後も、それを後代がつぐのは、とりもなほさずすでるのであつて、おなじ資格で、おなじ人が居る事になる。

かうして幾代を経ても、死に依つて血族相承することを交替と考へず、同一人の休止・禁遏《きんあつ》生活の状態と考へたのだ。死に対する物忌みは、実は此から出たので、古代信仰では死は穢《けが》れではなかつた。死は死でなく、生の為の静止期間であつた。出雲国造家の伝承がさうである。ほかでの祓へを科する穢れの、神に面する資格を得る為の物忌みであるのとは大分違ふ。家により地方により、此すでる期間に次代の人が物忌みの生活をする。休止が二つ重《かさな》るわけである。皇室のは此だ。だから神から見れば、一系の人は皆同格である。日本の天子が日の神・御祖《みおや》・ひるめの頃から、いつも血族的にはにゝぎの命と同格のすめみまであり、信仰的には忍穂耳命《おしほみみのみこと》同様日の御子《みこ》であつた。琉球時代は、天子をてだてと言うた。太陽の子である。後に太陽を譬喩《ひゆ》にした者と感じて、太陽をさへてだてと言うた。日の御子である。

すでるの原義は、謂はゞ出現する事であつた。日本で言へば、出現の意のあると言ふ語である。或はいづである。すぢのつく動作を言ふ語で、即、母胎によらぬ誕生である。あると言ふ日本語も、在・有の義と言ふよりは、すでる義があつたのではないか。荒・現・顕などの内容があつた。あら人神など言ふのも、すぢぁにして神なる者と言ふことで、君主の事である。地方の小君主もあら人神なるが故に、社々の神主としての資格に当るので、其を回して、其祀る神にも言うた。併《しか》し古文の用例としては、神主を神なるものとして言うたと見る方がよい様だ。あれ（幣）に対して、いち・うた（歌）があり、いつ何と言ふ用語例も、厳橿《いつかし》・厳さかきなどになると、神出現の木と言ふ義を持つのかも知れぬ。神名のうしなどもうちの転化ではなからうか。日本の最《もつとも》古い神名語尾むちはうちであらう（おほなむち・おほひるめむち・ほむちわけなど）。皇睦神《すめらがむつかむ》ろぎなど言ふ睦《むつ》も誤解で、いつ・うつで神の義か、いつくなどに近い義か。珍彦《うづひこ》など言ふうづの何もいつと同じだらう。ひこはひるめの生んだ日の子であり、天子の日のみ子と区別したのである。

神人・巫女などに日を称したのもある。にぎはやび・たけひ、後世の朝日・照日などもある。ひとのとも、刀禰《とね》などのとで、神の配下の家の意であらうか。神《かみ》の属隷《ぞくれい》の義だらう。神《かみ》のみ・祇《つみ》（つは領格《りやうかく》の語尾）のみなど、皆精霊の義であらうか。女性の神称に多いなみのみも同様である。なはので、領格の語尾であることは、つと同じい。

むちは獣類の名となつて、海豹《みち》・貉《むじな》などの精霊に、つちは蛇・雷などの名となつた。餅《もち》もひよつとすると、霊代《たましろ》になるものだから、むち・いつ・うつの系統かも知れぬ。酒《き》・饌《け》なども神名であらう。

よなどもいつと関係があるのだらう。よる・よすのよで、善《よ》であり、寿《よ》であり、穀《よ》である。常世のよも或《あるい》は此《これ》かも知れぬ。よるはいつに対する再語根であらうか。少し横路に外《そ》れたが、前に回《まは》つて、をる・をつは同根であらう。かうして見ると、二三根の語が始めて一根の語を出して、又二三根の語を作る様である。いつ・うつ・すつ・いづ・ある・ますなど皆同系の語であつたらしい。「をく」なども、をつから出た逆用例であらう。

六

さて、をつはどうして繰り返す意を持つか。外来魂が来る毎《ごと》に、世代交替する。さうして何の印象もなく、初めに出直すと見てゐたのが、段々時間の考へを容《い》れた為、推移するものと観じて来た。出雲国造神賀詞《かむよごと》の「彼方《をちかた》の古川岸、此方《こちかた》の古川岸に、生《お》ひ立てる、若水沼《わかみぬま》のいや若えにみ若えまし、濯《すゝ》ぎ振るをどみの水の、いやをちにみをちまし……」などに見えるをちかたと言ふ語には、寿詞《よごと》を通じてをち霊の信仰が見える。わかゆとをつとを対照してゐるのは、同義類語と考へたのだ。わかゆは「わかやぐ」の語原で、若々しくなる義だ。古くは、若くなる事であつたかも知れぬが、此辺の用語例はをつと同じに用ゐてある。くり返す事を一個人について謂へば、蘇ることであり、又毎年正月に其年のくり返しする事にも言ふ。さうすると「みをちませ」は若返りの事を意味するのだ。

出雲国造は親任《しんにん》の時二度、中臣《なかとみ》は即位の時一度だけであつたが、氏ノ上《かみ》の賀正事《よごと》になると毎年あつた。天子の魂のをつることを祈るのが初めで、其が繰り返すことを祈るのである。生者だから蘇るといふのでなく、生も死も昔は魂に対しては同待遇だつたのだ。其為《そのため》、同じ語も生者に対しては「くり返す」ことになるのである。此が時代の進むに連れて若返る事になる。そして其霊力の本《もと》は食物にあつた。即、呪言《じゆごん》のほを捧げるのである。

中臣天神寿詞《あまつかみのよごと》には、天つ水と米との事が説かれてある。米の霊と水の魂とが、天子の躬《み》に入るのであつた。此がをつるのであり、若返る意になる。誄詞《るいし》に用ゐられると、蘇生を言ふ。正月の賀正事《よごと》にも、氏ノ上はほを奉つて寿する。氏々を守つた此ほの外来魂を、天子が受けて了はれるのである。天子は氏々の上に事実上立たれたわけだ。

降伏の初めの誓詞も、此寿詞《よごと》である。処が、をつと言ふ語が、段々健康をばかり祝ふ様になつて、年の繰り返しを言ふのを忘れて行つた。飯食に臨む外来魂をとり入れる信仰から、よるべの水の風習も出て来る。魂と水との関係である。人の死んだ時水を飲ませるのも、此霊力観が段々移つて行つたのだ。死屍《しし》に跨《また》つてする起死法も水のない寿詞だ。唯《たゞ》身分下の人の為にする方式だつたのだ。

呑む水の信仰が、従つて洗ふ水になつた。初春の日には、常世から通ずるすで水が来る。首里朝時代には、すで水は、国頭《くにがみ》の極北辺土《へづ》の泉まで汲みに行つた。其が、村の中のきまつた井にも行くやうになり、一段変じて家々の水ですます事にもなつた。此が日本の若水で、原義は忘れられて、唯繰り返すばかりになつた。家長或はきまつた人が汲むのは、神主格になるのである。又、若水を喚ぶ式もあつた。常世の国から通ふ地下水である。だから、常世浪は皆いづれの岸にも寄せて、海の村の人の浜下り、川下りの水になる。

但、神が若水を齎《もたら》すのは、日本では、臣になつた神が主君なる神の為にであつた。島の村々の中では、或は五穀の種の外に、清き水をも齎し、壺のまゝ漂《ただよは》したこともあらう。沖縄の島では、穀物の漂著と共に、「うきみぞ・はひみぞ」の由来を説いてゐる。此も常世の水が出たのである。人が呑むと共に、田畠も其によつて、新しい力を持つのだ。

すでることの出来る人は、君主であつた。日本にも母胎から出なかつた神は沢山あつた。いざなぎの命檍原《あはぎはら》で祓への為にすでる間に、神々は、すで水の霊力で生れたことになる。永い寿を言ふのもすで水の信仰からである。昔の国々島々の王者は皆命が長かつた。今の世の人の信じない年数だつた。

神皇正統記の神代巻の終りなどを教へると、若い人たちは笑ふ。なまいきなのは、人皇の代の年数までも其伝で、可なり為政者等が長めたものだらうと言ふ。こんな入れ智慧をする間に、歴史学研究の方々はも一度すで水で顔も腸も洗うた序《ついで》に、研究法もすでらせるがよい。日本人には、そんな寿命の人を考へる原因があり、歴史があるのだ。そして、同じ名の同じ人格の同じ感情で、同じ為《し》事《ごと》を何百年も続けてゐた常若《とこわか》な庤部《かんだちめ》や巫女が、幾人もあつた事を考へて見るがよい。此一人格の長い為事をば小さく区ぎつて、歴史的の個々の人格に割りあてたのである。その今一つ前は、千年であらうが、どれだけ続かうが、一続きの日の御子《みこ》や、まへつぎみ・庤部《かんだちめ》の時代があつたのだ。

日本人が忘れたまゝで若水を祝ひ、島の人々がまだ片《かた》なりに由緒を覚えてすで水を使うてゐる。日・琉双方の初春の若水其《それ》は、つれ〴〵を佗《わ》ぶる事を知らぬ古代の村人どもが、春から冬までの一年の外は、知らず考へずに居つた時代から、言葉を換へ〳〵して続けて来た風習である。考へて見れば、其様《そのやう》にくり返し〳〵、日本の国に生れた者は日本国民の名で、永くおのが生命を託する時代の事だと考へて来もし、行きもするのだ。我々の資格は次の世の資格である。人の村や国或は版図に対しては、その寿詞《よごと》を受ける度《たび》に其外来魂をとり入れ〳〵して、国は段々太つて来た。長い伝統とは言ふが実は、海の村人の如く、全体としては夢の一生を積み〳〵して来た結果である。すで水を呑むのは、選ばれた人だけだつた。其にも係らず、人々は皆其にあやからうとした。せめては自家の井戸からでも、一掬《いつきく》の常世の水を吊《つ》らうと努力して来た。さうして家や村には、ともかくこんな人が充ちてゐたのだ。すで人からのあやかりものである。此機会に「おめでたごと」の話を言ひ添へて置かう。

七

下品な語だが「さば」を読むと言ふ。うつかりと此話にも「さば」を読んだところがある。「さば」は産飯《さば》で、魚の鯖ではない。神棚に上げる盛り飯の頭をはねて、地べたなどへ散《ちら》したりする。頭だから「あたまをはねる」との同義で、さばはねを加へて勘定する事である。さばといふ語は大分古くからあつたと見え、尊者《そんじや》に上げる食物を通じてさばと言ふ様だ。

春の初めと盆前の七日以後、後の藪入りの前型だが、さばを読みに出かけた。親に分れて住む者は、親の居る処へ、舅《しうと》・姑《しうとめ》のゐる里へも、殊に親分・親方の家へは子分・子方の者が、何処に住まうが遠からうが、わざ〳〵挨拶に出かけた。藪入りの丁稚《でつち》・小女《こをんな》までが親里を訪れるのは、此風なのだ。だから日は替つても、正月・盆の十六日になつてゐる。

閻魔《えんま》堂・十王《じふわう》堂・地蔵堂などへ参るのは、皆が魂の動き易い日の記念であつたので、魂を預かる人々の前に挨拶に出かけたのだ。此は自分の魂の為であらう。また家へ帰るのは、蕪村《ぶそん》が言うた「君見ずや。故人太祇《たいぎ》の句。藪入りのねるや一人の親のそば」。さうした哀《あはれ》を新にする為に立ちよるのではなかった。親への挨拶よりも、親の魂への御祝儀にも出かけたのだ。

「おめでたう」はお正月の専用語になつたが、実は二度の藪入りに、子と名のつく者 即《すなはち》 子分・子方が、親分・親方の家へ出て言うた語なのである。上は一天万乗《いつてんばんじよう》の天子も、上皇・皇太后の内に到られた。公家・武家・庶民を通じて、常々目上と頼む人の家に「おめでたう」を言ひに行つたなごりである。「おめでたくおはしませ」の意で、御同慶の春を欣《よろこ》ぶのではない。「おめでたう」をかけられた目上の人の魂は、其にかぶれてめでたくなるのだ。此が奉公人・嫁壻の藪入りに固定して、「おめでたう」は生徒にかけられると、先生からでも言ふやうになつて了うた。此は間違ひで、昔なら大変である。一気に其目下の者の下につく誓ひをしたことになる。盆に「おめでたう」を言うてゐる地方は、あるかなきかになつた。でも生盆《いきぼん》・生御霊《いきみたま》と言ふ語は御存じであらう。聖霊《しやうりやう》迎への盆前に、生御霊を鎮めに行くのであつた。室町頃からは「おめでたごと」と言うた様であるから、盆でも「おめでたう」を唱へたのである。正月の「おめでたう」は年頭の祝儀として、本義は忘れられ、盆だけは変な風習として行はれて来たのだ。

此日可なり古くから、夏の最中《さなか》にきまつて塩鯖の手土産をさげて、親・親方の家へ挨拶に行つた。背の青い魚の代表の様なあの魚も、さばと言ふ名は古い。其時に持つて行く物をさばと言うたから、其土産の肴までさばと名をとつたとは言はれない。私は、餅も粢《しとぎ》も、米団子も、飯を握つた牡丹餅《ぼたもち》も持つて行つたであらうが、皆此らは初穂で拵へたもので、此風俗のある時代流行の中心になつた地方の人々の間で、すぐ腐る餅類が大きな家ではたまつて、どうにもならないといふので、塩物でも、生腥《なまぐさ》を喜ぶ処らしく、塩魚を持ちこんだのが、段々風《ふう》をなすと言ふ風になつても、やはり此時の進上物にさばとしか言はなかつた。其で「さばと言ふのに赤鰯《いわし》はこれ如何《いか》に」などゝ矛盾を感じ出して、塩鯖にきまつたのかと思うてゐる。子分・子方を沢山持つた豪家《かうけ》などでは、塩物屋の様に積み上げられた事であらう。「今年も相変りませず、御ひいきを」と言ふ頼みは後の事で、古くは、今年もあなたの子分です、御家来です、と誓ひに行つたのだ。其が目下の人の、齢《よはひ》を祝福する詞《ことば》を述べる事で示されるのである。「おめでたう」などになると、短い極限であるが、其固定に到るまでには、永い歴史がある様である。

こゝまで来てやつと、前の天皇の賀正事《よごと》や神賀詞《かむよごと》・天神寿詞《あまつかみのよごと》の話に続くことになる。あゝした長い自分の家が、天子の為に忠勤を抽《ぬきん》づるに到つた昔の歴史を述べた寿詞を唱へ、其文章通り、先祖のした通り自分も、皇祖《くわうそ》のお受けになつたまゝを、今上《きんじやう》に奉仕する事を誓ふのである。さうして其続きに、そのかみ、皇祖の為に奏上した健康の祝辞を連ね唱へて、陛下の御身の中の生き御霊《みたま》に聞かせるのであつた。

此風が何時までも残つてゐて、民間でも「おめでたう」は目下に言うたものではなかつたのである。「をゝ」と言つて、顎をしやくつて居れば済んだのだ。

幾ら繁文縟礼《はんぶんじよくれい》の、生活改善のと叫んでも、口の下から崩れて来るのは、皆がやはりやめたくないからであらう。「おめでたう」の本義さへ訣らなくなるまで崩れて居ても、永いとだけでは言ひ切れぬ様な、久しい民間伝承なるが故に、容易にふり捨てる事は出来ないのである。

八

町人どもの羽ぶりがよくなる時代になつて、互に御得意様であり、ひいきを受け合うてゐるやうな関係が出来上つて来た。職人歌合せや絵巻の類《たぐひ》の盛んに出てゐた頃は、保護者階級と供給者の地位とは、はつきり分れてゐた。職人と言ふのが、世間には檀那ばかりで、どちら向いても頭のあがらぬ業態《げふたい》で、他人の為の生産や労働ばかりしてゐた人々なのである。中臣祓《なかとみのはら》へばかり唱へてゐる様な下級の神主・陰陽師《おんみやうじ》、棚経《たなぎやう》読んで歩く様な房主《ばうず》をはじめ、今言ふ諸職人・小前百姓《こまへひやくしやう》・猟師・漁人などに到るまで、多くは土地に固定した基礎を持たない生計を営む者である。上古の部曲《かきべ》制度の変形をしたもので、檀那先は拡つても、職の卑しさは忘れて貰はれない時代であつた。職人の大部分が浄化せられて町人となり、町人の購買力が殖《ふ》えて来て、お互どうしの売り買ひが盛んになつた。どちらからもお得意であり、売り手であると言ふ様になると、需要供給関係が、目上目下を定めて居た時代のなごりで、年頭の「おめでたう」は、両方から鉢合せをする様になる。かうして廻礼先《くわいれい》がむやみに殖えて、果は祝福のうけ手・かけ手の秩序が狂うて来たのであつた。其「おめでたごと」をどこかしことなく唱へて歩いた一団の職人があつた。謂はゞ祝言職《しうげんしよく》である。此とても元は、一つの家なり、一つの社寺なり、隷《れい》してゐる処が厳重にきまつて居たのだが、中には条件つきで、わざ〳〵さうした保護の下にのめりこんで来た連中もあつて、段々自由が利く様になつて行つた。寺から言へば唱門師《しやうもんじ》、陰陽家から言へば千秋万歳《せんずまんざい》、社にもついて散楽者《さるがくしや》、むやみに受持ちの檀那場を多くした。ある大社専属の神人《じんにん》かと思へば、同時にある大寺の童子《どうじ》・楽人と言ふ様なのが多かつた。春日《かすが》の楽人でゐて、薬師寺にも属し、其外《そのほか》京の公家・武家・寺方までも祝言に行く。祝言以外に、舞も狂言も謡《うたひ》も謡ふ。

かうした連衆《れんじゆ》の中《うち》、うまく檀那にとり入つて、同朋《どうぼう》から侍分《さぶらひぶん》にとり立てられたものもあるが、さうした進退の巧《たくみ》に出来なかつたものは、賤《せん》の賤と言ふ位置に落ちて了うた。此階級から能役者・万《まん》歳太夫《ざいたいふ》・曲舞々《くせまひまひ》・神事舞《しんじまひ》太夫・歌舞妓役者などが出た。もつと気の毒なのは、とても浮ぶ瀬のなかつた者と一つにせられた。祝《しゆく》など言ふのは、其である。「祝言」の一字をとつて称へられたのである。地方によつては、賤民階級の部立《ぶだ》てや解釈がまち〳〵で、同じ名の賤称を受けた村でも、おなじ種類の職人村ばかりではなかつた。

だが、一度唱へると不可思議な効果を現す其文句は、千篇一律であつた。後には色々の工風《くふう》が積まれて、段々に、変つた文句も出て来た。此祝言が段々遊芸化し、追つては芸術化する始めであつて、喜劇的なものは可なり古くから発達し、謡《うたひ》などは名手は出たが、詞章の精選が、最遅れた。千篇一律なるが故に効果のあつた祝言は、古い寿詞《よごと》の筋であつた。後世の祝祭文の様に当季《たうき》々々の妥当性を思はないでもよかつたのが、寿詞の力であつた。寿詞を一度唱へれば、始めて其誓《ちかひ》を発言したと伝へる神の威力が、其当時と同じく対象の上に加つて来る。其対象になつた精霊どもは、第一回の発言の際にした通りの効果を感じ、服従を誓ふ。すべてが昔の儘になる。此効果を強める為に、其寿詞の実演を「わざをぎ」として演じて、見せしめにした。文句は過去を言ふ部分が多く加り変つて来ても、詞章の元来の威力と副演出のわざをぎとで、一挙に村の太古に還る。今日にして昔である。村人は、今始めて神が来て、精霊に与へる効果をも信じたのである。其力の源は、寿詞にある。寿詞は、物事を更にする。更は、くり返すことである。さらは新《さら》の語感を早くから持つてゐた様に、元に還すのであると言ふよりも、寿詞の初め其時になるのである。さらはさるの副詞形である。去来の意のさるは、向うから来ることである。春の初めの猿楽も、古くから行はれたらうと思ふが、さる――今は縁起を嫌ふ――がをつと同意義に近かつたのではなからうか。猿女君《さるめのきみ》のさるも、昔を持ち来《きた》す巫女としての職名であつたのではないか。

昭和二年八月頃草稿

神道に現れた民族論理

一

今日の演題に定めた「神道に現れた民族論理」と云ふ題は、不熟《ふじゆく》でもあり、亦、抽象的で、私の言はうとする内容を尽してゐないかも知れぬが、私としては、神道の根本に於て、如何なる特異な物の考へ方をしてるかを、検討して見たいと思ふのである。一体、神道の研究については、まだ、一貫した組織が立つてゐない。現に、私の考へ方なども、所謂《いはゆる》国学院的で、一般学者の神道観とは、大分肌違ひの所があるが、おなじ国学院の人々の中でも、細部に亘《わた》つては、又各《おのおの》多少の相違があつて、突き詰めて行くと、一々違つた考へ方の上に、立つてゐる事になるのである。

しかし、概して言ふと、今日の神道研究の多くは、善い点ばかりを、断篇的に寄せ集めたものである。どうも、此ではいけない。我々現代人の生活が、古代生活に基調を置いてゐるのは、確かな事実であるが、其中での善い点ばかりを抽《ぬ》き出して来て、其だけが、古代の引き継ぎであるとするのは、大きな間違ひであつて、善悪両方面を共に観てこそ、初めて其処に、神道の真の特質が見られよう、と云ふものである。私は、日本人としての優れた生活は、善悪両者の渾融《こんゆう》された状態の中から生れて来てゐるのである、と思ふ。

今日でも、沖縄へ行くと、奈良朝以前の上代日本人の生活が、殆ど如実に見られるが、其処には深い懐《なつか》しさこそあれ、甚《はなはだ》むさくるしい部分もあるのである。若《も》し上代の生活が、こんな物だつたとすれば、若い見学旅行の学生などには、余り好ましくない気がして、日本人の古代生活は云々《しかじか》であつた、といふ事を大声で云ふのは気恥《きは》づかしく感ずるであらう、と思ふ程である。しかし、其が真の古代生活であるならば、そして又、今日の生活の由つて来る所を示すものとしたら、研究者としては、恥ぢる事なしに此を調べて、仔細に考へて見る必要があらう。

又近頃は、哲学畑から出た人が、真摯《しんし》な態度で神道を研究してゐられる事であるが、中には古木像にもだん服を著せた様な、神道論も見受けられるやうである。此なども甚困つたものである。要するに、現代の神道研究態度のすべてに通じて欠陥がある、と私は思ふ。

そこで私の意見は、国学院雑誌(昭和二年十一月号の巻頭言)にも述べて置いたが、現代の神道研究に於ては、古代生活の根本基調、此をきいのおとといふか、てえまと云ふか、とにかく、大本の気分を定めるものが把握されてゐないのが、第一の欠点であると思ふ。すべての人は、常に、自分が生活してゐる時代や環境から、其神道説を割り出してゐるが、個性の上に立ち、時代思想の上に立つての神道研究は、質として、余りに果敢《はか》ないものである。我々が、正しく神道を見ようとするには、今少し、確かなものを摑んで来なければならぬ。

敢《あ》へてこんな事を言ふのは、僭越であるかも知れぬが、とにかく私としては、日本民族の思考の法則が、どんな所から発生し、展開し、変化して、今日に及んだかに注目して、其方向から探りを入れて見たい。いゝ事ばかりを抽象して来て、論じたのでは、結局嘘に帰して了《しま》ふ。神道の美点ばかりを継ぎ合せて、それが真の神道だ、と心得てゐる人たちは、仏教や儒教・道教の如きものは、皆神道の敵だとしてゐるが、段々調べて見ると、神道起原だと思ふ事が、案外にも仏教だつたり、儒教又は道教だつたりする事が、尠《すくな》くない。こんな事になるのは、つまり日本人の民族的思考の法則が、ほんとうに訣《わか》つてゐないからである。日本人の民族文明の基調が、外国人のものに比べて、どれだけ、特異に定められてゐるかを見ずに、末梢的な事ばかりに注意を払つてゐるから、いけないのである。

私は此民族論理の展開して行つた跡を、仔細に辿つて見て、然《しか》る後始めて、真の神道研究が行はれるのであると考へる。卒直に云ふならば、神道は今や将《まさ》に建て直しの時期に、直面してゐるのではあるまいか。すつかり今までのものを解体して、地盤から築き直してかゝらねば、最早、行き場がないのではあるまいか。今までの神道説が、単に、かりそめ葺《ぶ》き小屋の、建てましに過ぎなかつたのではあるまいか。今までの私は、全体的に芸術中心・文学中心の歴史を調べて行かうと志して、進行してゐたのであるが、結局それが、神道史の研究にも合致する事になつた。今日の処では、まだ〳〵発生点の研究に止《とど》まつてゐるが、こゝでは、其一端に就て述べて見たいと思ふ。

二

第一にまづ、言ひたいのは、日本の神道家の用語である。祭式上の用語とか、内務省風の用語とかでなく、昔から使はれてゐる神道関係の言葉が、どの位古い所まで突き詰めて研究されてゐるか、此が一番の問題であると思ふ。勿論或点までは、随分先輩の人々も試みられてゐるに違ひないが、それ等は何《いづ》れも皆、天井でつかへてゐる。譬《たと》へば、神道といふ語自身が、何処から来てゐるかすら、今までに十分、徹底して調べた人がない。

私は、神道といふ語が世間的に出来たのは、決して、神道の光栄を発揮する所以《ゆゑん》でないと思ふ。寧《むしろ》、仏家《ぶつけ》が一種の天部《てんぶ》・提婆《だいば》の道、即異端の道として、「法」に対して「道」と名づけたものらしいのである。さうした由緒を持つた語である様だ。

日本紀あたりに仏法・神道と対立してゐる場合も、やはり、さうである。大きな教へに対して、其一部に含めて見てよい、従来の国神《くにがみ》即、護法善神《ごほふぜんじん》の道としての考へである。

だから私は、神道なる語自身に、仏教神道・陰陽師《おんみやうじ》神道・唱門師《しやうもんじ》神道・修験神道・神事舞太夫《しんじまひたいふ》・諸国鍵取《かぎと》り衆などの影の、こびりついてゐる事は固《もと》より、語原其《それ》自身からして、一種の厭《いと》ふべき姿の、宿命的につき纏うてゐるのを耻づるのである。だから、今日の神道の内容を盛る語ではない、と信ずるので、近来、尠くとも私だけは、神道といふ語を使はない事にしてゐる。私は此自説を証明する文献上の拠り処を、今までに可なり多く見たが、若し果して、神道の光栄を表する語である事が、学問的に証明せられるやうならば、いつでも真に喜び勇んで、元に引き戻す覚悟である。しかし今日の処では、神道それ自身の生んだ、光明に充ちた語である、とは思ふ事が出来ない。記・紀若しくは、祝詞《のりと》などを見ると、中には、古語・神語などいふべき古い語が、随分ある。其等の言葉は、不思議にも、大抵此を現代語に書き改めることの出来る程に、研究は積まれてゐるが、私の経験では、真に其が不思議である。私の今まで最苦しんだのは、祝詞であつた。既に、今までに、半分位、二度までも、口訳文を書き直して見たが、其結果、祝詞の表現法を余程会得した。尠くとも、私自身としては、胸の奥・心の底から感得したと思うてゐる。

私は学校で、万葉《まんにやう》の講義をしてゐるが、時々、なぜこんなに、すら〳〵と平気に、講義をすることが出来るか、と不思議に思ふ事がある。先達諸家の恩に感謝する事は勿論であるが、此処に疑ひがある。教へながら、釈《と》きながら居る人の態度として、懐疑的であるといふのは、困つたものであるが、事実、日本の古い言葉・文章の意味といふものは、さう易々と釈けるものではなさゝうだ。時代により、又場所によつて、絶えず浮動し、漂流してゐるのである。然るに、昔から其言葉には、一定の伝統的な解釈がついてゐて、後世の人は其に無条件に従うてゐるのである。私は、これ程無意義な事はないと考へる。

其は私が、祝詞に於ける経験及び、古事記或は降《くだ》つて、源氏物語を現代語に訳し直して、書き改めて見ての、厳粛な実感であるが、譬へば「天之御蔭《あめのみかげ》・日之御蔭」といふ言葉でも、さうである。恐らく現今では、あの言葉が、常に同じ用語例を守つてゐるもの、と信じてゐる人は尠いであらうが、尚、少数の守株《しゆしゆ》の敬虔家《けいけんか》のあることも考へられる。其外の古い言葉でも、記・紀・祝詞・続紀《しよくき》・風土記の類を通じて、用ゐられてゐる同語にして、同じ用語例に入れては、解けないものが多く存在する。此は、今日の言葉に就ても、言はれる事であらうと思ふが、其が典型的な語義である、と予断されてゐる以外に、もつと違つた形のある事が、忘れられてゐはすまいか。若しそんな事実がないと思ふならば、其は余りに、前代の学者の解釈にたより過ぎて、当然せねばならぬ研究を、十分にしてゐない為ではあるまいか。此だけは、どなたの前に立つても、私の言ひ得ることとあげである。

次田潤さんも、あの「祝詞新講」を公にされるまでには、随分苦しまれたであらうと思ふが、実際に古い言葉を現代語に引き直して見ると、つくぐ〵困難を感ずる。尤《もつとも》、一通りの解釈は誰にでもつくが、本当に深く考へ出すと、訣らない事が多い。思ふに此は、口伝への間に変化したもので、各時代、各個人の解釈で、類型的の意味に於ての語義の、次第に其形が改められて行つた結果であらう。

前に言うた「天之御蔭・日之御蔭」の語でも、家の屋根とも解せられるが、又万葉巻一の人麻呂の詠らしい「藤原宮御井《みゐ》歌」を見ると、天日《てんぴ》の影をうつす水とも取れるし、其外尚色々の意味に解ける。かういふ処から考へると、何《いづ》れも根本から分化して、各違つた用語例を持つ様になつたのであつて、其が大体、後世の合理解を経て――民間語原は固より、学者の研究も――即、最小公倍数式に、帰納して定められたのではあるまいか。万葉などを基礎にして考へると、どうも此語は、時代人によつて、訣らぬまゝに使はれてゐるらしい。或類型的な祭りとか、其他の類似の行事のときには、かういふ言葉を使はねばならぬものとして、只、無意味に使つてゐるのである。

私の解釈に依ると、この対句は、何れも、高所から垂下してゐる、飾り縄を意味するもので、かげとは、元来、蔓草《つるくさ》である。だから其が、宮殿を褒める時の詞《ことば》とか、新室《にひむろ》ほかひの時の詞として、使はれてゐるのである。そこで、此が転じて来ると、宮殿其ものゝ意味ともなり、又更に転じては、ある解釈に於ける、穆々《ぼくぼく》たる文王といつた、ほのぐらい処に奥深くいます、といふ意味にもなるのである。前にも述べた通り、万葉では此が、影うつす水の意味に転じてゐる。

かうなると、語意が浮動して来て、解釈がつかなくなつて来るが、段々研究を推し進めて行つて見ると、此歌は、宮殿の居まはりの山を讃《ほ》め、水を讃める古い意味の風水――墓相でなく――をうたつた歌であるらしい。此は家を讃める事から来る当然の帰結であつて、家を讃める事は同時に、家主の生命を讃める事であり、又同時に、生命の本源として、魂として、家主の腹中に入る水を褒める事であるからである。高い新築家屋の屋根から、垂下してゐる飾り縄が、水の意味に成つたといふ事も、かういふ風に観て来れば、少しの不思議もないのである。

橘守部《もりべ》の痛快に解釈した「大王《おほぎみ》の御寿《みいのち》は長く天《あま》たらしたり」の歌なども「天之御蔭・日之御蔭」といふことが、類型的の表現になつてゐる為に、其間に、綱の事を云ふのを忘れて了うてゐるのである。そんな事をこくめいに云はずとも、漠然たる常套的の感じを誘ふ詞章で、天子の齢《よはひ》を祝福する事が出来るからである。其外に又、出雲国造神寿詞《いづものくにのみやつこのかむよごと》の「天乃美駕秘」――秘の字は、相変らず疑問——は、頭に冠《かむ》るかつらの事であつて、此も畢竟《ひつきやう》、播磨風土記などに見えた、兜の類に言うたかげであるが、普通の天之御蔭・日之御蔭とは、大分用ゐ方が違つてゐる。とにかく、かういふ風に祝詞を見ると、天之御蔭・日之御蔭といふ事は、色々な場合に使はれてゐるが、其意味は、常に一定してゐないのである。そして、其が殆ど、無理会のまゝに、使はれてゐるのである。

かういふ事を公言するのは、或は敬虔な先達に、礼を失することになるかも知れぬが、私は式の祝詞を、それ程古いものとは思つてゐない。其は言語史の上から立証出来る事である。尤《もつとも》文中の一部には、かなり古いものを含んだものもあるが、新しいものが最多くて、其上に、用語が不統一を極めてゐる。第一義とか、第二義・第三義といふ様な関係ではなく、口の上で固定した、不文の古典の中から、勝手に意味を抽《ぬ》き出して来て、面々の理会に任せて、使つてゐるのである。さすがに、古い神聖な信仰を伝へてゐる個処では、妄《みだ》りに意味を替へる様な事をしないで、譬ひ意味が訣らずとも、固定のまゝ又は、曲りなりに使つてゐるが、それでも時代が重なると、替らざるを得ない事になる。

譬へば、神典の天孫降臨の章を見ても、記・紀を突き合せて見ると、凡《およそ》三通りに分れてゐる。まづ古事記を見ると、「於㆓天浮橋㆒、宇岐士摩理、蘇理多多斯弖」〔天の浮橋において、うきじまり、そり立たして〕」とある。随分奇妙な文句であるが、日本紀の方には、これを「則自㆓槵日二上天浮橋㆒立㆓於浮渚在平処㆒」〔すなはち槵《くし》日の二上《ふたかみ》の天浮橋より、浮渚《うきじまり》平処《たひら》に立たして〕」となつてをり、更に一書《いつしよ》にも、別様に伝へてゐるではないか。此等は何れも、それ〴〵の、伝承の価値を重んじて書いたもので、後世の理会では、妄《みだ》りに動かす事が出来ないから、記録当時まで、元の姿で置かれてゐたのである。

ところが、実用語となると、そんな訣《わけ》にはいかない。新しい意味が加はると、段々其方に移つて行くから、何処までが、果して根本の語義に叶うてゐるのか、訣らなくなつて了ふ。今日伝はつてゐる解釈は、畢竟誰かゞ、いゝ加減な所で、合理的に解釈して出来たのではあるまいか、と思ふ。とにかく、古い言葉を仔細に研究してみると、今までの伝統の解釈は、殆ど唯《たゞ》、碁盤の上の捨て石の様な、見当定めの役の外、何にもなつてゐない事が多い。随《したが》つて、そんなものを深く信じ、基準にして、昔の文章を解く事は出来ないと思ふ。

三

日本人の物の考へ方が、永久性を持つ様になつたのは、勿論、文章が出来てからであるが、今日の処で、最古い文章だ、と思はれるのは、祝詞の型をつくつた、呪詞《じゆし》であつて、其が、日本人の思考の法則を、種々に展開させて来てゐるのである。私は此意味で、凡《およそ》日本民族の古代生活を知らうと思ふ者は、文芸家でも、宗教家でも、又倫理学者・歴史家でも皆、呪詞の研究から出発せねばならぬ、と思ふ。

処が、其呪詞の後なる祝詞なるものさへ、前にも云つた如く、今日の頭脳では、甚《はなはだ》難解なことが多い。鈴木重胤《しげたね》などは、ある点では、国学者中最大の人の感さへある人で、尊敬せずには居られぬ立派な学者であるが、それでも、惜しい事には、前人の意見を覆《くつがへ》しきれないで、僅かに部分的の改造に止めた様であつた。そこで、訣らぬ事が沢山に出て来る。

まづ祝詞の中で、根本的に日本人の思想を左右してゐる事実は、みこともちの思想である。みこともちとは、お言葉を伝達するものゝ意味であるが、其お言葉とは、畢竟、初めて其宣《せん》を発した神のお言葉、即「神言《かむごと》」で、神言の伝達者、即みこともちなのである。祝詞を唱へる人自身の言葉其ものが、決してみことではないのである。みこともちは、後世に「宰」などの字を以て表されてゐるが、太夫をみこともちと訓む例もある。何れにしても、みことを持ち伝へる役の謂《いひ》であるが、太夫の方は稍《やや》低級なみこともちである。此に対して、最高位のみこともちは、天皇陛下であらせられる。即、天皇陛下は、天神《あまつかみ》のみこともちでお出であそばすのである。だから、天皇陛下のお言葉をも、みことと称したのであるが、後世それが分裂して、天皇陛下の御代りとしてのみこともちが出来た。それが中臣《なかとみ》氏である。

古語拾遺は、其成立の本旨から見ても知れる如く、斎部広成《いむべのひろなり》が、やつきとなつて、中臣・斎部の同格説を唱へてゐるが、私は元来、あの古語拾遺に余り重きを置いてゐない。古い事を研究するのには、あまり大切なものとは思へぬ。尠くとも、私の研究態度には、足手纏ひにこそなれ、あまり役立つて来てゐない事を告白する。私は、あの中には、確《たしか》に、後世的の合理説が這入つてゐる、と思ふ部分が多いのであるが、そんな事は第二として、抑《そもそも》、中臣氏と斎部氏との社会的位置が同じであつた、といふ事からして、誤りである。斎部氏は最初から、決してみこともちではなかつたのである。謂はゞ、山祇《やまつみ》のみこともちといふ事になりさうに思ふ。ことほぎの基礎になるいはひごとを、伝誦する部曲《かきべ》及び伴造《とものみやつこ》であつたので、天子の代宣者とは言へないのである。古典研究者の資料鑑別眼が、幾ら進んでも、心理的観入《くわんにふ》の欠けた研究態度を以て、科学とする間は駄目だ、と思ふ。さういふ訣で、天子のみこともちは、中臣氏である。だが、此は、根本に於ての話である。広い意味に於ては、外部に対して、みことを発表伝達する人は、皆みこともちである。諸国へ分遣《ぶんけん》されて、地方行政を預る帥《そち》・国司もみこともちなれば、其下役の人たちも亦、みこともちとして、優遇せられた。又、男のみこともちに対して、別に、女のみこともちもある。かういふ風に、最高至上のみこともちは、天皇陛下御自身であらせられるが、其が段々分裂すると、幾多の小さいみこともちが、順々下《さが》りに出来て来るのである。

此みこともちに通有の、注意すべき特質は、如何なる小さなみこともちでも、最初に其みことを発したものと、尠くとも、同一の資格を有すると言ふ事である。其は、唱《とな》へ言《ごと》自体の持つ威力であつて、唱へ言を宣《の》り伝へてゐる瞬間だけは、其唱へ言を初めて言ひ出した神と、全く同じ神になつて了ふのである。だから、神言《かむごと》を伝へさせ給ふ天皇陛下が、神であらせられるのは勿論のこと、更に、其勅《ちよく》を奉じて伝達する中臣、その他の上達部《かんだちめ》——上達部は元来、神庤部《かむだち》であつて、神庤に詰めてゐる団体人の意である——は、何れも皆、みこともちたる事によつて、天皇陛下どころか直ちに、神の威力を享けるのである。つまり、段々上《あが》りに、上級のものと同格になるのである。

此関係は、ずつと後世にまで、伝はり残つてゐる。譬へば、寺々に附属してゐる唱門師がさうである。あれは元来、声聞身《しやうもんじん》と呼ぶ、低い寺奴《てらやつこ》の階級であるが、諸方を唱へ言して歩いた。後には、陰陽道に入つて、陰陽師となつたものも多い。処が、此等の唱門師は、面白い事に、大抵藤原氏を名告つてゐる。此は、唱へ言を唱へることによつて、藤原氏と同格になる事を意味するのである。――此は、中臣になれない事情があるからの事で、又禁ぜられてもゐたのらしい――我々は時々、交通の不便な山間の僻村《へきそん》に、源氏又は平家・藤原の落人《おちうど》の子孫と称する人々の、部落を作つてゐることを見聞きするが、中には、一村皆藤原氏からなつてゐる、所謂《いはゆる》落人村がある。ちよつと聞いたのでは、理由が判らぬが、実は皆、唱門師の住みついた空閑《くうかん》の新地である。祓《はら》へ言を唱へたからの名である。又蛇を退散させる呪文などに、「藤原々々ふぢはらや」などいふ句のあるのも、やはり、此唱門師の、藤原から来てゐるのである。

さういふ風に、本来のみことを発した人と、此を唱へる者とが、一時的に同資格に置かれるといふ思想は、後になると、いつまでも、其資格が永続するといふ処まで発展して来た。天皇陛下が同時に、天つ神である、といふ観念は、其処から出発してゐるのであつて、其が惟神《かむながら》の根本の意味である。惟神とは「神それ自身」の意であつて、天皇陛下が唱へ言を遊ばされる為に、神格即《すなはち》惟神の現《あき》つ御神《みかみ》の御資格を得させられるのである。此惟神の観念は、中臣その他のみこともちの上にも移して、考へる事が出来るのであつて、随《したが》つて、専《もつぱら》朝廷の神事を掌《つかさど》つた中臣が、優勢を占めるに至つたのは、固より当然の事である。

四

此中臣氏が、宮廷に於ける男性のみこともちであつたのに対して、別に又、宮廷の婦人にも、一種のみこともちらしいものがある。推察するところ、此等の婦人たちは、口でみことを伝へたであらうと思はれるが、其が後に、文書の形に書き取られる様になつたのが、所謂、内侍宣《ないしせん》・女房宣であらう。後期王朝になると、かういふ婦人たちを、みこともちとしての資格を持つてゐるもの、と考へてはゐなかつたらしいが、江家次第《がうけしだい》の類を見ると、まだ中臣女《め》・物部女《め》などの記載があつて、殊に、中臣女が屢《しばしば》、目に著く。此記録の書かれた時分には、既に固定して、無意味となつて了うてゐるが、これは元来、天皇陛下の御禊《ごけい》に陪《ばい》して、種々のお手助けをする女である。

そこで、考へに上《あが》るのは、古い時代の后妃《こうひ》には、水神の女子が多い事である。私は近頃、水神及び、水神の巫女なる「水の女」の事を考へてゐるが、不思議にも、天孫降臨の最初のお后《きさき》このはなのさくや媛《ひめ》だけは、おほやまつみの娘であるけれど、其以後の后妃は、垂仁帝《すいにんてい》あたりまで、大抵、水神の娘である。さうして、さくや媛すら「水の女」の要素を十分に持つてゐられた事が窺へるのである。要するに、出雲系の神は皆「水の神」又は「水の女」で、試みに、すさのを・おほくにぬしの系統を辿つて行くと、大抵水神であることを発見する。とにかく、代々の后妃に出雲系、随つて、水神系の多い事は、事実であつて、此で見ると、代々の妃嬪《ひひん》は古く皆、水神の娘の資格で、宮廷に上られ、更に、出雲系の女の形式を以て、仕へ始められたものといふ事が、出来さうなのである。

此に関聯して、一つ不思議なことがある。それは垂仁の巻に、后《きさき》さほ媛が、兄と共に、稲城《いなき》の中で焼け死なうとされた時に、天皇が使《つかは》ひを遣して、「汝《いまし》の堅《かた》めし美豆《みづ》乃小佩《をひも》は誰《たれ》かも解《と》かむ」と問はしめ給ふと、さほ媛は美智能宇斯王《みちのうしのみこ》の女の兄《え》毘売《ひめ》・弟《おと》毘売をお使ひになつたらよからう、と奉答《ほうたふ》されてゐる一事である（記）。此は、従来の解釈では、后となるのだから、小佩を解くのである、といふ風に解せられてゐるが、其考へは逆であつて、小佩を解くから、后になるのである。小佩を解くのは、禊《みそぎ》に随伴する必須の条件であつて、禊と小佩を結び堅める役目と、妃であるといふ事とは、何処までも循環的の関係である。而も、第一には、水中から現れて、天子の物忌みの小佩を解く役の人である。

五

此みこともちの思想が変形すると、今度は「申」更に簡単になると「預」になる。「申」となると、みこともちよりは、少し意味が広くなつて、摂政の如きものも「政《まつりごと》申すつかさ」である。此「申す」といふのは、やはり唱へ言をする事で、古くは、下から上への、奏上する形式である。謂はゞ「覆奏《ふくそう》」が原義に近いのであつた。後に譬ひ、唱へ事は云はないとしても、やはり其処から、出立して来てゐるのである。

そこで「祭」といふ事と「政」との区別は、既に、先師三矢重松先生が殆ど完全な処まで解釈をつけられたが、幾らかまだ、言ひ残された所があると思ふ。此区別を知るには、天皇陛下の食国《をすくに》の政といふ事の、正しい意義を調べるのが、一番の為事《しごと》であるが、今日では「食《を》す」を「食《く》ふ」の敬語であると見て、食国とは、天皇の召し上り物を出す国、と固定してしか解せられぬが、昔はもつと、自由であつたであらう。併し、食国の政《まつりごと》に於ての、最大切な為事は何であるか、と云へば、其は、天つ神から授けられた呪詞を仰せられる事である。まつりの「まつ」といふ事に就ては、安藤正次さんの研究があるが、此にもまだ、其先がある。まつりの語源を「またす」に求めて、またすは「祭り出す」の略とするのもよいが、完全ではない。またすは、用事に遣《や》ること、即「遣使《けんし》」の意で、まつるは、命ぜられた事を行ふ意である。端的に云へば、唱へ言をする事である。神功《じんぐう》皇后の御歌に、

この御酒《みき》は、我が御酒ならず。くしの神　常世にいます、いはたゝす　すくな御神《みかみ》の、豊《とよ》ほき、ほきもとほし、神ほき　ほきくるほし、まつりこし御酒ぞ（仲哀天皇紀）

とある其まつるは、正確に訳するならば、豊ほきしてまつり来し、神ほきてまつり来し御酒《みき》の意で、これ〳〵の詞《ことば》を唱へての意である。まつりの最古い言葉は、此であらう。其が段々変化して、遂《つひ》には「仰せ事の通りに出来ました」と云つて、生産品を奉つて、所謂食国の祭事をするのが、奉る即まつる事になつたのである。即《すなはち》覆奏で、まをすと転じたのだ。まつるが奉るであるといふ事は、既に旧師自身、其処まで解釈をつけてゐられる。つまり、天神の仰せ言を受けて、唱へ言をせられる其行事及び、其唱へ言をしての収穫を神に見せるまでが、所謂祭事であつて、其唱へ言の部分が祭りである、と見れば、食国の政といふ事が、よく訣るのである。即、言ひ換へれば、みこともち

をして来た、其言葉を唱へるのがまつりで、其結果を述べる再度の儀式にも、拡張したものだ。其が中心になつてゐる行事が、祭り事なのである。やまとたけるの尊《みこと》の東国へ赴かれた時の「まつりごと」の意味も、此で立派に訣ると思ふ。

ところが、後には、其祭事が段々政務化して来て、神に生産品を捧げる祭りと離れて、唱へ言を省く様になつた。併し、根本は殆ど変らないのであつて、こゝまで来ればみこともちの思想は、まだ〳〵展開して行つて、此が逆に、隠居権や下剋上の気質を生んだのだ。

次には、少し方向を変へて見たい。

みこともちをする人が、其言葉を唱へると、最初に其みことを発した神と同格になる、と云ふ事を前に云つたが、更に又、其詞を唱へると、時間に於て、最初其が唱へられた時とおなじ「時」となり、空間に於て、最初其が唱へられた処とおなじ「場処」となるのである。つまり、祝詞の神が祝詞を宣《の》べたのは、特に或時・或場処の為に、宣べたものと見られてゐるが、其と別の時・別の場処にてすらも、一たび其祝詞を唱へれば、其処が又直ちに、祝詞の発せられた時及び場処と、おなじ時・処となるとするのである。私は、かういふ風に解釈せねば、神道の上の信仰や、民間伝承の古風は訣らぬと思ふ。

さすがに鈴木重胤翁は、早くから幾分此点に注意を払つてゐる。私が、神道学者の意義に於ける国学者の第一位に置きたいのは、此為である。大和といふ国名が、日本全体を意味する所まで、拡がつた事なども、此意味から、解釈がつきはすまいか。「大倭根子天皇《おほやまとねこのすめらみこと》」といふのは、万代不易《ばんだいふえき》の御名で、元朝の勅《ちよく》にも、即位式の詔《せう》にも、皆此言葉が使はれてゐたが、此は云ふ迄もなく、やまとの国の、最高の神人《じんにん》の意味である。山城根子《やましろねこ》・浪速根子《なにはねこ》・大田々根子《おほたたねこ》等の根子と一つである。そして、其範囲の及ぶ所は、最初に大和一国内であつたのが、後には段々拡がつたので、大和朝廷の支配下であるから、日本全国が「やまと」と呼ばれたのではなく、大日本《おほやまと》根子天皇としての祝詞の信仰の上から、来てゐるのである。だから、山城に都が遷つても、大和の祝詞を唱へたのであつて、其証拠は、京都近郊の御料地の神を祭る時の祝詞に、大和の六つの御県《みあがた》の、神名の出て来る事でも明らかである。

尚又、其に関聯して起るのは、地名が転移する事である。全国の地名には、平凡に近い程までに、同名が多くある。が尠くとも、其第一原因は、皆祝詞がさうさせたのである。藤原・飛鳥などは、その顕著な一例であらう。その外、葦原《あしはら》ノ中国《なかつくに》は、九州にもあり、その他、方々にあるが、此は葦原ノ中国の祝詞を唱へれば、即そこが、葦原ノ中国になるのであるから、少しも不思議はない。察する所、昔はもつと自由に、地名が移動したのであつて、譬へば、天孫降臨を伝へる叙事詩を諷《うた》へば、直ちに其処が、日向《ひうが》の地になつたであらうと思ふ。此は、昔の人の思考の法則から見て、極めて自然な事である。だから、時間なんかは勿論、いつでも超越してゐた。譬へば、神武天皇も、崇神《すじん》天皇も、共に「肇国《はつくに》しろす天皇」である。私は少年時代に、此事を合理的に考へて見て、どうも、命の革《あらたま》る国の俤を仄かに映し見てゐたのだが、此も肇国の唱へ言があつて、その祝詞を唱へられたお方は、皆肇国しろす天皇なのであつた。其が其中でも、特に印象の深いお方だけの、固有名詞のやうになつて残るに至つたのである。

又、続紀《しよくき》を見ると、「すめらが御代々々中今《なかいま》」といふ風な発想語が見えてゐる。此は、今が一番中心の時だと云ふ意味である。即、今の此時間が、一番のほんとうの時間だ、と思つてゐるのである。一方では「皇《すめら》が御代々々」といふ長い時間を考へながら、しかも呪詞の力で、其長い時間の中でも、今が最ほんとうの時間になる、と信じたのである。

天《あめ》が下《した》といふ事でも、古くは天皇陛下の在らせられる処は、高天が原の真下に当る、といふ考へから出た語である。つまり、天と地と直通してゐる皇居だけが、天が下であつた。そして此も皆、祝詞の力が、さうさせるのであつた。

更に今一層、不思議な事は、「商返《あきかへし》」の観念である。此は、万葉の歌の中に出て来る事で、普通には「あきかへし」と訓まれてゐるが、又「あきかはり」とも訓まれる。

商変《あきかへし》、しろすとのみのりあらばこそ、我が下ごろも、かへし賜《たば》らめ（万葉集巻十六）

といふのが其歌で、此意味は古来明瞭にわかつてゐる。此「商変」といふのは、貸借行為の解放であつて、一たび其詔勅が下れば、一切の債権・債務が帳消しとなるのである。そこで、其関係を男女の関係に当てはめて、軽い皮肉を云つたのが此歌である。こゝに「みのり」とあるのは、朝廷からの命令の事で、憲法を「みのり」と訓むのと、意味に於ておなじことであるが、畢竟《ひつきやう》此も祝詞であつたのが原形だと見てよい。

商変のみのりの思想は、察するところ、春の初めに、天皇陛下が高御座《たかみくら》に上《あが》つて、初春の頌詞《しようし》を宣《の》らせられると、又、天地が新《あらた》になるといふ思想から、出てゐるのであらう。後には此宮廷行事が、御即位の時だけしかなくなつたが、高御座は、天皇陛下が、天神《あまつかみ》とおなじ資格になられる場所である。一たび其処へお登りになれば、その宣らせ給ふお言葉は、直ちに、天神自身の言葉である。そして其お言葉が宣られることに依つて、すつかり、時間が元へ復《かへ》るのである。商変のみのりの効力は、畢竟、此と同一観念に基くものである。民間に関した記録が尠い為に、後世、室町時代に現れた徳政の施行が、物珍らしい事の様に、一部では見られてゐるが、祝詞に対する信仰から云へば、此は当然の形であつて、我が国には古くからあつた事なのである。

かういふ風に、祝詞の力一つで、時間も元へ戻るし、又場所も、自由に移動する。即、時間も空間も、祝詞一つで、どうにでもなるのである。

我が国には古く、言霊《ことだま》の信仰があるが、従来の解釈の様に、断篇的の言葉に言霊が存在する、と見るのは後世的であつて、古くは、言霊を以て、呪詞の中に潜在する精霊である、と解したのである。併し、それとても、太古からあつた信仰ではない。それよりも前に、祝詞には、其言葉を最初に発した、神の力が宿つてゐて、其言葉を唱へる人は、直ちに其神に成る、といふ信仰のあつた為に、祝詞が神聖視されたのである。そして後世には、其事が忘れられて了うた為に、祝詞には言霊が潜在する、と思ふに至つたのである。だから、言霊と言ふ語の解釈も、比較的に、新しい時代の用語例に、あてはまるに過ぎないものだ、と云はねばならぬ、世間、学者の説く所は、先の先があるものので、かう言ふ信仰行事が、演劇・舞踊・声楽化して出来たのが、日本演芸である。だから日本の芸術には、極端に昔を残してゐる。徳川時代になつても、その改められた所は、ほんの局部に過ぎない。そして注意して見ると、到る所に、祝詞の信仰が澱み残つてゐる。

譬へば、此は、圧迫の烈しかつた為でもあるが、文芸作品の上に現れて来る其時代の出来事は、時代も場所も、現実のものとは変更されてゐる。浄瑠璃を見ても、戯作を見てもさうだ。大阪の陣や関ケ《が》原の役《えき》の敵身方は、何れも鎌倉方・京方になつてゐる。歌舞妓芝居は固より、洒落本類や粋書《すいしよ》本《ぼん》などにも、其影響が見られる。即、其等の本では、江戸の事を鎌倉へ持つて行つてゐる。稲瀬川三囲《みめぐり》の段だの、何が谷《やつ》などいふ地名を、江戸の町名の替りにした様な例もあれば、又富ケ《が》岡八幡を、鶴ケ《が》岡めかしたやうな記載も見られる。

かういふ風に、時間や空間が、徳川文芸の上で無視せられてゐるのは、前にも述べた通り、確かに、幕府の圧迫に原因してゐる、といつてよいが、特にかういふ遁《に》げ路《みち》を取つたのには、理由がなくてはならぬ。私は此を以て、祝詞の信仰が、日本人の頭脳に根深く這入つてゐる結果である、と見るのであつて、よし個々の作者には其処までの確かな意識がないとしても、全体として、其処に源を発してゐる事は、争はれないと思ふ。

次に又、みこともちの思想から演繹されるのは、をちの思想である。此は、言ひかへれば、不老不死といふ意味で、呪詞信仰と密接の関係がある。いつでも、元始《はじめ》に戻る唱《とな》へ言《ごと》をするから、其度毎に、新しい人になつて、永久不滅の命を得るのである。武内宿禰《たけしうちのすくね》が、三百余歳の寿を保つたといふのも、其である。而《しか》も此人は、本宜《ほき》歌の由来を繫《か》けられてゐる。長生するのも、尤である。其外、民間の伝承では、倭媛命《やまとひめのみこと》・八百比丘尼《はつぴやくびくに》・常陸坊海尊《ひたちばうかいそん》などが、何れも皆長生してゐる、とせられてゐる。此も唱へ言と、関聯してゐるのである。

此等の物語では、昔語りをする人は、同時に昔生きて居た人である、といふ事になつてゐるが、後には、其物語の主人公の側近くゐた人だ、といふ事に変つて来てゐる。譬へば、義経に対して常陸坊海尊、曾我兄弟に対して虎御前《とらごぜん》などは、此類である。併し、あの虎御前といふのは、実は物語中の人物ではなく、虎ごぜといふ人が曾我の事を語りあるいた事を意味するのである。虎ごぜの「ごぜ」は、瞽女のごぜと同じである。虎といふ名の盲御前《めくらごぜん》である。其が白拍子風の歌を、鼓を打つて語つたのが、段々成長して、遂に、あの一篇の曾我物語を成したのである。三州長篠《さんしうながしの》のおとら狐や、讃岐の屋島狸が、長篠合戦や、源平合戦の話をするのも、此類である。不思議にも、長篠には浄瑠璃姫の蹟《あと》が残つてゐる。有名な屋島狸も、やはり此亜流で、すべてかういふ風に、旧事を物語る人は、必《かならず》不老不死である、と信ぜられてゐたのである。そして同時に、何処までも遠く遍歴し、謳《うた》ひゝろめて歩いてゐた事を示してゐる。

此事を証拠立てる近世の著しい例は、歌念仏を語りあるく念仏比丘尼で、此比丘尼の事は、浄瑠璃にも残つてゐる。殊に、懺悔《さんげ》物語をする比丘尼に於て著しい。若狭の八百比丘尼も、恐らく、其一種の古いものであらうと思ふ。それに、的確に中《あた》る例は、近松の「五十年忌歌念仏」である。あれを見ると、清十郎が殺されてから、清十郎の妹と許嫁《いひなづけ》の女とが、共に歌比丘尼として、廻国《くわいこく》の旅に出ることになつてゐるが、此戯曲の根本を考へると、最初は、歌比丘尼の歌が、本《もと》になつて出来たもので、其前には「五人女」のお夏があり、更に其前に、歌祭文《うたざいもん》の材料になつたお夏があつたのである。西沢一風《にしざはいつぷう》といふ人が、姫路に行つて、老後のお夏に逢つて、幻滅を感じたといふ有名な話は、多分ほんとうであらうが、とにかく、念仏の上の主人物を謡ひてにうつした形である。お夏の事を語り歩いた、念仏比丘尼の一類があつたのは事実で、日本式の推理法に従うと、其がお夏だといふ事になるのである。真のお夏ではなくとも、其懺悔を語るのは、お夏の資格に於てするのである。此が、昔から語り物を語る根本の資格で、お夏の話も、元は尠くとも、お夏といふ念仏比丘尼の、語りあるいた物語であつた事が訣る。それでなければ、お夏が比丘尼になつた訣がわからない。ともかく、念仏比丘尼即《すなはち》、熊野比丘尼は、虎御前型である。恐らく、虎御前と云ふ名で総称せられるべき瞽巫女《ごぜみこ》も、其出身は、熊野にあるのではあるまいか。伝ふる所に依ると、あの物語は、箱根権現の信仰から生れたのであるといふから、最初に熊野の信仰を、何人かゞ箱根に移して来て、其を伊豆山と関聯させて、こゝに東西に、二つの熊野が出来たものであらう。相模の二所《にしよ》権現は、熊野から来てゐるもので、其処を根拠とする、一種の熊野比丘尼の一類が、曾我物語を生み出したのである。其等は皆虎ごぜと同じく、熊野系統と見られるものである。ところが、此熊野比丘尼は、注意して調べて見ると、何寿《なにじゆ》といふ名の者が多い。譬へば、清寿の如きは其である。此は、観音信仰から出てゐるのであらうと思はれるが、お夏清十郎の清十郎といふ名前も、当然或聯想を従へて来る。

かういふ風に、祝詞を宣る《の》人とか、或は昔物語を語る人には、一種の不老不死性が、信仰的に認められてゐるのである。天子には人間的な死がなく、出雲国造《いづものくにのみやつこ》にも同様、死がない。此は、当代の国造が死んでも、直ちにおなじ資格で、次の国造が替り立つからであつて、後世の理会《りくわい》の加はつて後にも、国造家では、当主が死んでも、喪に服せない慣習であつた。宮廷に喪があるのは、日のみ子たる資格を完全に、獲得する間の長期の御物忌みを、合理的に解釈したのであつた。支那の礼式に合せ過ぎたのである。

それから今一つ、みこともちの事に関聯して注意したいのは、わが国では、女神の主神となつてゐる神社の、かなり多い事である。此は多く巫女神で、ほんとうの神は、其蔭に隠れてゐるのである。此女神主体の神社は、今日でも尚多く残存してゐるが、最初は神に奉仕する高級巫女が、後には、神の資格を得て了うたのである。彼女等はその職掌上、殊に人間と隔離した生活をしてゐるから、ほんとうの神になつて了ふのである。宮廷では中天皇《なかつすめらみこと》——又は中皇命——が、それに当らせられる。此は主として、皇后陛下の事を申したらしく、後には、それから中宮・中宮院などゝといふ称呼を生んで来てゐる。平安朝の中宮も、それであらう。中といふのは、中間の意味で、天子と神との間にゐる、尊い方だからである。我々は、普通に此を天皇陛下の方へ引き附けて、神とは離して考へてゐるが、天子が在らせられない場合には、その中天皇が女帝とおなじ意味に居させられる。神功皇后・持統天皇などは、其適例である。つまり、次代の天皇たる資格のお方が出直されるまで、仮りに帝座に即《つ》いて、待つてゐられるのである。現に清寧《せいねい》天皇などは、殆《ほとんど》待ちくたぶれておいでになつた様な有様である。

此事を日本人の古い考へ方で云ふと、此等の中天皇は、神の唱へ言を受け継がれる為に、ある時期だけ、神となられるのであるが、後には此に、別種の信仰即、魂の信仰が結びついて、唱へ言をすると、神の魂がついて来る、といふ観念が生れた。神前に供へた食物を喰べても、ついて来るものと信じてゐた。

昔、わが国では、たまふりといふ事が行はれたが、其原意はやはり、魂を固著させる事である。其が後には、鎮魂即、たましづめといふ様な思想に変化するが、其までの間に、魂がふゆ、魂をふやすなどの思想が、存在したのであつて、恩賚《おんらい》即、奈良朝前後の「みたまのふゆ」などゝいふ言葉も、其処から生れて来てゐるのである。

かういふ意味で、神に食物又は、類似の物を捧げるといふことは、相互の魂の交換を図る為である。出雲国造神賀詞《かむよごと》なども、其氏《うじ》の人が、服従を誓ふ為に、唱へ言をすると同時に、其魂が先方へ附くのであるが、其だけでは物足りないので、魂は其食物につく、といふ古い信仰に随つて、食物を捧げ、氏々の祝詞を唱へて、魂を呼ぶ事になつた。鏡餅・水・粢《しとぎ》・醴《あまざけ》・握り飯など、様々の供物《くもつ》を捧げる根原は、こゝにある。つまり両方面を兼ねて、魂を捧げる、といふ事になつたのである。だから、唱へ言は、其唱へられる人々からは、寿詞《よごと》即、齢《よ》に関する詞《ことば》であると同時に、此を唱へる人から見れば、服従の誓詞《せいし》である。即、守護の魂を捧げて仕へてゐる人の健康を増進せんとすること、其が服従の最上の手段である。後には、其服従を誓ふ詞の表現に、種々の特別な修辞法を用ゐる事になり、譬喩《ひゆ》的な誓ひの文句を入れる事になつたが、古い誓ひでは、寿詞を唱へる事が即、誓ひであつて、同時に其が受者から見れば、寿詞であつたのである。かういふわけで、我が国の古代に於ては、寿詞《よごと》を唱へて、服従を誓ふ事は、即其魂を捧げる事であつたが、此魂と、神との区別は、夙《はや》くから混同せられて了うてゐる。にぎはやひの命《みこと》は物部氏の祖神と考へられてゐるが、実は、大和を領有する人に附くべき霊魂である。此大きな霊が附かねば、大和は領有出来なかつたのである。だから、神武天皇も、此にぎはやひの命と提携されてから、始めてながすね彦をお滅し遊《あそば》されたのであつた。石《いそ》ノ上《かみ》の鎮魂法が重んじられたのも、此事実から出てゐる訣であつたのだ。かやうに、下の者から上の者に、守護の魂を捧げると、其に対して、交換的に、上の人から下の者に魂を与へられる。神に祈ると、神の魂が分割されて、その祈願者にくつゝいて働きを起す。後期王朝から見える、冬の衣配《きぬくば》り行事は、其遺習《ゐしふ》であつて、つまり、魂を衣につけて分配するのである。

六

以上述べたやうに、日本人は一つの行為によつて、其に関聯した幾多の事実を同時に行ひ、考へる、といふ風がある。即、家のほかひをする事は、同時に主人の齢《よはひ》をことほぐ事であり、同時に又、土地の魂を鎮める所以でもある。かういふ関係から、日本の昔の文章には、一篇の文章の中に、同時に三つも四つもの意味が、兼ねて表現されてゐる。ちよつと見ると、ある一つの事を表現してゐる様でも、其論理をたぐつて行くと、譬喩的に幾つもの表現が、連続して表されてゐる事を発見する。

しかも、作者としては、さうした多数の発想を同時に、且《かつ》直接にしてゐるのであつて、其間に主属の関係を認めてゐない。此が抑《そもそも》、八心思兼神《やごころおもひかねのかみ》の現れる理由である。思兼神とは沢山の心を兼ねて、思ふ心を完全に表現する、祝詞を案出する神である。つまり、祝詞の神の純化したものである。かういふ風に、日本の古い文章では、表現は一つであつても、其表現の目的及び効力は複数的で、同時に全体的なのである。

処が、わが古典を基礎にした研究者なる、神道家の大部分又は、其西洋式の組織を借りこんで来た神道哲学者流には、其点が訣つてゐない。そして、其が訣らないから、古代人の内生活は、極めて安易に、常識的にしか、理会せられて来ないのである。見かけは頗《すこぶる》単純な様でも、其効力は、四方八方に及ぶのが、呪詞発想法の特色であつて、此意味に於て、私は祝詞ほど、暗示の豊かな文章はないと思ふ。

次に此「のりと」といふ語の語義は、昔から色々に解説せられてゐるが、のりととは、初春に当つて、天皇陛下が、宣処《のりと》即、高御座《たかみくら》に登られて、予《あらかじ》め祝福の詞《ことば》を宣り給ふ、其場所のことである。つまり、のりと屋・のりと座の意味である。天皇陛下が神の唱へ言をされて、大倭根子天皇《おほやまとねこのすめらみこと》の資格を得させ給ふ場所が、即「のりと」である。そして其場合に、天皇陛下の宣らせ給ふ仰せ詞《ごと》が「のりとごと」である。最初には、予めの祝福、即「ことほぎ」であつたが、次第に其が分化して、後には讃美の意味にもなり、感謝の意味にも転じた。

酒楽《さかほかひ》なども、最初は、酒を醸《かも》す時の祝福の詞及び、其に伴ふ舞踊であつたのであるが、後には、其醸された酒を飲む事までも云ふ様になつた。そこで最初は、良い酒が出来るやうに、と祝福する詞が同時に、飲用者の健康を祝福する意味を兼ねる事にもなり、更に転じては又、旅から戻つた者の疲労を癒し、又病気の治癒を目的として、酒を飲むといふ事にもなつた。つまり此も、論理の堂々廻りである。かういふ風で祝詞には、祝福の意味と共に、感謝と讃美との意味が、常に伴うてゐるのである。

かくの如く、昔の日本人が、すべての事を聯想的に見た事は、又、譬喩的に物を見させる事でもあつた。「天の御柱をみたて」るといふ事などは、私は、現実に柱を建てたのではなく、あるものを柱と見立てゝ、祝福したのであると見たい。淡島を腹として国生みをする、といふ事も、昔から難解の句とせられてゐて、或学者は、此を「長男として」の義に解したが、誤りである。国を生むには、生むべき腹がなければならぬ。そこで、其腹を淡島に見立てられて、国を生ませられたのである。即、此も一種の「見立て」思想なのである。

この「見立て」の考へは、祝詞の考へ・新室ほかひの考へ・大殿ほかひの考へと、互ひに聯関してゐるものであつて、殊に其中心勢力になつてゐるものは、祝詞であるから、祝詞の研究を十分にしたならば、今まで解けなかつた、神道関係の不可解な事も、存外、明らかに釈《と》けて来さうに思ふ。

講演筆記。昭和三年十月「神道学雑誌」第五号

道徳の発生

道徳の発生に関する私の考へは、まだ十分にこなれてゐないし、勢ひ此話《この》の表し方も、未熟になると思ふ。だが、日本の倫理観念が、どう言ふ風にして成立して、どうして特殊化して行つたか、又その最《もつとも》早い時期に、おのづから持つてゐた意向は、どう言ふ方角をさしてゐたものであつたか。さう言ふことに就いて、考へてみたいと思ふ。

一　道徳名辞

誰にも考へ易いことだが、徳目、即《すなはち》、倫理観念を表現する名辞の有無によつて、倫理観念の有無を考へるとすると、日本の古代には、世界の国々が殆《ほとんど》さうだつたやうに、やはり道徳らしいものが、はつきりあつたとは言へないやうに思ふ。其程《それほど》、古代に於ける道徳名辞は、貧少である。純粋のものをあげるとなると、誠に平凡で、内容が寛《ひろらか》に過ぎて、捉へどころのない「まこと」など言ふ語を指摘する事になつてしまふ。併《しか》しさうした意味からするなら、もつと適切な道徳を表示する言語は、あるにはあつたのである。

既に昔の学者も言つてゐる事だが、支那風の道徳名辞が勢力を示して来たのは、冠位の制を聖徳太子が定められた時以来だと、言はれてゐる。即、推古紀に、太子が冠位を定められて、

徳　仁　礼　信　義　智（各《おのおの》大小あり、十二階）

とせられたとある。此《これ》は、六つの支那の道徳名辞を組み合せて、階級づけてある訣《わけ》だ。だからもし、此に適当に対比して、同様な用途に用ゐた語があり、それが国語の姿で表現せられたものが、前か後かにあるとすれば、それを日本の道徳名辞だと考へてよいだらう。たゞ、日本人が、それまでの長い間、其語の裏打ちになる、道徳生活をして来たか、或《あるい》は、どうして、さう言ふ語を考へるやうになつたか、詮索する必要がある。

天武天皇の十四年、爵位の制を改めて、

明位（二階）、浄（四）、正（四）、直（四）、勤（四）、務（四）、追（四）、進（四）（各大、広あり、幷《あは》せて六十階）

とした事が、日本紀に見えることは、周知のことだ。

此は日本風に訓むと、あかし。きよし。たゞし。なほし。いそし。と形容詞風に訓む習慣になつてゐる。そこまでは、形容詞語根（又は、終止形）として訓めるが、勤《ごん》・務《む》・追《つゐ》・進《しん》は、少し問題になる。形容詞風に訓むのか、動詞状によむのか、問題だ。普通形容詞式に訓めるものと思ふだらうが、稍むつかしい感がする。とにかく、此等の語は、大体ある程度まで、道徳名辞といふ理会の上で使つたことには、疑ひは誰も持つまい。その上、前飛鳥朝の聖徳太子の意思によると見なされて来た徳

仁礼信義智に対して、後の飛鳥朝の復古主義の天子天武帝の旨によるものらしいところから見て、此が、其より前、ある期間に渉つて、使はれてゐた道徳名辞だと言ふ考へは、成り立つと思ふ。だがかう言ふことは、もつとよく考へる人々があつてよいと思ふ。と言ふのは、飛鳥朝の末から、奈良朝の初めにかけては、日本人の支那の文化にあこがれたことは言ふまでもないが、中でもその知識の抽象性に触れて初めて感じた深い喜び、其を考へねば、この時期の文化の、命が訣《わか》らないのではないかと思ふ。だから、語の上などにも、どうしてこんなにまで、努力したのかと思ふ程、抽象表現によつて、模索して知識を生まうとしてゐたのである。

飛鳥・近江・奈良から平安の初めへかけての歴代の天皇のお名なども、日本風の謚《おくりな》が、不自然な表し方になつてゐて、直訳でもなく、日本風の語の構造によつたものでもない。此は、とにもかくにも抽象的なある種の、知識的な表現を捉へようとして、苦しんでゐたことを考へないでは訣らないのである。

広国《ひろくに》押武金日《おしたけかなひの》天皇《すめらみこと》（安閑天皇）・武《たけ》小《を》広国《ひろくに》押盾《おしたて》天皇（宣化天皇）などの旧風なのが、欽明天皇には天国《あめくに》排開《おしはるき》広庭《ひろには》天皇、天智天皇の天命《あめみこと》開別《ひらかすわけの》尊《みこと》、天武天皇の天《あまの》渟《ぬ》中《な》原《はら》瀛《おきの》真《ま》人《ひと》天皇、草壁皇子の日並知《ひなみしの》皇子《みこの》尊《みこと》、聖武天皇の天爾《あめしるし》国《くに》押開《おしひらき》豊桜彦《とよさくらひこ》天皇と言つた新風の謚を表出して来てゐる。さうして、宣命《せんみやう》の持つ詔書式の発想を以て、日本根子……天皇と言つた形式に移つてゐる。即、日本根《やまとね》子《こ》天皇《すめらみこと》高紹《たかつがの》尊《みこと》（光仁天皇）・日本根《やまとね》子《こ》皇統《あまつひつぎ》弥照《いやてらす》尊《みこと》天皇（桓武天皇）と言ふ風に変化してゐる。其抽象化の傾向の見えることは、一つである。

此等の御名の上に見られる一つの事実は、支那式表現法を学んだ痕の見えるもの〻あること、其を純日本式に移さうとして、尚そこに模倣の痕や、対立意識を露はし過ぎたのがあることである。さうして其上に現れてゐるのは、宣命系統古伝誦の神語呪詞の上の詞《ことば》を集めてゐると言ふ点の著しいことである。

さう言ふ意味からすると、明浄以下勤までは、日本式にこなれてゐると言つてもよいが、やはり何処か概念的なものがあつて、生硬な知識的なものが窺へる。

私には併し、此語の出所は、ほゞ見当がついてゐる。信仰的には、神界以来伝承した語と考へられて来た、古代伝承の詞章に慣用せられる語で、明らかに言へるものには、宣命がある。其外にも、その拠り所を示す筈の詞章のあつたことは察せられる。倫理観念が、此語に含まれて、神界以来ひき続いてゐるものと見られてゐるのだ。或語はまさしく形容詞の語根（あかし・きよし・たゞし・なほし・いそし）を使つて居り、或語は形容詞とは言ひきれぬ所があり、或は動詞でないかと思ふ。さすれば、動詞語根で訓むべきだらう。明・浄は殊《こと》に屡《しばしば》使はれてゐる。勿論、宣命にあるから古いものだとは言へない。宣命は、文章の構造は古いが、新しい事実に対しては、其を表現してゐる近代の語や、外来語をそのまゝ使うた。新語を含むことを斥《さ》けてはゐないのだから、古い構造の中に新しい語をとり入れ、それが混淆《こんかう》して、段々文体まで新しくなつて来てゐる痕が、古代の宣命にも、明らかに見とられる。而《しか》も、飛鳥末から奈良へかけての復古情熱の為に、旧文体の感覚に統一せられて、祝詞《のりと》へと整つて行く。明・浄・正・直・勤などの道徳名辞は、明らかに宣命から出て居り、其が王臣の、宮廷に向つて為すべき美徳だと考へてゐることは明らかである。而も、其は誓詞《せいし》の上に用ゐた語であつた。宣命には、其を受け容れたと言ふ意向で、とり入れた姿になつてゐるのである。

今日残つてゐる宣命で、一番時代の古い、文武天皇の即位の時のものに、

明《あか》支《き》浄《きよ》支《き》直《なほ》支《き》誠之心《まことのこゝろ》以而《をもちて》御称々《みはかりはかりて》(弥奨々《いやつぎつぎ》?) 緩怠《たゆみおこたる》事《こと》無久《なく》務結而《つとめしまりて》仕奉止《つかへまつれと》詔《のりたまふ》大命乎《おほみことを》……

聞食悟而《きこしめさとりて》欵《いそしく》将仕奉人者《つかへまつらむひとは》……

既に、此等の語が見えてゐるのから見れば、古い伝統によつて、爵位の制定以後にもつゞいた用例であることが思はれる。藤原の宮の頃には、既に使ひ馴《なら》されてゐたものと言つてよい。だからその直前の「後の飛鳥時代」にも、明・浄・正・直の爵名が出て来る筈の知識であつたのである。

今すこし、宣命の慣例について語つて見るがよいかと思ふ。宣命には、今言つた明・浄などに対立するやうに、下のやうな表現を残してゐる。宮廷の主上の御心或は行動を讃へる為に、使つてゐる語の中にある一つの型である。

現御神《あきつみかみ》と大八島国《おほやしまぐに》所知《しろしめす》倭根子天皇命《やまとねこすめらみことの》授《さづ》け賜ひ、負《おほ》ふせ賜ふ貴《とふと》き高き広き厚き大命《おほみこと》を

(文武即位の宣命)

とある、貴き高き広き厚きがそれだ。

天皇の思惟行動に対しての讃め詞《ほことば》が、天皇御自身の表白《へうびやく》の形をとつた宣詞《せんし》に躬《みづか》ら仰せられるものとして表現せられてゐるのだ。

だから、臣下の表白たる誓詞の用語が、宮廷において古くから然《しか》認めて来られたといふ風にとり入れられてゐるのである。聖武朝のには、極めて適切に四つの語が使はれてゐた。文武元年紀のは、さうした様式に曲折を作つてゐる。同格的に形容せず、三つの形容詞を並置して、誠の心を明らかに説いた形をとつてゐる。

天子御自身のと、臣下のことを言はれる場合とでかはるやうだが、表現の方向は同じ事だ。即、天皇の思惟行動を讃へると共に、臣下の行動を賞することによつて、さう言ふ風に向かせ、運命づけようとしてゐられるのである。主上の心意行動を祝福すると同様の言語呪力を以て、臣下の心を浄《きよ》く・明《あか》く・正しく・直《なほ》く感染せしめようとした訣である。

斉明四年紀の齶田蝦夷恩荷《あぎたえみしおが》の誓詞に「……齶田浦の神知れり。将《もちて》㆓清白心《きよきあきらかなるこゝろを》㆒仕《みかどにつかへまつらむ》㆓官朝㆒矣」とあるのは、此等の道徳表現が、臣下又は、新附《しんぷ》の民《たみ》の誓ひから出てゐることが明らかである。清白心をきよき・あかき心と訓む説をよしとすれば、殊に浄・明の二つに渉つたものと言へる。此は、必しも皆同じ字を用ゐず、勤と歎、進と奨の通用せられて、意は一つであるのを見ても訣る。

其父《そのちち》新田部親王以《みこはきよきあかきこゝろをもちてつかへまつれるみこなり》㆓清明心㆒仕奉親王也　（天平宝字元年紀）

今遺泰等者悪心無而清明心乎持而仕奉《いまのこれるはたどもはあしきこころなくてきよきあかきこゝろをもちてつかまへまつれ》……　（同）

浄き明き心と言ふ形は、一つである。之《これ》を正式に詳しく言へば「浄き明き正《たゞし》き直き心」と言ふのである。

故《かれ》、親王等《みこたち》始めて王臣汝等《おほきみおみいましたち》清き明き正き直き心もちて、すめらみかどをあなゝひ扶《たす》けまつ

りて（神亀元年紀）

と言ふのである。天武爵位《しやくゐ》の制のあつたよりも後の事だが、此様式的な表白法は、古い伝統であつた。少くとも天武朝以前にあつたと見てよく、殊に斉明紀の誓詞からも古い形が察せられる。天武朝以前に求めれば、大化二年の詔《せう》にも見えてゐる。此は言ふまでもなく宣命を詔書式に飜訳して記載したものであることは、書き出し詔書式の「明神御宇日本倭根子天皇《あきつみかみとあめのしたしらすやまとねこのすめらみこと》」といふ詞で知れる。

詔已《すで》に此《かく》の如《ごと》し。既《すで》にして有下民明直《あかきなほき》心懐二国土《くに》一之風上（大化二年紀）

民《たみ》の明直あつて、心に国土の風を懐ふとも読めるが、民の明直心あつてと訓点すべき所だらう。とにかく「明直」は「をさ〱しき」など異訳すべきでない。あかきなほき……と解釈してよいのである。先に言つたやうに、宣命系統の詔詞の古さは、我々の想像より古い。文徳元年の宣命の如きは、唯《ただ》当時の原文のまゝ記載せられてゐるといふだけで、訳文の詔旨体に飜《うつ》した程度に、大小はあるが、前期飛鳥朝までは、溯つて宣命の原体の推察出来るものがある。だから、其《それ》を拠《よ》り所として、天武天皇朝の爵位・位冠の名の出所を考へるのも誤りではない。此制度の布かれて後、持統天皇を経て、文武天皇の宣命といふ風に現れて来るのだから、順序は正に逆である。だが、宣命構造は、古いまゝの固定を極端に持ち続けるのだから、其も却《かへつ》て、伝来の正当性を示すものと言へる。だから此推測は、誤りをひき起さないだらう。

二　誓約のことば

古代における天子の思惟行動は、神より外は、誰に対しても責任をもつてゐないし、さうした考へ方の根本は、神自身の意思の表現といふ所から出てゐるので、そこから道徳的意味は生じて来ない。だが道徳を超えたある契約のあることが感知せられる。其が即、貴き高き広き厚きなどいふ類似の表現の存する訣である。

天子の思惟行動が、神に対しては絶対の責任を持つてゐると言ふのは、天皇は、神の特に命じた尊い使ひ――すめらみこともち――として、此天下へ遣されて居られると言ふ信仰によつて成り立つ聖格《せいかく》だつたから、神に対しての責任は重く、夢寐《むび》の間にも、恐れ謹み給ふと言つた表現が、常に宣命の上に出て来るのであつた。

だから、右の「貴き、高き、広き、厚き」といふ大命《おほみこと》の修飾表現も、神の命の貴く・高く・広く・厚きことを讃美した語から転じて、その命を伝達する天子の旨を讃へるものとなつて来たのである。かう言ふ順序を以《もつ》てすると、天子神格観を経てさうなつたやうに思はれるだらうが、こゝはさうではない。宮廷において、天子、神に誓約ある時に、さうした神命を尊むと言つた表現のあつたのから転じて天子の上にかけて申すことになつたものといふべきだらう。

明浄《めいじやう》以下の語は、臣下の行動を讃美する語だが、おそらく、宮廷を通して、神の好む所、神の安んずる所を示して、人々のさうあるやうに望む所なのであらう。神の特命した天子の宮廷に仕へる人々が、神に対して持たねばならぬ宗教的な心境を示す語である。併し其が単に「物忌」に関聯した謹慎の語でない所を見れば、やはり前後飛鳥期における知識欲が模索した抽象表現の一つの標目である。明・浄のやうな遠い経過を持つ語から、務・勤・進などの新しい文化社会の準拠を示す、著しい観念語を生み出してゐるのであつた。其が直《ただち》に天子に対しての責任を負ひ申す語となつたのである。

恐らく此等の語は、天子躬《みづか》ら天神に誓はれた詞章の上の用語であつたであらう。其が臣下の宮廷に申す用語となつて行つた経跡《けいせき》も察せられるのである。

さう言ふ語をどうして臣下が用ゐることになつたか。その場合も、我々には考へる事が出来る。日本の宮廷に奉仕した歴史長く、近く仕へてゐた氏々の人々が、はじめて宮廷に服属した、氏の歴史を述べる行事があつた。宮廷との関係の長い氏々の族長出でゝ、宮廷奉仕の歴史を述べる。これが新年の「賀正事《よごと》」であつた。その外《ほか》臨時に行ふものもあつたであらうが、要するに、新附《しんぷ》の人々が奏請する意味において、後々永久にくり返し奏する信念で之を行つたのである。古代と言ひ乍《なが》ら、世が降《くだ》ると、宮廷に奉仕するすべての氏々の賀正事《よごと》を行ふ暇がなく、毎年代表として数氏に止《とど》めることになつた。でも代表の数氏の行ふことは、古来の宮廷慣例によつたことは明らかである。

聖武天平勝宝元年紀の陸奥黄金《みちのくわうごん》を出す事の宣命に「……大伴佐伯宿禰は、常も云ふ如く（大伴佐伯の奏詞に奏し伝ふる通りにの意）天皇がみかど守り仕へ奉ること顧みなき人等にあれば、汝《いまし》たちの祖《おや》どもの云ひ来らく『……』……故是《かれこれ》を以《も》ちて、子は祖の心成《な》すいし、子にはあるべし。この心失はずして、明き浄き心を以ちて仕へ奉れとしてなも、男女あはせて一二治め賜ふ。……」

此に相当するものは、万葉巻十八の大伴家持の「賀《ガ》ス二陸奥国《みちのくのくに》ニ出スレ金《くがね》ヲ詔書ヲ一哥《うた》」である。「……大皇《おほきみ》のへにこそ死なめ。顧みはせじ、とことだて、大夫《ますらを》のきよき其名をいにしへゆ今の現にながさへる祖の子どもぞ。大伴と佐伯の氏は、人の祖の立つることだて、人の子は祖名たたず、大君にまつろふものと言ひつげる特《こと》のつかさぞ……」（四〇九四）

此陸奥国の黄金を出した際は、大伴氏佐伯氏の族長家持が越中に居たので、宣命と、奏詞《よごと》風に献つた歌との順序が逆になつて出てゐる。が、氏々の奏詞の内容を宮廷で受け入れて、臣下の表現のまゝに、宮廷詞章が発想せられることを知ることが出来る。宣命の明き清き心をもちてといふのは、長歌の「大夫のきよき其名を」といふのに当るのである。元来の大伴の奏詞には、もつと詳しい表現があつたのであらうが、伝《つたは》る所では、此二つを対照する外はない。だから、宮廷を通して、神に対して誓つた語が、日本が支那の文化に触れたかなり古い時代に、此が古い道徳名辞だと反省せられて、特別に使用せられた、と言ふ事が考へられる。

三　まこと

所が、我々は、道徳名辞にあたるものを捉へて、倫理観念のありかをつきとめようとして来たのだが、その以降一群の語以外に、どう言ふ語があつたかと言ふと、わづかに「まこと」と言ふ語が、すぐ思ひ浮べられるばかりである。

或はその近似発想として、真心なる語があると思はれる。が、此類は、昔から持つてゐた徳目の様に考へてよいか、疑はしい所がある。まこと〻言ふ語の使はれる場合を考へると、「私の今申す語《ことば》は、偽り言ではない。真の言だ」と言ふ風に、自分の語を保証する所から出て来たらしいのである。まこと〻言ふ語の使はれる時は、いつも律語とは違つた、一種、語のはずみが感ぜられる。

しらたまの　緒《を》絶えは、まこと。しかれども、その緒また貫《ぬ》き、人持ち去にけり

（万葉集巻十六、三八一五）

飛鳥川　高川避《よか》し　越えて来つ。まこと。こよひは　明けず行かめや（同巻十二、二八五九）

右の例でみても感ぜられる様に、まことが、異常な律動を感じさせてゐる。おそらく、今言つてゐるこの語は、「たはごと」ではない、「まこと」である、と言ふことを言ひ添へた所の、其証明の語が、条件として言はれて、やがて、まことが、偽りのない心をまでも表すものとなつた、と思はれる。

万葉集にある二十例に余る用例を見ても、まことは、律語感覚と言ふよりも、文章或は句の感覚を包含してゐる。此は、誓ひ・うけひの時に言はれる証《あかし》の語だつたものが、其だけの内容を持つて、略語となつたのだと言はれる。

だから、もと〳〵、特殊な道徳を指してゐる語ではない。どの語に対しても、道徳的責任を負ふと言ふより、宗教的な神の審判にまかせると言ふ意味を持つた語だ。従つて此語を、日本の古い道徳に関する語だととるのは、や〻中心を逸してゐると言ふべきであらう。それから後、まことと言ふ

日本語と対訳せられてゐる漢字は、実に沢山ある。更にやゝ、問題になるのは、譬へば、実と真と信との関係である。次には、良・誠もさうである。人・仁をさねと訓むことである。此は二つながら、さねと訓まれてゐる。さう訓まれる理由は、今はほのかにしか訣らぬが、此などは、「まこと」ほどには、独立した意義を感じさせない。勿論道徳名辞らしい内容を持つてゐない。これは誓ひと言ふより、寧《むしろ》、神の諒解を求める様な時に、言つた語らしく、どうか是非とも、かう言ふ風でなくあつて欲しい、と言ふ風に、否定を肯定に変更するやうに祈る所から痛切感を表すものとなつたやうである。まこととは違ふが、真実感の深いものが、さうした文字と対訳することになつたと思はれる。此語は用語例は広くなつたが、終《つひ》に副詞以上に出なかつた。まことはその広いものと思へばよい。

昔の人は、語に対する責任を重んじた。もとより、重んじる事の為に重んじる形式をするといふのでない。発言の通り、結果が表れて来る為に、誤つた語を言ふ事が出来ないのである。語の管理者である神が、誤つた語の通りの結果を、身の周辺に表して来る。それは、結果としては、神から罰せられた形である。又、誤つた語を発した時に、処理する神も考へられてゐる。それが禍津日神《まがつひのかみ》である。だから語でも、悪徳を表す語はなるたけ避けて、美徳を表す語を言ふ事に務めた。何故なら、悪徳を表す語を言へば、悪徳が表れ、その結果、譬ひ自分にはそれによる損害がなくとも、神の心を傷《きず》つける事になるので避けたのである。その事は、言語に対して、責任を感じてゐたことになる訣である。

悪徳・美徳を言語に感じると言ふことは、どういふことであるか。其を考へることが、我々には、深い意味がありさうだ。

四　種族倫理から民俗道徳へ

古代を回想するやうな形で書かれた史書の類には、相当に発達した少数の神出《い》でゝ、土地と、人間的な神々と、地上の物質とを創造したと言ふ風に書かれたことが多い。だが其はよく、元《はじめ》の神から幾代かを経て、其意図が遂げられた後の事のやうに見えるものである。創造者の位置に据ゑられた元《はじめ》の神——既存者——が、必しも天をも地をも造つてゐるのでない。寧、天地成つて後、出現してゐるやうに伝へてゐるものが多い。其から数序を経て——時間的に見ない方が正しいのであるが、今はから言ふ風な記述の形を取つておく。記・紀の考へ方を融通して見たのである。——国を造る偶成神《ぐうせいしん》が出て来る。而もその国は、既にあつた大地に添うて出来たと考へてゐるのか、大地生成の為に動き出した、神の力に副《そ》うて生産せられたのか、明らかでない。而も一面から見ると、古代の発想法に、「国を生んだ」と言ふのは、既にあつた半成の土地に、生命力とも言ふべき国魂《くにたま》を生みつけたものと解してよいやうでもある。

ともかくも、創造者が完全に創造の姿を示して居ないのは、普通考へるやうな宇宙を生んだ神として、元《はじめ》の神を考へてゐなかつたものと言へる。其上、後々までも、地上の神との関係が失はれずに居て、最初の創造——らしい——の行動の後に、近い数代の間には出現してゐる。人間的な質を持つた神を仲介として、地上に、その意志を表現しようとしてゐる。扨《さて》その後は、派生的には、人間との交渉のあつた風な伝へをも残してゐることはあるが、本流的には、地上との関係はなくなつてしまつてゐる。天つ神と謂《い》はれる神の本源的性質である。此神には、生産の根本条件たる霊魂附与——むすびと言ふ古語に相当する——の力を考へてゐるのであるが、果して初めから、その所謂《いはゆる》産霊《むすび》の神としての意義を考へてゐたかどうかゞ問題だと思ふ。産霊神でもなく、創造神と言ふより、寧、既存者として考へられてゐたばかりであつた。それとは別な元《はじめ》の神として、わが国の古代には、考へてゐたのではないか。此が日本を出発点として琉球・台湾・南方諸島の、神観——素朴な——の最《もつとも》近似してゐる点である。

わが国の神界《しんかい》についての伝承は、其から派生した神、其よりも遅れた神を最初に近い時期に溯上させて、神々の伝へを整理した為に、此神の性格も単純に断片化したものと思はれる。だから、創造神でないまでも、至上神である所の元の神の性質が、完全に伝つてゐないのである。

恐らく天上から人間を見瞻《みまも》り、悪に対して罰を降すこともあつたのであらうと思ふ。ところが、天御中主《あめのみなかぬし》・高皇産霊《たかみむすび》・神皇産霊《かみむすび》の神々には、さうした伝へが欠けてゐる。此は其点が、喪失したものと見てよい。人間にとつて、利益でない神の感覚を迷惑だと思つた人々は、さう言ふ知能を持つ神を、悪神と思ふやうになつた。

たとへば派生的な神だが、呪詞の錯乱や欺瞞を正す禍津日神《まがつひのかみ》の、知能を怖れた人々は、此神を専《もつぱ》ら邪神と考へるやうになつた。

とにかくに、天と地との間に天神《あまつかみ》の伝令使《みこともち》が考へられ、此が神意の最本筋のものを伝へる道だと考へた。其には、宮廷行事の主目的であつた農事以外にも、度々、神意の発動はあつたものと見られる。その中には、公人——宗教政治上の——は固より、個人を罰する神命もあつたのであらう。其を伝へないのは、儀礼化して、祭式的に堂々たるものになると共に、神の性格として、正義的なものばかりを、考へた為であらう。

所謂造化三神《ざうくわさんしん》は、創造神らしい資格を伝へてゐぬが、「天御中主」の名から見ても、至上神・既存者としての素朴な考へを持つて見てゐたことが察せられる。

此等の神の宗教上の資格を検定することは、重要な一つの研究となるのだから、其を目的としないこゝには、委曲を尽す訣にはいかぬ。若《も》し此神々を至上神でないとしても、至上神的の威力は、古代の伝への到る所に見出すことが出来る。さうして、其多くは、特別にどの神の意志行動だとも伝へてゐないが、譬ひ其が三神に関係がなくとも、至上神とした所の意図は、屢《しばしば》、外に現れてゐる。至上神は、比較研究の立ち場からする時、時としては、神のない有様、神以外或は神以前の有様と見てもさし支へがない。

所が、道徳の問題で、もつと重大な点は、どう言ふ境遇に於いて、倫理観念がおこつて来るか、言ひかへると、どう言ふ場合に、倫理的行動が行はれるか、と言ふことである。

我々が古代に就いて語る場合、どんな場合にも、神から出発したのでなくては、既に其考へは空虚になつてゐるのである。ところが、我々は、神に就いて、知り過ぎたとは言へないが、神だけでは、解釈しきれぬ所まで到達してゐる。我々の持つ神以前の――昔の人の総《す》べての運命を任せて考へてゐた――存在を考へねばならなくなつて来てゐる。それがどんなものかと言ふことは、さう簡単なことではない。だが其に、支那の天帝信仰の形を充てはめて見ると、考へ易くなる。原始基督教的にえほばを考へる時も、此研究の為のよい対照になる。勿論それ〴〵特殊性があるのだから、完全に当らぬ所こそあるべきである。天地の意志と言ふ程抽象的ではないが、神と言ふ程具体的でもない。私どもは、之を既存者と言ふ名で呼んで、神なる語の印象を避けようとする。個人生活に就いて、まだ深く考へてゐなかつた時代に、既に営んでゐた団体生活を、思ひがけなく、人々が破る事が度々あつた。其時、神とも思はれ、神以前とも言ふべき――恐らくは神以前の――存在が、我々を罰する。責任者の自分だけでなく、周辺の人までも罰する、協同生活をしてゐる部落の人達を均等に罰する、と言ふ事が、起り勝ちであつた。

さう言ふ場合、災害を導いた責任者は、誰かと言ふ事を、皆が考へ、其当の責任者は、当然自ら白《まう》し出ることのないものとして、一番適応した処置を採らうとする。だから、責任者は益《ますます》、責任者となることを虞《おそ》れた。その為に既存者は、部落全体に責任を負はせ、それは天変地妖《ちえう》を降すものと見られた。大風・豪雨・洪水・落雷・降雹《こうはく》などが、部落を襲ふ。此は神以前の既存者のなす所である。而も天帝も、えほばも亦《また》、かうした威力ある既存者であつたのである。部落では、責任者を提供せぬ限りは、――私刑を行ふ意味でなく――其責任者の居る限りは、既存者の部落全体への処罰は続くであらう。その為に、其責任者を探り出して提供する。其形式として、物に包んで其者の身を消すこともあり、贖罪の形式を履《ふ》ませた後、放逐することもあつた。

其変災の責任者は、さう言ふ場合個人的に、どう言ふ風に感じるかと言ふことは、訣り易いことのやうだが、時代を異にし、感覚・知能を異にする為に、完全に想像することは出来ない。だが、恥を超越して、深い怖れが、おなじ里人の抱かなかつた宗教感覚を彼等に持たせたことのあつたことも想像が出来る。だがほんたうに、我々に訣つてゐるのは、其よりは平凡な様式的な反省であり、部落民協同に持つ考へ方である。此観念が「罪」である。観念といふ語は併し、完全には当つて居ない。寧《むしろ》「罪」は、古くは行為であつたのであるから。協同生活者の一人が犯したことによつて、其消却中に執《と》る部落民の「不行為」を意味したものらしい。だから平たく言へば、普通罪といふ語は、神の処罰の原因を表すことであり、罰そのものを表す時もあつた。だが一つ前は、神の処置を甘んじて受けて、謹慎の状態を示し、自らそれの消滅するのを待つてゐる事であつた。

五　天つ罪

我々の国或は亦、どんな遥かな国々でも、人の為に犠牲になると言ふやうな、心深い道徳行為は、起原は極めて古くて、ほかの道徳行為よりも、早く出てゐるのである。人の行つた事による神罰を、唯部落を一つにしてゐる為に受けてゐるといふこと、其から其消却の間の謹慎、之に倫理的反省がつけ添へられゝば、そのまゝ犠牲行為としての外貌だけは備《そなは》る。若し逆に何の犯しもない者が、誤つた判断の為に、刑罰を受けたとしたら、――それの多かつたのも事実だらう――その人々の深い内省と、自我滅却の心構へとは、実際殉教者以上の経験をしたことになる。「つみ」が単なる謹慎の様式と、抽象的な観念とに分れて行く間に、極めて少数者の負ふ道徳行為として過ぎるのである。

日本古代にも、天つ罪と言はれるものは、此意味の既存者が与へる部落罰である。其犠牲者の考へが、逆にかの天つ罪の神話「すさのを」の命《みこと》の放逐物語を形づくりなしたのである。天つ罪の起原を説くと共に、天つ罪に対する贖罪が、時としては、無辜《むこ》の贖罪者を出し、其告ぐることなき苦しみが、宗教の土台としての道徳を、古代の偉人に持たせたことのあつたことは、察せられる。併しから言ふ深い経歴は、世界のすべての部民種族にあることゝも考へられない。

一般の人の倫理観と関係のあるのは、罪悪観念が分化して、個人にとゞまると言つた風の小罪悪を考へるやうになつてからである。懺悔《さんげ》の心が切実になつてからのことである。

自分の行為が、ともかくも、神の認めないこと、寧《むしろ》、神の怒りに当ることゝ言ふ怖れが、古代人の心を美しくした。罪を脱却しようとする謹慎が、明《あか》く清くある状態に還ることだつたのである。其を考へても、謹慎期間の、周辺の闇《くら》く穢れてゐる中に、身を置くことが思はれる。

天つ罪について一往、言ひ添へて置かねばならぬことがある。日本の宗教に於ける原罪観念が、ここにあつて、責任者をすさのをの命《みこと》としてゐる。だがそれは、神話上の事として過ぎ去り、其罪に当つてゐるものは、田づくりに関係深い世々の農民である。日本の農民は、祖先から、尊い者に対する原罪を背負つて来てゐるものと考へ、此をあがなふ為に、務めて来たのである。

贖罪の方法はあつて、常は之を行つてゐるのだが、贖《あがな》はなければならぬ因子は、農民自身にはなかつた。こゝに宗教としての立脚地があつた。唯、田作りする日本の古代部落の長い耕人生活の間に、すさのをの命の為の贖罪が行はれてゐたのである。罪を意味する謹慎にこもることが、原罪なる天つ罪を消却する方法となるのである。

だから、どうしても、個人として責任の負ひきれる罪悪観が出て来ねばならなくなつた。其が国つ罪観念の発生を導いた。

一方、ともかく善行——宗教的努力——をもつて、原罪を埋め合せて行かねばならぬと考へてゐる所に、純粋の道徳的な心が生れてゐるものと見なければならない。それには既に、自分の犯した不道徳に対して、と言ふ相対的な考へ方はなくなつて、絶対的なよい事をする、と言ふ心が生れてゐると見てよいのである。

こゝに、日本の倫理観の芽生えをみる事が出来る訣《わけ》だが、それが、宗教観念や、宗教儀礼の蔭にかくれてゐた為に、それから明らかに分化した美徳と言ふ風に考へられるに到らなんだものと、思つてよいと思ふ。

六　国つ罪

厳密に言へば、主農時代の宗教観——寧、儀礼——だつた天つ罪についで、人間の世の中にはじまつた罪と言ふ意味において、国つ罪のことを考へてみたいと思ふ。

天つ罪から見ると、国つ罪は更に、社会的な宗教儀礼である。又人間的な罪悪としても、一往はうけとれるものである。だが、それだけで、古代社会にあつた罪のすべてとは勿論言はれない。が、古代人の言ふ罪は、天つ罪或は国つ罪と言はれるもの〻範疇に属するもの〻外には考へてゐなかつたのである。国つ罪と言ふものは、おそらく、人間のある特殊な罪と言ふばかりでなく、寧「神《かみ》人《びと》」に関聯した罪だと思つた方が当る様だ。つまり、宗教的な道徳、宗教人の守らなければならない道徳であつて、それが次第に一般化して来たのだと思ふのが、正しいであらう。だが、此も亦本来罪悪でも、不道徳でもない。祓への滅却する力に当る――所の謹慎の――素因であつた。

言ふまでもなく、大祓詞《おほはらへごと》には、国つ罪が数へあげられてゐるが、大祓詞の場合は、宮廷に仕へてゐる人たち、並びに京都の市民――日本の国民の代表と見て――の犯す所の罪を考へてゐる。此は、宮廷を宗教の殿堂「みや」として考へ、時あつて、こ〻に集り謹慎することがあるのから、成り立つ訣だ。結局、宗教的罪悪と言つた風に、これまで考へて来た訣である。

その内容も、誰しも知つたことであるが、

……国津罪《くにつつみ》とは、生膚断《いきはだたち》・死膚断《しにはだたち》・白人《しらひと》・胡久美《こくみ》・己母犯罪《おのがはゝおかせるつみ》・己子犯罪《おのがこおかせるつみ》・母与子《はゝとこと》犯罪・子与母《ことはゝと》犯罪・畜犯罪《けだものおかせるつみ》・昆虫乃災《はふむしのわざはひ》・高津神乃《たかつかみの》災・高津鳥乃《たかつとりの》災・畜仆志《けだものたふし》・蠱物《まじもの》せる罪、こ〻だくの罪出でむ。（延喜式祝詞、六月晦大祓《みなづきつごもりのおほはらへ》）

国つ罪の種目も、大祓詞にあるのは、一つの表示で、此外にも、違つた表現があり、又個々の場合に変つたものもある。たとへば、古事記には、上通婚・下通婚・馬婚・牛婚・鶏婚・犬婚だけをあげてゐる。此は天つ罪と、違ふ様で、而も性質通ずる既存者の罰に触るものである。だから、天変地妖の原因として見るべきものである。大神宮儀式帳《だいじんぐうぎしきちやう》には、生膚断《いきはだたち》以下六つ己子《おのがこ》犯罪《おかせるつみ》までは同じで、畜犯罪があり、外に川入・火焼が加つてゐる。かうして数へあげてゐる国つ罪も、時代の感じ方によつて、宗教的罪悪として、一まとめにすることは出来ない。

第一に、白人《しらひと》・胡久美《こくみ》・昆虫の災《わざはひ》・高津神の災・高津鳥の災等は、少くとも、普通人の感覚からすれば、罪悪ではない。それには、今までも人々が気づいてゐるが、白人・胡久美を中心として考へると、世間では、此等を、神が厭《いと》ふ所のけがれであるとしてゐる。穢れである為に、罪障になる、と言ふ様に考へるのだが、さう言ふ考へ方は、色々な矛盾をひき起す。

白人・胡久美は、肉体的の特徴であつて、さう言ふ人が出現すると、其人々は神の奴隷となる筈《はず》のしるしを持つて生れた訣である。宮廷の大祓への時は宮廷へ、国々であれば国々の官庁へ、其等《それら》が呼ばれる訣である。さうして、恐らく其を指摘した神を考へて、其社に隷属させるのが、昔の形だつたのであらう。神奴《かみやつこ》の出所はこゝにある。だから、近代の考へでこそ、白人・胡久美は穢れのやうに考へるであらうが、勿論さうではなく、亦それの存在が罪悪を形づくる訣のものでもない。

這ふ虫の災は、蛇や百足《むかで》にさゝれたり噛まれたりする事だらうから、今の日本では、誰も罪と見る人はないと思はれるかも知れぬが、やつぱり一部分には、さう言ふ信仰のなごりをも伝へてゐる。邪悪を行うたものが、毒蛇にさゝれるのだと言ふ所は、奄美大島・沖縄にはある。

這ふ虫の災のあつた為に、穢れたと思ふのはよいとしても、穢れを以て、罪に当るものとするのは間違ひである。罪は何処までも謹慎の素因である。だから穢れによつて生じた国つ罪はあり得ないのである。高津鳥・高津神に災ひせられたから穢れたとするのも、謂はれのないことである。此も罪である以上は、穢れではないのである。

宣長のやうに、穢れ・悪行・災の三種に国つ罪を分類するのも、やはり何となく罪・穢れを混用してゐる所から出てゐるのだ。謹慎生活を要するものは、一切罪と考へたのである。勿論つゝみは謹慎なのだから、さうあるべき筈である。而もつゝみの意義は早く分化して、罪悪観を持つやうになつた。罪を禊ぎ祓ふ為に、謹慎するのだといふ風に、意義が重複して来たのである。だから、国つ罪も本来から言へば、禊ぎの対象でなく、穢れといふべきものではない。穢れとは、いざなぎの命《みこと》の身についた様な外的に附着するものである。而も祓・禊混用の理由もこゝにあるのだから、穢れに属するものも、わり込んでゐないとは言へないが、まづ謹慎生活を要する素因及び謹慎そのものを指すのである。生膚《いきはだ》・死膚《しにはだ》を断つた時は物忌みをしたのだ。白人・胡久美も物忌みをして、神前に奉仕する資格をつくるべきものである。婚姻等級を乱したのは、最謹慎を要したのだから、わりに細《こまか》く示してある。獣婚をあげたのも、其故《そのゆゑ》である。

此は、国つ罪の原意を忘れた為に、さうなつたのである。善い事に対しても祓へ、凶《わる》い事にも祓へはある。祓へは罪の為にあるものと見て、罪即《すなわち》悪事と定めてゐる所から起るのである。這ふ虫の災は、幸福ではないが、神来臨の兆《きざし》或は、降臨中の神あることを示すものらしい。此神来臨に関する兆を嫌ふ風習は沖縄にもあつて、思ひがけず、空からものが降りかゝつて災を受けると言ふのだが、これは、天から来り臨む尊いものが、領有すると言ふことを意味する。鳥の方も、決定した意味はきめられないとしても、空から鳥がものを落し、それによる穢れだと言ふが、恐らくはさうであるまい。家の中に鳥の飛び入ることゝ思はれるので、何にしても、日本本土では全体に吉兆と見るにかゝはらず、凶兆と見るのは、沖縄諸島である。神来臨に当つて、川下《かはお》りすることが、穢れた為の禊ぎだといふ風に解釈せられたのである。高津鳥・高津神共に、外から触れ来つたものによつて穢れたのではない。霊的なものが来り臨むしるしである。

たゞ、それに伴つて来る条件が、触穢《しよくゑ》の場合と同じ形である処から、こぐらかるのだ。禊ぎが行はれるのは、穢れを禊ぐのだと言ふ論法で行けば、之《これ》も穢れと同視して凶事と見ることになる。

祓へにも二種あつて、凶事祓へと、吉事祓へと言つてゐるが、凶事を避け、滅却する為に行ふのは祓へでよいが、吉事に備へて行ふ方は禊ぎである。二つの違つた考へが、混同して用ゐられてゐる。従つて、昆虫《はふむし》・高津神・高津鳥の災に際して行ふのは、罪穢れの際に行ふ祓へではなく、吉事を待つ為の禊ぎである。

国つ罪の中に異風なものは、畜仆志《けだものたふし》・蠱物為罪《まじものせるつみ》である。此も、罪悪には違ひないが、穢れではない。ともかく、此罪になると、団体生活を破るものだ。一人でも、変な異常なものが団体の中にゐると、あちこちの家畜が呪ひ殺され、或は思ひがけなく呪咀せられたりする。作物がいたみ、人の身体がいたんだりする。これは、部落の協同生活を損《そこな》ふ所から出てゐる。恐らく、さう言ふことを、天帝とも言ふべき既存者が最厭ふものとしたのであらう。

国つ罪の眼目になつてゐるのは、性欲上の犯罪である。己が母犯せる罪、己が子犯せる罪、母と子と犯せる罪、子と母と犯せる罪、けだもの犯せる罪等がそれである。

此等の罪は、汚いと言へば汚いに違ひないが、昔の人の、これらのことに対する感じ方は違ふ。結婚等級を乱すと、其が部落の生活を危くする。雨や風、洪水地震等の天災地変は、結婚等級を錯《あやま》つことから起ることが多いと考へてゐた。それが次第に深入りして行つて、同時に、多少、道徳的な考へ方に進んで来た、と言ふことが言へる。文化の低い社会では、結婚の等級を乱すことがあるが、それは、文化の進んだ社会から考へる程、汚いものではなかつた。挙げられた其等の制約は、文化社会においてすら堪へられないほど、潔癖とも、煩雑とも見える制約であつた。だから、決定的に厭ふべき結婚様式をあげて、其辺にとゞめることになつて行つたのである。さうして従来信仰的に考へて来た神の忌む所なる等級錯乱の問題は、此に附随させておく形をとつたのであらう。私は、此性欲に関する国つ罪は、それ以上深くは考へられない。古代の結婚等級の複雑でむつかしい問題を、さう言ふ風に汚い結婚の考へ方へ逸《そら》して行つて、簡単化してしまつたのだと思うてゐる。

次に残るのは、生膚断と死膚断とである。此は、特殊な場合には認めてゐる。戦争を正面から生活態度としたやうな事は、日本の古代にはない。戦争も一つの宗教行事であり、最敬虔であるべき事だつたのである。

さう言ふ場合、生膚断も死膚断も避けられなかつたに違ひない。それが、常の時に行はれるやうになると、此が大きな謹慎によつて、消却せられねばならぬ罪となるのであつた。

かうは言ふもの丶、此生膚死膚を断つといふことは、殺戮などに関係のない語かも知れない。さうして死者の持つ霊魂を生者の身に転じ入れる為の呪術として、死者、生者の身に傷つけて之を導くやうなことを言ふとすれば、此亦《これまた》幸福な謹慎である。

かう言ふ風に、一々見て来ると、国つ罪は、天つ罪とも違ふが、実は穢れの観念は薄いのである。国つ罪は、穢れによるものと言ふ風に考へ馴れてゐる為に、却てそれによつて、穢れの範囲をきめてゐるだけだ。寧、穢れの考へを更《あらた》めて後に、国つ罪について考へるのが、ほんたうではあるまいか。

七　祓へと禊ぎと

穢れと言ふものに対する注意は、禊ぎと祓へが盛んに行はれて、深刻になつて行く。従つて、祓へや禊ぎが衰へて来ると、穢れの考へが稀薄になつて来る。

祓へと禊ぎとでは、禊ぎがまづ早くから衰へる傾向を持つてゐた。

そして、概して祓へ一つに向ふことになつた。

延喜式の祝詞の纏《まとま》つた頃や、神名帳《しんめいちやう》の成立した時代には、禊ぎの根本観念はなくなりかけて、殆《ほとんど》、祓へ一方に向つて行つてゐる。

祓へ・禊ぎをはつきり区分しようとすることは、固定した考へに陥る虞《おそ》れがある。

　恋ひせじと　みたらし川にせし禊ぎ。神は受けずぞなりにけらしも《もなりにけるかな》

（古今集巻十一、五〇一。伊勢物語第六十五段）

恋をすまいと思つて、御手洗川でした禊ぎよ。それをば、神は受けなくなつたに違ひない。こんなに恋心がやまないのは……。

恋ひせじは、恋をしてゐる男が、恋心を滅却しよう、恋愛から遠ざからうとして、恋ひせじと言ふ禊ぎをした、と言ふのだ。賀茂の御手洗川を言ふ以上は、この御禊ぎは、陰陽師《おんみようじ》のした職業的な祓へだつたのである。川辺におりて行つたので禊ぎとは言つてゐるが、禊ぎの形式は、様式だけになつてゐたに違ひない、祓へと言ふべきものであつた。此恋は、かなり特殊の恋だ。人妻にする恋或はもつと不自然な、罪悪的な恋であらう。恋ひせじと言ふのは、抽象的なものでなく、此恋心が染みこんでゐるのを祓ひ去らうとするのである。それが効果がなくて、其後益《ますます》恋しいと言ふのだ。

まう一つ注意すべきことは、禊ぎ祓へを此歌のやうに、自分で望んでする場合もあるが、多く官庁の命令でしてゐる。此《この》、命令でしてゐると言ふことは、協同生活が、少数の人の悪行為又は不注意によつて破れぬ様に、と考へてゐることが訣《わか》る。後になる程、自分でする祓へ――正しくは禊ぎ――と言ふものが盛んになつて来るが、宮廷や官庁で行ふのは、さう言ふ意味で、考へねばならない。謂はゞ、古代ならば、部落生活において、呪者の指令によつて行はれたものが、さう言ふ公的の性質を深めて来たのである。特に犯したものがある訣でなく、又季節の末に総決算式にするといふのでもなく、寧、或は犯すものあらむかを慮《おもんばか》つて、予《あらかじ》め祓つておくといふ例の意味が多いやうである。つまりそれは、個人として、反省して考へたものでなく、この事自身に、道徳的反省は加つてゐない。

大祓への時の様式として、其罪障に当る人達を諸国から呼んで、並べておいて、其ものを対象として祓へをする。つまり、それを儀式としてする事によつて、社会の受ける禍《わざは》ひを、遁《のが》れる事が出来るとした考へが窺へるのである。さう言ふ人たちは、社会の中に、どの位ひそんでゐるか訣らないが、代表者としてある項目に当る一人、或は数項目に亘《わた》つて一人づゝを取るといふ形式で、其に祓へかけるといふ儀礼を行つて、安ずることが出来た訣である。

従つて、まう少し考へ方を変へて、之を神の好悪といふ処に準拠をおいて考へてみる事は出来ないであらうか。

一年の中に二回、定期的に、団体なり国なりが、通過せねばならぬ時期があり、祓へをすることによつて、其時期を通過する。其時、神の好きなものと嫌ひなものとを分ける、と言ふ式が行はれたのではないか。そして、好悪を持つ神といふのは、在来の神と言ふ様な観念を離れた既存者、前に述べた「天帝」信仰における神の感情を考へて見ればよいのである。

たとへば、祝詞に出て来る、白人《しらひと》・胡久美は、天帝に捧げる所の犠牲と見てもいい。其が、日本的に緩《ゆる》やかに考へれば、神奴《かみやつこ》となるのである。惨酷さに於いては、神が嫌つてゐるものに対する処置と同じであるが、神がそれに対して寄せる心持ちは違つてゐる。

たゞ、神が好んでゐるものゝ場合は、どんなに反省され繰返されても、善行には関係して来ない。必しも、罪悪と道徳とが関係しない訣だ。

所が、その厭ふ方のものは、協同生活を破るのだから、其人の行為が、直《ただち》に、社会の秩序を破らぬまでも、間接には、人の生活には、覿面《てきめん》に予期せられるので、これが罪悪感を導いて来ることは当然である。さうして其人々が、罪障によつて反省することは少くとも、常に社会の問題にはなつてゐるのだから、倫理観念の基礎となつて来ることに疑ひがない。

此は、近親結婚に現れて来る人々の感情を見ても、訣る。だが、祝詞に出て来る禁婚等級と言ふものは、それが社会から制裁を受けるかと言ふ事になると、疑問があると思はれる。だから、かう考へられる。――国つ罪の中には、確かに禊ぎ棄てねばならぬ、不道徳のもの〻一面は確かにあるが、全部が全部、古代人の反省したものが、不道徳と言ふことは出来ないといふことである。黄泉《よみ》の国に行つた夫神が、何によつて穢れたか。これは単なる触穢《しよくゑ》の問題ばかりでなく、極めて忌むべき黄泉人との婚姻と謂つた問題があつて、口にすることも穢れになるといふ忌みから、簡単な伝へになつてしまつたものと思はれる。

方法として用ゐられた禊ぎの方から、逆に眺めて行つて、亦違つたことが言へる訣である。たとへば、結婚の時に行はれる水祝ひも、元の精神には、禊ぎを行ふ為、或は行うた為の入費を徴収するといふ風に、考へられる所に、私刑らしい様子が出てゐる。

だが、禊ぎがかうした経済的な意義を持つことは、その古い形ではなかつた。その以前に結婚等級を謬《あやま》つたことに対する贖罪観があつたことを思へば、ある不道徳な婚姻に対する禊ぎの方法が、あらゆる婚姻の条件として行はれるやうになつたことが思はれる。其原因の一つには、結婚等級の複雑性は、時としては思はぬ錯誤を起して咎めを受けることもあると言つた経験から、未然に之を祓うて置くといふ計画から来てゐることもあるらしい。が要するに、婚礼には来臨する神――饗礼に臨む神又は、高媒神――があり、神を迎へる為には、予め修祓《しうばつ》を行うてゐなければならぬと謂つた所謂吉事を待つ為の吉事祓へに属する理由があつたのである。結局、此意味において、禊ぎをするのであつて、名は祓へをしてゐても、実は違つてゐたのである。

水祝ひは、天武天皇紀の記述以来、今に続いてゐるのだが、かやうな古代においてすら、却て原意に遠く、今の心理に近いのに驚く。水祝ひをする人たちにとつては、修祓の科料であることはあつても、何の為の修祓かは言はないのである。唯あがなひを求める所ばかりであつた。結婚は、穢れでも罪悪でもない。従つてそれは、結婚する資格を持つ為の禊ぎだつたのである。

水祝ひの古い形などから考へると、既にその内容には、何らかの根拠に立つて、やはり一つの触穢の様に考へようとしてゐた事は訣る。さうしたぷらすして行く行為ばかりがあつて、その原因となる悪行為のないことがある。われ〳〵にはあがなひや祓への様式だけがあつて罪障が基礎にないことがある。様式を遂行《すいかう》した為に善行を行つたことになる。がそこに善の動機善の原因のないことすら多かつた。

八　戒《たぶう》律

古代の道徳も、さうした形式主義のものばかりでもなかつた。其よりも稍進んだ形について考へる。

戒律を守らぬ悪行為に対する反省、或は破るまいとする不行為の善行に就いて、批判して見なければならない。

たぶうと言ふ事は、前に述べて来た、天つ罪にも国つ罪にも、問題が繫《つなが》つてゐる。

たぶうは、神事に関してゐる神人《じんにん》或は神物の神聖を犯すか、或は、神人自らが、自分の神聖を失ふ様な行為をするか、此二方面があつて、これを犯さぬ様に努力しなければならない。そして其不行為が、物忌みである。だから、たぶうは、犯されるものと、犯すものとが対立してゐるのである。

後には、不行為の物忌みの外に、既に受けた所の穢れ、或は自分が行つた穢れを消滅させる為に、謹慎してゐると言ふ様な物忌みが、有力なものとして、物忌みの中に這入つて来る。

此後者の方は、中世的で、我々にでも、感情的には反応を感じる位だから、其事自身が、道徳問題によりは、信仰問題に深く這入つてゐる事が見える。

従つて此処では、主として前者の方を考へるべきだと思ふが、神物を犯す事によつて神を怒らせ、或は自ら失ふ事によつて、惹《ひ》き起す所の結果を怖れてゐる。だから古代の道徳には、敬虔な恐怖感が這入つてゐなくてはならぬ事が考へられる。

神物を犯さぬと言ふたぶうは、続いては、神によつて、人の所有権が保証せられる、と言ふ事になる。だから、神に関聯した所有権を犯すと言ふ事は、神の怒りに触れると言ふ風に、神の感情を引出して来る。そこで、その感情の発露を怖れる事になる。

ところが、神人《じんにん》、殊に高級の神人が、自分の肉体の持つてゐる神聖味を、何処までも守る事が、其神人を中心としてゐる団体生活を守る力を、保つてゐる事になる。其力を神人が失ふのは、団体を不幸に押し込む事だから、此は考へ方によると、非常な罪悪になる訣だ。

併し、其を、悪として反省してゐたかどうかは、疑問である。譬《たと》へば、伊勢の斎宮が童貞を失はれることは、ゆゝしい大事であり、又皇太子が、天皇崩御の後に、謹慎を怠つた為に、皇太子の排斥が行はれたこともある。木梨《きなし》ノ軽皇子《かるのみこ》や、早良親王《さはらしんわう》の場合がさうであつた。若しそれを反省する力が十分にあつたとすれば、深刻な道徳感があつたらうと思はれるが、其点、歴史によつては伺ふ事が出来ない。

九　善と悪と

さすれば、古代人は、どう言ふ行為を悪と考へ、どの程度の意識を以て、善を考へてゐたか。から言ふ根本的な点に、相当特殊なものがあるやうである。

日本において、邪神悪神と言はれてゐるものは、普通、禍津日《まがつひ》ノ神――対句表現で、大禍津日《おほまがつひ》・八十禍津日《やそまがつひ》と並称せられてゐる――である。此神の名は、言語情調に最適切な様に、まがつみと発音してゐることも、しばしばある。此禍津日ノ神は、邪神であると言はれて居つて、勿論学者たちにも、さう考へられて来た。併し、外の野山の聖霊や蕃神《ばんしん》の霊魂であり、蕃人の身に寓《やど》つて凶悪をふるまはしめる邪神などが、其として考へられてゐるのとは違ふ。如何にも、此神を邪神として、直《なほ》日神《ひのかみ》――此も根柢には善神といふべきものはない――と対照することが、抽象的な整頓感を起させるのであるが、此神が悪神であり、此神の威力が悪行為の元になると考へたと言ふ証拠は、一つもない。

伊邪那伎《いざなぎ》ノ神が、伊邪那美《いざなみ》ノ神に逢ひに行かれた黄泉国《よみのくに》で、穢れに触れ、橘の小門《をど》の阿波岐原《あはきはら》で、身を滌《すす》がれた時、其穢れによつて成つた神だと言ふことになつてゐる。そして、此神たちの生れた直後に生れた神が、神直毘《かむなほび》、大直毘《おほなほび》の神と言ふ名で表現せられてゐる神である。此神の方は、八十禍津日ノ神などいふに比べて、数量的にはどの位を指してゐるのか、直接に胸には来ない。

ところで、もし禍津日ノ神が悪の神であるとすれば、一体誰に禍ひを与へるのであらうか。別に、悪人善人に、どう言ふしむけをすると言ふ訣でもない。その威力を発揮する場合を考へるべきであらう。古来伝つてゐる伝誦の古詞を唱へる過程に誤りがあつた場合に、神感を表現して罰する神だと言ふのが正当な伝へである。其為、此神は、探湯《くがたち》に関聯して伝へられてゐる訣であつた。探湯の行はれた、歴史的に有名な場所なる、味白檮之丘《あまかしのをか》言《ことの》八十《やそ》禍津日《まがつひ》ノ前《さき》に祀られてゐた訣である（允恭記）。つまり、此神は、悪神ではなく、又悪徳を司る神でもなく、呪詞《じゆし》の誤りを正す神である。呪詞が誤つて唱へられた時、威力が出現して、其伝誦の正しくない事を示す神なのであつて、忘却と虚偽とに対しては、都合の悪い神だと言ふに過ぎない。だから寧《むしろ》、古詞の伝誦を正しく護る為に出現した、糺《たゞ》しの神であつて、後世風に言へば、寧正義の神、善の神と言つてもいゝ位である。決して、邪悪の神でもなく、又固《もと》より悪魔ではない訣である。

こゝにも、早く述べた既存者の邪神と見られる傾向があると同じく、人間の非行をあばく結果になる点を以て、同様に見られてゐるのだ。

次に出現したと言はれる直毘《なほび》ノ神はどう言ふ神であらうか。直《なほ》しといふ道徳名辞は、天武天皇の官位の名にも現れてゐる位で、相当な生活内容を以て考へられた語であることは考へてよい。たゞ此神も、善の神と言ふ訣ではなく、誤つた古詞の唱へられた場合、此神の威力によつて、過誤を無力にし、正しい古詞を唱へたのと、同じ効果を現させる力を持つた神だと、考へられてゐた。思ふに、此二種の神は、神といふより、詞章に内在すると信じられた言語精霊であつたのである。

おそらく、伝誦の古詞に対して、絶対の信頼を持つてゐた時の後、之が崩壊を防ぐ為に、かうした神の威力の発現を信じるやうになつたのである。自分の唱へる古詞に対して、過誤忘却以外にも、自然の変形の偶在を虞《おそ》れたのである。発動する懲罰の神の出現を防いでくれる神の必要を感じることは、あるべきことである。

禍津日ノ神と直毘ノ神との取扱ひの順序に就いての委《くは》しい事は、最早それを推測する事も出来なくなつてゐるが、直毘ノ神の力は、善と言ふよりも、むしろ、破壊力を避けて、呪力の不足を補充する所にある、として居つたと見るべきであらう。

なほしと言ふ道徳語は形容詞である。それに対立してゐる動詞、なほすと言ふのがある。なほすは「元へ返らせる」と言ふ意味ではなくて、謬《あやま》つた処置をせられたものを「適当な良い位置におく」と言ふ事である。此語は、或ものが、前に変つた位置にあると言ふ事をば、前提としてゐる語で、其前の位置が、必しも悪いと言ふ事ではない。たゞ、もつと良い位置に、改めて配置すると言ふ意味である。譬へば、直会《なほらひ》と言ふ語は、饗宴の座を改めて、更に新しい興に入らうとする目的を持つてゐる事を示してゐる。こゝからも、なほ—なほすの語義が想像せられる。だからなほの本義まで溯らねば精確なことは訣らない。なほは尚・猶などいふ字を宛てる意義より前の用語例がある。現状は不完全であり、理想的でない。なほありと言ふのが、其境地である。「呪はれてあれ」を意味する「まがれ」といふ語は、禍あれだと言はれてゐる。呪咀の効果を強めようとする語である。呪咀の力を却《しりぞ》けて、当然到達すべき結果を得ることが、なほるである。其は結果の正しい報告である。なほすは其結果を来した人の側から言つたことである。

又、天上に於いて、素戔嗚尊《すさのをのみこと》の悪行に対して、天照大神が「詔《の》り直《なほ》さ」れたのは、おそらく、前提として、尊《みこと》自身悪行をふるまふに当つて発した宣言のやうなものが、言ひ立てられたのであらう。その詞章の結果を打ち消して新しい良い力を生じさせる為に、行はれたのが、詔り直しであらう。今日此条の記事を見ると、全くとりなしの形になつてゐる。従つて此は、たゞ神のなほす力を説く起原説話として、挿入せられてゐるのである。

から言ふ風に追及して来ると、甚不足は感じるが、なほしの意味は髣髴と知る事は、出来ると思ふ。

即、なほし（及びなほす）と言ふ語は、曲つた事を前提として、曲つた形が、もとへ返つた状態を祝福して、招致する語である。曲つたものが、真直になる有様を、讃める語とみるべきであらう。から説けば、まづ当るだらう。が、尚考へて見ると、直《ちよく》の字の飜案のやうに、我々の心には、こびりついてゐる部分を改めて考へる事は出来ぬものだらうか。なほしを「直」の字義から見ようとする囚はれた考へから脱したいものだ。純直・素朴・凡庸などいふのが、この語の本義ではなかつたか。こゝには、個々の名辞の意義を説くつもりはない。が、なほすと直しとは語原的に言つて深い関係の棄てゝおかれぬものがあつたのである。

まがを語根とした熟語が、すべて呪咀的な、蠱術的《こじゆつてき》な聯想を持たせるのは、第二段の変化である。だが其からして、まがは邪悪の義を持つやうになつて来た。

禍津日と大直毗との関係を考へると、原義は如何《いかん》ともあれ、段々正邪の対照的な意義を持つて来たことが知れるであらう。

善悪の古代的準拠は、神の認定にあると言ふ外はない。もし神が道徳を欲しないとすれば、我々にも道徳はなかつた訣である。我々の持つ古代文献の上に、道徳的過程の見られるのは、神と誓約して、宮廷に誠実を示した文献の外は存してゐない。

表現してゐたことは、明らかに言はれる。神の欲する所の道徳を、宮廷を通して示してゐたのである。其に対して、神は宮廷の儀礼を以て、その意思を表現する。其嘉納《かなふ》の意思を、高く、広く云々と言ふ所の態度を以て、表示することを常とした。だから、宮廷及び神に仕へる人々の道徳の上に、更に神に対して、神使なる宮廷の主の道徳があり、その名称も伝つて来たのである。

昭和二十四年四月「表現」第二巻第四号

ほうとする話

祭りの発生　その一

一

ほうとする程長い白浜の先は、また、目も届かぬ海が揺れてゐる。其《その》波の青色の末が、自《おの》づと伸《の》しあがるやうになつて、あたまの上までひろがつて来てゐる空である。ふり顧《かへ》ると、其《それ》が又、地平をくぎる山の外線の立ち塞《ふさが》つてゐるところまで続いて居る。四顧《しこ》俯仰《ふぎやう》して、目に入る物は、唯、此《これ》だけである。日が照る程、風の吹く程、寂しい天地であつた。さうした無聊《ぶれう》の目を睜《みは》らせるものは、忘れた時分にひよっくりと、波と空との間から生れて来る――誇張なしにさう感じる――鳥と紛れさうな刳《く》り舟の影である。

遠目には、磯の岩かと思はれる家の屋根が、一かたまりづゝぽっつりと置き忘れられてゐる。炎を履《ふ》む様な砂山を伝うて、行きつくと、此ほどの家数に、と思ふ程、ことりと音を立てる人も居ない。あかんぼの声がすると思うて、廻つて見ると、山羊が、其もたつた一疋、雨欲しさうに鳴き立てゝゐるのだ。

どこで行き斃《たふ》れてもよい旅人ですら、妙に、遠い海と空とのあはひの色濃い一線を見つめて、ほうとすることがある。沖縄の島も、北の山原《やんばる》など言ふ地方では、行つても〳〵、こんな村ばかりが多かつた。どうにもならぬからだを持ち煩《あつか》うて、こんな浦伝ひを続ける遊子《いうし》も、おなじ世間には、まだ〳〵ある。其上、気づくか気づかないかの違ひだけで、物音もない海浜に、ほうとして、暮しつゞけてゐる人々が、まだ其上幾万か生きてゐる。

ほうとしても立ち止らず、まだ歩き続けてゐる旅人の目から見れば、島人の一生などは、もつと〳〵深いため息に値する。かうした知らせたくもあり、覚《さと》らせるもいとほしいつれ〴〵な生活は、まだ〳〵薩摩潟の南、台湾の北に列《つらな》る飛び石の様な島々には、くり返されてゐる。でも此が、最正しい人間の理法と信じてゐた時代が、曾《かつ》ては、ほんとうにあつたのだ。古事記や日本紀や風土記などの元の形も、出来たか出来なかつたかと言ふ古代は、かういふほうとした気分を持たない人には、しん底までは納得がいかないであらう。

蓋然《がいぜん》から、段々、必然に移つて来てゐる私の仮説の一部なる日本の祭りの成立を、小口だけでもお話して見たい。芭蕉が、うき世の人を寂しがらせに来た程の役には立たなくとも、ほうとして生きることの味ひ位は贈れるかと思ふ。

月次《つきなみ》祭りの、おしひろげて季候にわりあてられたものと見るべき、四季の祭りは、根本から言へば、臨時祭りであつた。だが、却《かへつ》て、かうした祭りが始まつて後、神社々々特殊の定祭が起つたのであつた。四季の祭りの中でも、町方で最盛んな夏祭りは、実は一等遅れて起つたものであつた。次に、新しいと言ふのも、其久しい時間に対しては叶はないほど、古く岐《わか》れた祭りがある。秋祭りである。此も農村では、本祭りと言つた考へで執行《しつかう》せられる。

此秋祭りの分れ出た元は、冬の祭りであつた。だが、冬祭りに二通りあつて、秋祭りと関係深い冬祭りは、寧《むしろ》、やつぱり秋祭りと言つてよいものであつた。真のふゆの語原である冬祭りは、年の窮《きはま》つた時に行はれたものである。さうして、最古い形になると、春祭りと背なか合せに接してゐた行事らしいのである。だから冬祭りは、春祭りの前提として行はれた儀式が、独立したものと言うてよい。でも時には、秋祭りの意義の冬祭りと、春祭りの条件なる冬祭りとが、一続きの儀礼らしくも見える。さうすると、秋祭りの直後に冬祭りがあり、冬祭りにひき続いて春祭りがあつて、其が、段々間隔を持つ様になつた。其為、祭儀が交錯し、複雑になつて行つたもの、と言へる。

秋祭りを主とする田舎の村々でも、夏祭りを疎《おろそ》かにする処はなかつた。だが、農村の祭りでは、夏は参詣が本位とせられてゐる様で、家族又は一人々々でぼつり〴〵と参るのだ。此祭りに、つき物になつてゐるものがある。即《すなはち》、神輿《みこし》又は長い棒を中心とする鉾《ほこ》・幣《へい》或は偶人《ぐうじん》である。此も秋祭りと入り紊《みだれ》れてゐるが、順序を正しく言へば、夏のものである。

祇園の鉾は、山鉾と一口に言ふが、大別してやまとほことの二つの系統がある。そして山の方は、寧、秋祭りに曳くべき物であつた。祇園会《ゑ》成立に深く絡んだ御霊会《ごりやうゑ》の立て物に、宮廷の大嘗《だいじやう》の曳き物「標山《しめやま》」の形をとりこんだのであつた。

平安朝の初頭から見える事実は、まつりの用語例に、奏楽・演舞を条件に加へて来てゐるのである。

其程、祭礼と楽舞との関係が離されなくなつた。だから後には、まつるとあそぶとが同じ意義に使はれる事もあつた。とにかく、夏祭りのまつりと言はれる様になつたのは、夏神楽の発達から来てゐる。尚一面、祇園会が祭りの一つの型と見られる様になつた事実も一つの原因である。

神楽は、鎮魂祭のつき物で、古い形を考へると、大祓式《おほはらへしき》の一部でもあつた。其が、冬を本義とする処から、夏演奏する神楽と言ふ意を見せて、新しい発生なる事を示したのである。祓へや禊ぎは、鎮魂の前提と見るべきであつた。夏祓へは冬祓へから岐れて、遅れて発生した為、冬祓への条件を具へなかつた。ところが、冬祓へを形式視して、夏祓へを主とする事が時代を逐《お》うて甚《はなはだ》しくなつた。

冬の祓へに行はれた神楽が、別の季の神事に分裂して行く。其と共に、神楽の一方の起原になつてゐる石清水《いはしみづ》八幡の仲秋の行事の楽舞を、夏祓へにとり越して、学んだ形があるのだ。

八月十五日に行ふ男山の放生会《はうじやうゑ》は、禊ぎの式の習合せられたものであつた。其神楽を、夙《はや》くから行はれてゐた夏祓への行事にとりこむのは、自然な行き方である。まつりと神遊び・神楽との関係から、夏祓へは夏祭りと称せられる様になつた。陰陽道の勢力が、さうした形に信仰を移したのである。奈良末から平安初めに亘つて荒れた五所の御霊を、抑へるものとして、行疫《かうえき》・凶荒《きようくわう》の神と謂はれるすさのをの命を憑《たの》むやうになり、而《しか》も此に、本縁づける為、天部《てんぶ》神の梵名《ぼんめい》を称《とな》へる事にして、牛頭天王《ごづてんわう》、地方によつては、武塔《ぶたふ》（答。本字）天神などゝ言うた。

日本の陰陽道の、殊《こと》に、地方の方術者は、学問としては、此を仏典として修めた傾向があつて、特に、経典の中にも、天部に関する物、即、仏教の意義での「神道」の知識を拾ひ集めた形がある。

日本の神道が、天部名になる外に、漢名を称した事もあつたはずである。世界最上の書たる仏乗《ぶつじよう》に出た本名の威力は、どんな御霊でも、服従させる事が出来た。だから、祇園神の中央出現は、御霊・五所より遅れてゐる。障神《さはりがみ》・八衢彦《やちまたひこ》・媛《ひめ》の祭りと、御霊信仰とが一つになつて、御霊会が出来、盛んに媚び仕へを行うて、退散を乞《こ》うた。其勢力が、牛頭天王に移つて、讃歎の様式に改つて行つたのが、祇園会である。形こそ替れ、事実から見れば、夏祭りの疫病と蝗害《くわうがい》とを祓へ去らうとしてゐる事は一つであり、又一つの祭礼が、主神を換へて行はれた形にもなつてゐる。蝗《いなご》の害と流行病とを一続きに見てゐた平安時代の農民信仰が「花を鎮《しづ》む」と書く鎮花祭によく似てゐる。鎮花祭は、三月末の行事だが、此は夏祭りの部類に入るものである。やすらひ祭りとも言ふのは、其踊り歌の聯毎《れんごと》の末に、囃し詞《ことば》「やすらへ。花や」をくり返すからだと言ふ。昔は、木の花を稲の花の象徴として、其早く散るのを、今年の稲の花の実にいる物の尠い兆と見たのだ。歌の文句も「ゆつくりせよ。花よ」と言ふ義で、桜に寄せて、稲を予祝するのである。其が、耕田の呪文と考へられて、蝗を生ぜしめまいとの用途を考へ出させた。田の稲虫から、又、其家主等の疫病を、直《ただち》に聯想して、奈良以来、春・夏交叉期の疫病送りの踏歌《たふか》類似のものと見做される様になつたのだ。此亦、祇園会成立後は、段々、意義を失ふ様になつて行つた。

かうした邪霊悪神に媚び仕へる行事も、稍《やや》古くからまつりと言はれてゐる。其は神霊に服従する義で、まつろふの用語例に近いものであつた。夏の祭りは、要するに、禊ぎの作法から出たもので、祭礼と認められ出したのは、平安朝以前には溯らない、新しいものなのである。御輿のお渡りが行はれたのは、夏祭りの中心であつて、水辺の、禊ぎに適した地に臨まれるのである。広く行はれる御輿洗ひの式は、他の祭礼作法の混乱であるが、神試みて後、人各《おのおの》其瀬に禊ぐ信仰に基いたのであらう。鉾は祓へ串を捧げて、海川に棄てる行事の儀式化したものである。だから、尾張津島の祇園祭りの船渡りなども、祓へ串を水上のある地点まで搬《はこ》ぶ形であつたのだ。此禊ぎから出た祭りに対して、勢力のあつた田植ゑの神事があるが、此は春祭りの側《かたはら》に言ふ。

二

秋の祭りは、誰もが直ぐ考へる通り、刈り上げの犒《ねぎら》ひ祭りである。だが、実際の刈り上げ祭りは、正しくは、仲冬《ちゆうとう》に這入つてから行はれるので、近代までもさうせられてゐる。秋祭りを今一つ狭めて言へば、先人たちも言うた通り、新嘗《にひなめ》祭りであるが、此には、前提すべき条件が忘れられてゐる。伊勢両宮の、神自身、神としてきこしめす新嘗に限つた行事の延長なのである。諸国の荷前《のさき》の早稲の初穂は、九月上旬には納まつて了《しま》ひ、中旬になつて、まづ伊勢に献られ、両宮及び斎宮の喰べはじめられる行事となる。此地方化で、神嘗《かんなめ》祭りの為に献つた荷前の残りの初穂を、地方の社々の神も試み喰べられたのが、秋祭りの起りである。早稲の新嘗を享ける神と、家々の新嘗に臨んで、家あるじと共に、おきつ・み・としの初穂の饗《あへ》を享ける神とは、別殊のものと考へられて居たのではなからうか。越えてふた月、十一月中旬はじめて、当今主上《たうぎんしゆじやう》近親の陵墓に、荷前《のさき》ノ使を遣し、初穂を捧げられる。此と殆ど同時に、天子の新嘗が行はれる。

奈良以前の東国では、新嘗が年に一度であつたと見られる。さうして、早稲を炊《かし》いで進めたらしい。家中の人は、家の巫女《みこ》なる処女《をとめ》――処女の生活をある期間してゐた主婦又は氏女《うじめ》――を残して、別屋――新嘗屋となつた――又は屋敷の庭に出てゐる。かうして迎へられた神は、一夜を其巫女と共にする。遊女の古語だ、と謂はれた一夜づまは、かうした神秘の夜の神として来る神人《じんにん》及び家の処女との間に言ふ語《ことば》であつたのだ。

宮廷の神嘗祭りは、諸国の走りの穂を召した風《ふう》が固定して、早稲を以《もつ》てする事になつたので、古くは一度きりであつたのかも知れぬ。だが、文献で考へられる範囲では、早稲は神の為で、神嘗用であり、おきつ・み・としの初穂は、祈年祭《としごひ》・月次《つきなみ》祭りに与《あづか》る社々・皇親の尊長者の霊にも御料の外を頒《わか》たれる事になつてゐた。神嘗祭りの原義は、今年の稲作の前兆たる「ほ」を得て、祝福する穂祭りの変形であつて、刈り上げ祭りよりも早くからあつたものとは言はれない。此穂祭りが神社に盛んに行はれ、刈り上げ祭りは、一家の冬の行事となつたのであるらしい。

秋祭りの太鼓をめあてに、細道を行くと、落し水は堰路《ゐで》にたぶついて、稲子《いなご》は雨の降る様に胸・腰・裾に飛びつく。はざはまだな処もあり、既に組み立てられた田の畔《あぜ》もある。だがまだ、近い温泉町へ出かける相談などは、出来て居ないらしい。おちついた様で、ひと山、前に控へた小《こ》昼休みとでも言つた、安気《あんき》になりきれない顔色の年よりが、うろついてゐる。若い男は、も一つ実の入る様に、ひと囃しくれべいとでも考へてか、ぶちも折れよと、太鼓を打つてゐる。よく〳〵県下の社でも特殊神事とせられてゐるのでなければ、冬も霜月・師走に入つて、刈り上げ祭りらしいものを行うてはゐない。若しあつても「お火焼《ほたけ》」や「夜神楽」「師走祓へ」の様な外見に包まれてゐる。堂々たる祝詞や、卜《うらな》ひを伴ふ宮廷風の穂祭りは、神社の行事になり、村の昔の、もつと古くから続いた刈り上げの新嘗は、家々の内々の行事となつて行つた。早稲を試食した後だから、別の方法をとる村々もあつた。餅・粢《しとぎ》・握り飯・餡《あん》流し飯・小豆米、色々と村の供物《くもつ》の伝承は、分れて行つた。正月に餅つかぬ家や村などがあり、歳晩の一夜を眠らぬ風も行はれた。皆、刈り上げ祭りの夜の供物や物忌みの行はれた痕跡である。大歳《おほとし》の夜の事になつてゐるのは、実際謂はれのある事で、刈り上げ祭りが、春待つ夜に行はれた事をも見せて居るのだ。だが、祭りの時間が長びき、又一続きの儀式の部分に、大切な意義を考へる様になると、段々日を別けてする様になるのは、当りまへであつた。

新嘗祭りの十一月には、古くて秘密の多かつたらしい鎮魂の神遊びが続いてある。十二月になつて、清暑堂《せいしよだう》の御神楽があり、おしつまつて大祓へ・節折《よを》りが行はれる。其夜ひき続いて、直日神《なほびのかみ》の祭りから、四方拝とある外にも、今日では定めて行はれてゐない儀式が他にもあつたらしい。後には、元旦ではなくなつたが、歳旦《さいたん》の朝まつりごととして、まづ行はせられるはずの儀式が、拝賀であつた。

拝賀は臣下のする事で、天子は其に先だつて、元旦の詔旨《せうし》を宣《の》り降《くだ》されるのであつた。此時の天子の御資格が、神自身である事を忘れて、祭主と考へられ出したのは、奈良・藤原よりも、もつと古いことであらう。併し、天子は、此時遠くより来たまれびと神であり、高天原《たかまがはら》の神でもあつたのだ。

さうして、現実の神の詔旨伝達者《みこともち》の資格を脱却せられてゐる。元旦の詔旨を唱へられると共に、神自身になられるのである。其唱誦《しようしよう》の為に上られる高座《たかくら》が、天上の至上神《しじやうしん》としての資格の来り附いた事を示すので、此が高御座《たかみくら》であつた。そして、段々、大嘗祭りに限つた玉座の様に考へられて行つたのである。

大嘗祭りは、御世《みよ》始めの新嘗祭りである。同時に、大嘗祭りの詔旨・即位式の詔旨が一つものであつた事を示してゐる。即位から次の初春迄は、天子物忌みの期間であつて、所謂《いはゆる》まどこ・おふすまを被《かぶ》つて、籠《こも》られるのである。春の前夜になつて、新しい日の御子誕生して、禊ぎをして後、宮廷に入る。さうして、まれびととしてのあるじを、神なる自分が、神主なる自身から享けられる。此が、大祓へでもあり、鎮魂でもあり、大嘗・新嘗でもある。さうして、高天原の神のみこともちたる時と、神自身となられる時との二様があるので、伝承の呪詞《じゆし》と御座とが、其を分けるのである。即位元年は、実は、次の春であるべきであつた。大殿祭《おほとのほかひ》・祓への節折《よを》りに接して大嘗祭り、此に続いて鎮魂式、尚もひき続いて直日呪詞、夜が明けると共に、高御座ののりとが行はれる。此皆、天子自身の行事であつたのを、次第に忘れ、省き、天子のみこともちに委《ゆだ》ねられる様になつた。四方拝、実は、高御座の詔旨唱誦であつたのだ。かうして、神自身であり、神の代理者であることが定まる。

此が御代の始めであつた。此呪詞は、毎年、初春毎にくり返された事は、令《りやう》の規定を見ても知れるのである。此詔旨を宣《の》り降《くだ》される事は、年を始めに返し、人の齢《よはひ》も、殿の建て物もすべてを、去年のまゝに戻し、一転して最初の物にして了ふ。此までのゆきがゝりは、すべて無かつた昔になる。即位式が、先帝《せんだい》崩御と共に行はれる様になり、大・新嘗祭りは、仲冬の刈り上げ直後の行事と変り、日の御子甦生《そせい》の産湯なる禊ぎは道教化して、意義を転じ、元旦の拝賀は詔旨よりも、賀を受ける方を主とせられる様になつて行つた。でも、暦は幾度改つても、大晦日までを冬と考へ、元旦を初春とする言ひ方・思ひ方は続いてゐて「年のうちに、春は来にけり」など言ふ、たわいもない様な興味が古今集の巻頭に据ゑられる文学動機となつたのも、此によるのだ。又、世直しの為、正月が盆から再《ふたたび》はじまり、徳政が宣せられたりもした。後世の因明《いんみやう》論理や儒者の常識を超越した社会現象は、皆、此即位又は元旦の詔旨（のりとの本体）の宣《の》り直《なほ》す、と言ふ威力の信仰に基いてゐるのだ。

秋と言へば、七・八・九の三月中とする考へが、暦法採用以後、段々、養はれて来たが、十一月の新嘗の初穂を、頒けて上げようと言ふ風神との約束に「今年の秋《あき》ノ祭《まつ》りに奉らむ……」と言つた用例を残してゐる。此祝詞《のりと》は、奈良朝製作の部分が、まだ多く壊れないでゐるものと思へる。すると、秋祭りは刈り上げの祭りと言ふことになる。六月（月次祭）でも、九月（神嘗祭り）でも当らないから、此あきは、暦《こよみ》利用以前の秋に違ひなく、田為事《しごと》の終る時期を斥《さ》す語であらう。新嘗・市・交易・饗宴、かうした事実が、此語を中心にして聯絡を持つてゐるのは、あきが刈り上げの祭りの期間を表すこともあつたらしく思はせる。私は、仮説として、条件つきの立願《りふぐわん》をねぐ、願果《ぐわんはた》しをあくと言うたのではないかと考へてゐる。「秋祭りに奉らむ……」とあるのは「刈り上げの折のまつり」と言ふだけの事で、今の秋祭りに対しては、稍自由である。そして、こゝのまつりと言ふ語も、唯の祭典の義ではないらしい。

祭りの用語例は、二つあげたが、此は亦違つて、献上するの義である。たてまつる・おきまつる（奠）などのまつるで、神・霊に食物・着物其他をさしあげる事を表してゐる。先師三矢重松博士は、此「献《まつ》る」を「祭る」の語原とする説を強められた。まづ今までゞのまつりの語原論では、最上位のものである。師説を悟《もど》く様で、気術《きじゆつ》ないが、私はも少し先がある、と考へてゐる。

三

新嘗の意味の秋祭りの外に、秋に多い信仰行事は、相撲であり、水神祭りであり、魂《たま》祭りである。秋の初めから、九月の末に祭りを行ふ様な処までも、社々で、童《わらは》相撲・若衆《わかしゆ》相撲などを催す。それは、宮廷の相撲節会《すまひのせちゑ》が七月だから、其を民間で模倣したと言ふことも出来ぬ。此を農村どうしの年占《としうら》或は、作物競争と見る人もあらう。だが其よりも、不思議に、水神に関係してゐる事である。野見宿禰《のみのすくね》を必、先《まづ》、説く相撲は、「腰折れ田」の伝説から見ても、田の水に絡んでゐる。もつと古く溯ると、隼人の俳優《わざをぎ》・相撲などの起原を説く海幸彦《うみさちひこ》・山幸彦の争ひなどもさうで、水神と地霊との力比べを説く呪詞の、叙事詩化した物から出てゐるのである。水神に相撲の絡んでゐるのは、諏訪と鹿島両明神の力比べもさうであつて、海を越えて来た――天鳥船神《あめのとりふねのかみ》が伴うてゐる――神を鹿島とし、地霊を諏訪として、神話化したのである。

河童が相撲を好んで、人を見れば挑みかけるとしてゐる伝承も、基く所は古いのであつて、九州方の角力《すまう》行事なども、妖怪化した水の侏儒河童を対象にした川祭りが、大きな助勢をした様である。そして、春祭りに行うた筈のが、五月の田遊びにも、七月の水神祭りにも、処々の勝手で、行ひ改められたのであらう。然《しか》るに、大凡《おほよそ》、海から来る神の、川を溯つて、村々に臨む時期が、段々、きまつて来た。「夏と秋とゆきあひの早稲のほのぐ〵と」目につく頃である。

かうして、年一度来る筈の、海の彼方《あなた》のまれびと神が、度々来ねばならなくなり、中元を境にして、年を二つに分けて考へ、七月以後は春夏のくり返しと言ふ風の信仰が出て来た。此は、夏の禊ぎが盛んになつた為でゞもあつた。禊ぎには、まれびと神の来臨が伴ふものとしてゐた信仰からは、夏から秋への転化を、新しい年のはじまりと考へないでは居られなかつたのだ。

この時期は、仏家《ぶつけ》でも、盂蘭盆会《うらぼんゑ》を修《しゆ》する時である。歳の果《はて》から初春にかけて、海の彼方のまれびとが出て来、眷属《けんぞく》となつてゐる数多《あまた》の精霊も、其に随《したが》うて、村へ集る。村人の成年戒を受けて後死んだ者の魂は、皆、海の彼方の国――常世の国――に行つてゐて、それらが来るのである。で、年を元に戻し、春を齎《もたら》す呪詞の神の来る行事が、夏の終りにも再、行はれる様になると、常世の精霊たちも、秋のはじめに今一度、人間の村を訪れる事になる。其が、盂蘭盆と一つに考へられると、秋の魂祭りとなる。此中元に来るまれびとの考へは、海邑《かいいふ》から移つた山野の村の勢力の殖えた時代に、既に出てゐた。従つて、海に続いた川を遥かに溯つて来るもの、とせられる様になつた。

海岸に神を迎へた時代にも、地方によつては、此まれびとの為、一人、村から離れ住んで、海波の上に造り架けた様な、さずきともたなとも謂はれた仮屋の中で、機《はた》を織つてゐる巫女《みこ》があつた。板《た》挙《な》に設けた機屋《はたや》の中に居る処女《をとめ》と言ふので、此を棚機《たなばた》つ女《め》と言うた。又弟《おと》たなばたとも言ふのは、神主の妹分であり、時としては、最高位の巫女の候補者である為でゞもあつた。此棚機つ女の生活は、早く、忘れられる時代が来た。でも、伝説化して、今までも残つてゐる。したてる媛《ひめ》の歌と言ふ大歌夷曲《おほうたひなぶり》の「天《あめ》なるや弟たなばたの頸《うな》がせる珠《たま》のみすまる……」（神代紀）など言ふ句の伝つたのも、水神の巫女の盛装した姿の記憶が出てゐるのだ。これが初秋であり、川水に関係がある上に、機織る女性にまづ迎へられる男性と言ふ、輪廓の大体合うた処から、七夕の織女《しよくぢよ》・牽牛《けんぎう》二星を奠《まつ》る行事といふ風に、殆ど完全に、習合せられて了うた。

七夕の供へ物・立て物などを川へ流す外、川に棚や縄を懸けて、盆棚同様の供物をする処もある。又、害虫や睡魔を払ひ棄てる風俗さへ添うてゐる。此から見ると、水神祭りの形が、不自然な点の残らぬほど、星祭りに変つて行つても、やつぱりどこかに、古代の影は残つてゐたのだ。此水神祭りは、元々、夏祓へと同じものであつて、村や家に迎へる方は、盂蘭盆会に任せて了うて、水神迎へと禊ぎとの痕跡だけを、七夕の乞巧奠《きかうでん》に止めた。さうして、新しく水神祭りを始めて、灌漑の用水から、水死の防止などまでをも、委托する事になつたのである。

盂蘭盆会も、仏法種よりも、寧、古代信仰が多く残つてゐる様だ。飛鳥朝の末などの盂蘭盆の記録などの、異国臭いのと比べると、後代のは、よつぽど和臭を露骨にしてゐる。盆棚なども、仏家の式と言ふより、陰陽道を経て移つて行つた形なる事を見せてゐる。還つて来る精霊にも、尊者と従者或は無縁の霊などを分けてゐる。地方によつては、歳《とし》の夜から正月へかけて、戻つて来る聖霊《しやうりやう》の一群のあることを信じてゐて、其と歳棚《としだな》へ来る歳徳神《としとくじん》との間に区別を立てゝも居ない。「つれ〴〵草」には、東国の魂祭りの、大晦日の夜に行はれた印象を書いてゐる。だから、盆に戻る聖霊は、水神祭りの対象でもあり、夏祓へに臨むまれびとの一群でゞもあつたのだ。

夏にも鎮魂の式は忘れられてゐなかつた。飛鳥朝宮廷にも既に行うた記録のある元旦拝賀の儀の中の、諸氏の奏寿《そうじゆ》は、鎮魂祭の分裂したものであり、室町あたりから書き物に見える七夕の翌日から盆の前日にまで亘つた、生御魂《いきみたま》の「おめでた言《ごと》」と一つ事であつた。親や親方・烏帽子親《えぼしおや》を拝みに行く式である。宮廷では、主上自身、上皇・皇太后を拝みに、朝覲行幸《てうきんぎやうかう》を行はせられた。縁女・奉公人の藪入りも、上元・中元をめどとした親拝みの古風である。即、鎮魂の一様式でもあつた。

かうして見ると、秋祭りには、穂祭り・神嘗《かんなめ》祭りの意義のものが多く、真の秋祭りとも言ふべき新《にひ》嘗《なめ》祭りは、段々、消えて行つた。さうして其上に、夏祭りと同根の、夏祓への分化した様式が、七夕節供《せつく》や水神供《く》となり、又祭りの余興としか考へられなくなつた相撲があり、すつかり見えの変つて了うたのが、盂蘭盆であり、何ともつかぬ年中行事となつたのが、盆礼の「おめでたごと」であつた。

から言ふ夏祓へと、穂祭りとを合体させたものが、住吉の宝の市《いち》の神輿渡御《しんよとぎよ》であつた。桝《ます》を売るから、桝市とも言ふ。此方《こちら》から見れば、秋祭りであるが、神輿洗ひや童相撲などから見ると、祓へであり、水神祭りでもある。而も、其数日後の九月尽《くがつじん》に、神有月《かみありづき》に参加せられるのを見送るのだと言ふが、此は恐らく、秋から冬への季の移り目の祓への考への上に、田の神上げの行事がとりこまれてゐるのらしい。秋の終りに、田の神を上げると言ふ考へは、田の行事は秋きりとした考へが、事実の上にまだ秋果てぬ十月でも、田の神は還るものと、言語の上だけで信じた為もある。穂祭りの秋祭りも、さうした秋冬に対する伝承上の限界が事実を規定して、新嘗のおとりこしなど言ふ考へさへ添うて来たのかも知れない。

冬の行事の、秋にとりこされる様な風習のあつた痕は段々見える。中には、冬の行事なるが故に、一月以前にくりあげて行ふ、と言ふ風までも出来たらしい。門徒宗では親鸞忌の報恩講を、一月くりあげて、十月に修して、此をおとりこしと言うてゐる。十一月の冬至《とうじ》を冬の果と見る様な考へも、この風を助成したであらう。が、新嘗や鎮魂祭が冬の極み、と言ふ考へも伝つてゐた為、十二月にあるべき事を十一月にとり越してゐる。月次祭りの変形らしい。京辺の大社の冬祭りは、大抵十一月の行事になつてゐた。除夜から元旦へかけての、春祭りであるはずの条件を備へた、春日若宮《かすがわかみや》のおん祭りは、十一月の末に、田遊びや作物の祝言を執り行ふ。お火焼《ほた》きの神事は、正月十四日の左義長《ぎちやう》や、除夜にあつた祇園の柱焼きの年占《としうら》などを兼ねた意味のものであつて、初春を意味する日の前日にするはずのものだ。だから、上元の前日や、節分の日や、大晦日の夜に行ふべきのが、十一月中の神事ときまつてゐた。

四

市はもと、冬に立つたもので、此日が山の神祭りであつた。山の神女《しんによ》が市神《いちがみ》であつた。此が、何時からか、えびす神に替つて来、さうして、山の神に仕へる神女、即《すなはち》山の神と見なされたり、山姥《やまうば》と言ふ妖怪風の者と考へられたりしたのである。だから、年の暮れ、山の神が刈り上げ祭りに臨む日が、古式の市日《いちび》であつた。此意味で、天満宮節分の鷽替《うそかへ》神事などは、大晦日の市と同じ形を存してゐるのだ。其山の神祭りも、市神祭りの夷講《えびすかう》も、十月にとり越されて居る。而も、冬祓への変形らしい誓文払《せいもんばら》ひは、夷講に附随してゐる。正月の十日夷《とをかえびす》も十四日或は除夜の転化した祭日で、富みを与へる外に、祓へてくれるものであつたので、此も、春待つ夜の行事であつた。其が、市神・山の神の祭りと共に、繰り上げられて、十月の内に行はれる様になつた。山の神の祠《ほこら》の火焼《ほたけ》は、やはり、十一月のお火焼き神事と一つものであつた。

海から来る常世のまれびとが、やはり海の夷神に還元するまでは、山の神が代つて祓へをとり行うた。これは宮廷の大殿祭《おほとのほかひ》や大祓《おほはら》へに、山人と認定出来る者の参加する事から知れる。山人は、山の神人であり、山の巫女が山姥となつて、市日には、市に出て舞うた。此が山姥舞である。

大和磯城《しき》郡穴師山《あなしやま》は、水に縁なく見えるが、長谷川の一源頭《いちげんとう》で、水に関係が深かつた。穴師兵主《ひやうず》神は、あちこちに分布したが、皆水に交渉が深い。山人の携へて来るものが、山づとと呼ばれて、市日に里人と交易せられた。山蘰《やまかづら》として、祓へのしるしになる寄生木《ほよ》・栢《かへ》・ひかげ・裏白《うらじろ》の葉などがあり、採り物として、けづり花（鷺や粟穂《あはほ》・稗穂《ひえほ》・けづりかけとなる）・杖《つゑ》などがあつた。柳田先生の考へによれば、採り物のひさごも、山人のは、杓子《しやくし》であつた。

山人といふ語は、仙と言ふ漢字を訓じた頃から、混乱が激しくなる。大体、其以前から、山人は山の神其ものか、里の若者が仮装したのか、わからなかつた。平安の宮廷・大社に来る山人は、下級神人の姿をやつしたものと言ふ事が知れてゐた。

あしびきの　山に行きけむやまびとの心も知らず。やまびとや、誰（舎人《とねり》親王——万葉巻二十）

この歌では、元正《げんしよう》天皇がやまびとであり、同時に山郷《さんがう》山村《ふれ》（添上郡）の住民が、奈良宮廷の祭りに来るやまびとであつた。この二つの異義同音の語に興味を持つたのだ。仙はやまびととも訓ずるが、「いろは字類抄」にはいきぼとけとも訓んでゐる。いきぼとけの方が上皇で、山の神人の方が、山村の山の神であり、山人でもある村人であつた。

あしびきの山村《やま》行きしかば、山人の我に得しめし山づとぞ。これ（太上天皇——万葉巻二十）

此が、本の歌になつた天皇の作である。これにも、語の幻の重りあうたのを喜んで居《お》られるのが見える。山人を仙人にとりなして「命を延べてくれるやまびとの住む山村へ行つた時に、やまびとが出て来て、おれに授けた、山の贈り物だ。これが」と言ひ出された興味は、今でも訣《わか》る。高市《たかいち》・磯城《しき》の野に都のあつた間は、穴師山の神人が来、奈良へ遷《うつ》つてからは、山村から来る事になつたらしい。この山人が、次第に空想化して、山の神・山の精霊・山の怪物と感じられる様にもなつたのだ。穴師の神人《じんにん》は山人でありながら、諸国に布教して歩いた。それを見ると、里と交通の絶えた者どもでもなかつたのである。唯、市日と、宮廷・豪家《がうけ》の祓へに臨む時だけは、山蘰を捲き、恐らく、からだ中も、山の草木で掩《おほ》うてゐた事があるのだらう。

山城京になると、山人は、日吉《ひえ》から来たのらしい。三輪を圧へる穴師が、三輪山の上にあつた様に、賀茂を制する為の山の神は、高く聳《そび》える日吉の神でなければならなかつた。だから、はじめは、山人も比叡《ひえ》の神人の役であつたらう。而も、此が媚び仕へることによつて、神慮を柔げるものとしたのだ。賀茂にも、平野にも、山人が祭りに出たのは、媚び仕への形である。松尾が日吉と同じ神とせられてゐるのは、平野が大倭神《おほやまとがみ》であり、賀茂が三輪系統のあぢすきたかひこねの神としての伝へもあつたからであらう。日吉の神人は、松尾の社に近く住んで居たらしく、桂の里との関係も、考へられぬではない。

賀茂祭りの両蘰《もろかづら》は、葵《あふひ》と桂とであつた。だから、平安京の山人は、簡単な姿をしてゐたのであらう。そして、其祓へがすんで、神のかげを受けるものゝしるしとして、山づとの両蘰をくばつて歩いたのであらう。神になつた扮装の、極度に形式化したものが、蘰で頭を捲いたのだ。其が更に、物忌みの徽章《きしやう》化したのが両蘰の類で、標《し》め縄・標め串と違はぬ物になつたのである。

冬の祭りは、まづ鎮魂であり、又、禊ぎから出たものである。春祭りのとりこしもあるが、冬の月《つき》次祭《なみまつり》出のものもあり、新室ほかひに属するものもある。第一にきめてかゝらねばならぬのは「ふゆ」といふ語の古い意義である。「秋」が古くは、刈り上げ前後の、短い楽しい時間を言うたらしかつたと同様に、ふゆも極めて僅かな時間を言うてゐたらしいのである。先輩もふゆは「殖《ふ》ゆ」だと言ひ、鎮魂即みたまふりのふると同じ語だとして、御魂が殖えるのだとし、威霊《ゐれい》の信頼すべき力をみたまのふゆと言ふのだとしてゐる。即、威霊の増殖と解してゐるのである。触るか、殖ゆか、栄《は》ゆか。古い文献にも、既に、知れなかつたに違ひない。

誉田《ほむた》の日の皇子《みこ》　大雀《おほさゝぎ》　おほさゝぎ、佩《は》かせる太刀《たち》。本《もと》つるぎ　末《すゑ》ふゆ。冬木のす　枯《から》が下《した》樹《き》の　さや〳〵（応神記）

たゞ、此国栖《くず》歌で見ると、所謂国栖ノ奏《そう》の意義が知れる。此は、国栖人のする奏寿《そうじゅ》で、鎮魂の一方式なのだ。此太刀は常用の物でなく、鎮魂の為の神宝なので、石《いそ》ノ上《かみ》の鎮魂の秘器なる布留《ふる》の御霊の様に、幾叉にも尖《さき》が岐《わか》れて居た。劔《つるぎ》と言うたのは、両刃《もろは》を示すので、太刀の総名であり、根本は両刃の劔の形である。尖の方では、分岐して幾つにもなつてゐる。かう言つて来て、祓へに使ふ採り物の木の方に移るのだ。

枯野《からぬ》を塩に焼き、其《し》があまり琴に作り、かきひくや　由良《ゆら》の門《と》の門中《となか》の岩礁《いくり》に　ふれたつ　なづの木の。さや〳〵（仁徳記）

と言ふのも、実は国栖歌の同類である。恐らくは、謡ひ納《をさ》めの末歌ではなからうか。ふゆきと言ふのは、冬木ではなく、寄生《ほよ》と言はれるやどり木の事であらう。「寄生木《ふゆき》のよ。其《その》」と言ひつゞけて、本末から幹《から》の聯想をして「其やどつた木の岐れの太枝《から》の陰の（寄生）木のよ。うちふるふ音のさや〳〵とする、この通り、御身・御命の、さつぱりとすこやかにましまさう」と言ひつゞけて、からがしたきからからぬを起して、しまひに、採り物のなづの木の音のさや〳〵に落して行つたのだ。枯野を舟の名とする古伝承は疑はしい。

此「なづの木よ。いづれのなづぞ。」かう言ふ風な言ひ方で「幹《から》ぬよ。其木の幹を海渚に持ち出で焼き、禊ぎさせる今。此弾く琴も、其幹のづぬけた部分で作り、かう掻きひくところの、音のゆら

〱でないが、由良の海峡《せと》の迫門中《となか》のよ。其岩礁《がんせう》に物が触れるではないが、御身に触れ撫でようと設けた此なづの木の、御衣にふれる音よ。そのさや〱と栄えましまさう。」かう言つた風に、天子の呪力から、自分の採り物として頭にかざした寄生木《やどりぎ》に寄せ、又撫で物として節折《よを》りに用ゐたなづの木——恐らくなすの木で、聖木つげの類のいすの木（ひよんともいふ）——に寄せて行く間に、建て物の祝言として、き（木）を繰り返し、鎮魂関係の縁語ふゆ・さや〱・潮水《しほ》・琴・ゆら・ふる・なづなどを、無意識ながらとりこんでゐるのである。

寄生木は、外国でもさうである如く、我国でも、神聖な植物としてゐた。

あしびきの山の木末《こぬれ》のほよとりて、かざしつらくは、千年祝《ちとせほ》ぐとぞ（万葉巻十八）

家持の歌である。此木を鈿《うず》に挿して、正月の祝福をしたのであつた。此は、山人のするやまかげ・やまかづらの一つだつたのである。ほよともふゆとも言うたからの懸け詞で、なづと撫づとをかけたと等しい。ふゆに、殖ゆは勿論触《ふ》るを兼ねて、密着の意をも持つてゐるのだ。鎮魂式には、外来の威霊が新しい力で、身につき直すと考へた。其が、展開して、幾つに分裂《ふや》しても本《もと》の威力は減少せない、と言ふ信仰が出来た。

鎮魂式に先だつ祓への後に、旧霊魂の穢れをうつした衣を、祓への人々に与へられた。此風から出て、此衣についたものを穢れと見ないで、分裂した魂と考へる様になつた。だから、平安朝には、歳暮に衣配《きぬくば》りの風が行はれた。春衣を与へると言ふのは、後の理会《りくわい》で、魂を頒ち与へるつもりだつたのである。即みたまのふゆの信仰である。この場合のふゆは殖ゆなどの動詞ではなく、語根体言であつて、「分裂物」などの意であるが、かうした言語の成立は、類例が少い。語頭に来る語根体言はあつても、語尾に来るものは珍らしい。

此は、此語が極めて長く、呪詞・叙事詩の上に伝承せられてゐた事を示してゐるのだ。霊の分裂を持つことは、後代の考へ方では、本霊の持ち主の護りを受ける事になる。其で、恩賚《おんらい》など言ふ字をみたまのふゆと読むやうになり、加護から更に、眷顧《けんこ》を意味する事にもなつた。給ふ・賜はる・みたまたまふなど言ふ語さへも、霊の分裂の信仰から生れた。みたまのふゆと言ふ語は、鎮魂の呪詞から出たものであらうが、其用途は次第に分岐して行つたらしい。数主並叙法《すうしゆへいじよほう》とも言ふべき発想法をしてゐる。

家の祝言が、同時に、家あるじの生命・健康の祝福であり、同時にまた、家財増殖を願ふ事にも当る。時としては、新婚の夫婦の仲の遂げる様、子の生み殖える様に、との希望を予祝する目的にも叶ふのであつた。此みたまのふゆの現れる鎮魂の期間が、ふゆまつりと考へられたのであらう。そして、ふゆだけが分離して、刈り上げの後から春までの間を言ふ様になり、刈り上げと鎮魂・大晦日との関係が、次第に薄くなつて行つて、間隔が出来た為、冬の観念の基礎が替つて行つた。そして暦の示す三个月《か》の冬季を、あまり長過ぎるとも感じなくなつたと見える。

五

私はもう春まつりの事に、多少触れて来た。こゝらでまつりの原義を説いて、此文章を結びたいと思ふ。霊魂の分裂信仰よりも、早く性格移入を信じてゐた古代人は、呪詞を威力化する呪詞神の霊力が、呪詞を唱誦《しやうしよう》する人に移入して、呪詞神其《その》ものとする、とした事は言うた。神の希望は、人間には命令であり、規定であつた。此神意を宣《の》る呪詞を具体化するのは、唯伝達し、執行するだけであつた。神の呪力は、人を待たずとも、効果を表すが、併し、其伝誦を誤ると、大事である。だから、御言伝宣者《みこともち》は、選ばれなくてはならなかつた。まつるの語根まつは、期待の義に多く用ゐられるが、もつと強く期する心である。焦心を示す義すらあつた。神慮の表現せられる事が「守《ま》つ」であつた。卜象《ぼくしやう》をまちと言ふのも、其為である。神慮・神命の現れるまでの心をまつと言ふまち酒などは、それである。単なる待酒・兆酒《きざしざけ》ではなかつた。

まつを原義のまゝで、語根として変化させると、まつる・またすと言ふ二つの語が出来た。まつるは神意を宣《の》る事である。そして、神自身宣《せん》するのでなく、伝宣する意義であつたらしい。「少御神《すくなみかみ》の、神寿《かむほ》きほきくるほし、豊寿《とよほ》きほき旋廻《もとほ》し、麻都理許斯御酒《まつりこしみき》ぞ」(仲哀記)とあるのを見ると、少《すくな》彦名《ひこな》神が、呪詞神の酒ほかひの詞を、神寿き豊寿きに、ほき乱舞し、ほき旋転あそばされて、宣《まつ》りつゞけて出来た御酒ぞと言ふのか、少彦名のはじめた呪詞を、神人がほき宣《まつ》り続けて、作られた御酒ぞ、ともとれる。どちらにしても、こゝのまつるは、少彦名自身が、自分の呪詞を自ら宣《まつ》られたり、献り来られた御酒だとは言へない。併し、まつるに呪詞を唱へると言ふ義のあることは知れる。またすは、伝宣せしめるので、神の側の事である。神意を伝宣し、具象せしめにやることである。其が広く遣・使などに当る用語例に拡がつた。

だから、第一義のまつりは、呪詞・詔旨を唱誦する儀式であつたことになる。第二義は、神意を具象する為に、呪詞の意を体《たい》して奉仕することである。更に転じては、神意の現実化した事を覆奏《ふくそう》する義にもなつた。此意義のものが、古いまつりには多かつた。前の方殊に第二は、まつりごとと言ふ側になつて来る。其が偏《かたよ》つて行つて、神の食国《をすくに》のまつりごとの完全になつた事を言ふ覆奏《まつり》が盛んになつた。此は神嘗祭りである。

其以下のまつりは、既に説いて了うた。かうして、春まつりから冬まつりが岐れ、冬まつりの前提が秋まつりを分岐した。更に、陰陽道が神道を習合しきつて後は、冬祓へより夏祓へが盛んになり、其から夏まつりが発生した。さうして、近代最盛んな夏祭りは、実は、すべての祭りの前提として行はれた祓《はら》への、変形に過ぎなかつたのである。

此が、祭りについての大づかみな話である。

昭和二年六月頃草稿

髯籠の話

一

十三四年前、友人等《ら》と葛城山の方への旅行した時、牛滝から犬鳴山へ尾根伝ひの路に迷うて、紀州西河原と言ふ山村に下りて了《しま》ひ、はからずも一夜の宿を取つたことがある。其翌朝早く其処《そこ》を立つて、一里ばかり田中の道を下りに、粉河寺《こかはでら》の裏門に辿り着き、御堂を拝し畢《をは》つて表門を出ると、まづ目に着いたものがある。其日はちようど、祭りのごえん（後宴か御縁か）と言うて、まだ戸を閉ぢた家の多い町に、曳き捨てられただんじりの車の上に、大きな髯籠《ひげこ》が仰向けに据ゑられてある。長い髯の車にあまり地上に靡《なび》いてゐるのを、此は何かと道行く人に聞けば、祭りのだんじりの竿の尖《さ》きに附ける飾りと言ふ事であつた。最早十余年を過ぎ記憶も漸く薄らがんとしてゐた処へ、いつぞや南方氏が書かれた目籠の話を拝見して、再此《ふたたび》が目の前にちらつき出した。尾芝氏の柱松考《はしらまつ》（郷土研究三の一）もどうやら此に関聯した題目であるらしい。因《よ》つて、自分の此に就ての考へを、少し纏めて批判を願ひたいと思ふ。

髯籠《ひげこ》の由来を説くに当つて、まづ考へるのは、標山《しめやま》の事である。避雷針のなかつた時代には、何時《いつ》何処に雷神が降《くだ》るか判らなかつたと同じく、所謂《いはゆる》天降《あも》り着く神々に、自由自在に土地を占められては、如何に用心に用心を重ねても、何時神の標《し》めた山を犯して崇《たた》りを受けるか知れない。其故《それゆゑ》になるべくは、神々の天降《あも》りに先だち、人里との交渉の尠い比較的狭少な地域で、さまで迷惑にならぬ土地を、神の標山と此方《こちら》で勝手に極《き》めて迎へ奉るのを、最完全な手段と昔の人は考へたらしい。即《すなわち》、標山は、恐怖と信仰との永い生活の後に、やつと案出した無邪気にして、而《しか》も敬虔なる避雷針であつたのである。勿論神様の方でも、さう〳〵人間の思ふまゝになつて居られては威厳にも係《かかは》ること故、中には天《あめ》ノ探女《さぐめ》の類で、標山以外の地へ推《お》して出られる神もあつたらうが、大体に於ては、まづ人民の希望に合《あは》し、彼らが用意した場所に於て、祭りを享《う》けられたことであらう。

ちはやぶる神の社《やしろ》しなかりせば、春日《かすが》の野辺に粟蒔《あはま》かましを（万葉巻三）

と歌うた万葉集の歌の如きは、此標山を迷惑がつた時代の人の心持ちを、よく現してゐると思ふ。さて、右の如く人民の迷惑も大ならず、且《かつ》神慮にも協《かな》ひさうな地が見たてられて後、第一に起るべき問題は、何を以て神案内の目標とするかと言ふことである。後世には、人作りの柱・旗竿《はたさを》なども発明せられたが、最初はやはり、標山中の最神の眼に触れさうな処、つまりどこか最天に近い処と言ふ事になつて、高山の喬木《けうぼく》などに十目《じふもく》は集つたことゝ思ふ。此の如くして、松なり杉なり真木《まき》なり、神々の依りますべき木が定つた上で、更に第二の問題が起る。即、其木が一本松・一本杉と言ふ様に注意を惹き易い場合はとにかく、さもないと折角標山を定めた為に、雷避けが雷招きになつて、思はぬ辺りに神の降臨を見ることになると困るから、茲《ここ》に神にとつてはよりしろ、人間から言へばをぎしろの必要は起るのである。

元来空漠散漫《くうばくさんまん》なる一面を有する神霊を、一所に集注せしめるのであるから、適当な招代《をぎしろ》が無くては、神々の憑《よ》り給はぬはもとよりである。此理《ことわり》は、極々《ごくごく》の下座の神でも同じことで、賀茂保憲《やすのり》が幼時に式神《しきがみ》が馬牛の偶像を得て依り来るを見たと言ふ話、更に人間の精霊でも瓜・茄子《なす》の背に乗つて、始めて一時の落着き場所を見出すと言ふなども、同じ思想に外ならぬ。神殿の鏡や仏壇の像、さては位牌・写真の末々に到るまで、成程人間の方の都合で設けた物には相違ないが、此が深い趣旨は、右の依代《よりしろ》の思想に在るのである。かの天《あま》の窟戸《いはと》開きに糖戸神《あらとのかみ》の苦心になつた八咫鏡《やたのかがみ》を立てたといふのも、考へやうによつては不思議な話で、此を説明して語部《かたりべ》の或《ある》者が、此様な、あなたよりも立派な神様がおいでになりますから、あなたを煩はさずともよろしいと、皇神《すめがみ》の反抗心を挑発する為に、御影《みかげ》を映す鏡を立てた様に言ふのも、必《かならず》しも不自然な解釈とは言はれぬ。此も神器《じんぎ》の絶対の尊厳を会得せしめん為に、皇神其《それ》自ら或《あるい》は其以上との信仰を持たせようとしたものであらうと思ふ。

二

一昨年熊野巡りをした節《せつ》、南牟婁《むろ》郡神崎茶屋などの村の人の話を聞いたのに、お浅間《せんげん》様・天王《てんわう》様・夷《えびす》様など、何れも高い峯の松の頂に降られると言ふことで、其梢にきりかけ（御幣）を垂《し》でゝ祭るとの話であつた。神の標山には必神の依るべき喬木《けうぼく》があつて、而も其喬木には更に或よりしろのあるのが必須の条件であるらしい。併しながら依代《よりしろ》は、何物でも唯《たゞ》神の眼を惹くものでさへあればよろしいといふわけには参るまい。人間の場合でも、髪・爪・衣服等、何かその肉体と関係ある物をまづ択び、已《や》むを得ざれば其名を呼んだわけで、さてこそ、呪咀にも、魂喚《たまよば》ひにも、此等《これら》のものが専《もつぱ》ら用ゐられたのである。尤《もつと》も、素朴単純な信仰状態では、神の名を喚んだゞけで、其属性の或部分を人間が左右し得たので、神は即惹かれ依るものと信ぜられたのである。念仏宗などは、或点から見れば、実に羨ましい程、原始的な意義を貽《のこ》してゐる。

今少し進んだ場合では、神々の姿を偶像に作り、此を招代《をぎしろ》とする様になつた。今日の如き、写生万能の時代から遠い古代人の生活に於ては、勿論今少し直観的象徴風の肖像でも満足が出来た。仏教では、宇宙に遍満し給ふ盧遮那仏《るしやなぶつ》をさへ具象せしめてゐるが、我古代人には、神も略《ほゞ》人間と同じ様子を具へたまふものとの考へはあつたらうが、さて此を具象化する段には、譬へば十三臂《ぴ》ありとか、猪に乗るとか、火焔を負ふとか言ふ、一定の約束がない為に、却つて種々の疑問を起し易い所から、寧《むしろ》描写を避け、象徴に進んだ事と思ふ。だから仏像の輸入に刺戟せられ、思ひ切つて具象化した神像の中には、今日何神やら判然せぬものが多い。蓋《けだ》し我古代生活に於て、最偉大なる信仰の対象は、やはり太陽神であつた。語部の物語には、種々な神々の種々な職掌の分化を伝へてゐるが、純乎たる太陽神崇拝の時代から、職掌分化の時代に至る迄には、或過程を頭に入れて考へねばなるまいと思ふ。勿論原始的な太陽神崇拝の時代でも、他の神々の信仰は無かつたと言ふのではない。唯、今少しく非分業的であつたと思ふのである。併し此赫奕《かくえき》たる太陽神も、単に大空に懸りいますとばかりでは、古代人の生活とは、霊的に交渉が乏しくなりやすい。故にまづ其象徴として神を作る必要が生じて来る。茲《ここ》に自分は、太陽神の形代《かたしろ》製作に費された我祖先の苦心を語るべき機会に出遭つた。

まづ形代に就て、かねて考へてゐた所を言へば、一体人間の形代たる撫物《なでもの》は、すぐさま川なり、辻なりに棄《う》つべき筈なるに、保存して置いて魔除《まよ》け・厄除《やくよ》けに用ゐるといふのは、一円合点の行かぬ話であるが、此には一朝一夕ならぬ思想流転の痕《あと》が認められるのである。神の形代に降魔《がうま》の力あるは勿論であるが、転じては人の形代にも此神通力を附与するに至つた。其仔細を理解するには、形代に移されたる人の穢《けが》れ即悪分子は、八十禍津日《やそまがつひ》・大禍津日《おほまがつひ》化生《くわせい》の形代をさながらに、御霊《ごりやう》的威力を振《ふる》うて、災禍を喰ひ留めてくれると言ふ外に、尚古代人が実在の親しむべきを知ると共に、実在を超越する程度の高いものほど、怖しさの程度が加はると感じた根本観念を推測して見ねばならぬ。

実在する間は、人間の意のまゝに活殺し得べき動物が、一歩実在性を失ふや、忽《たちま》ち盛んに人間を悩まし、或は未然を察知し、或は禍福を与奪する。又我々の属性の部分々々でも、抽象的なものほど恐怖の念を唆《そそ》る傾向のあつたもので、分裂などゝ言へば事々しいが、我身よりあくがれ出づる魂の不随意的な行動を、自ら恐れることすらあつた。かの六条の御息所《みやすどころ》の恐怖などは、啻《ただ》に道徳上の責任を思つた為のみではなかつたので、寧《むしろ》、我魂魄《こんぱく》に対する二元的の感情であつたかと思ふのである。

話が岐路に入つたが、立ち戻つて標山《しめやま》の事を言はう。標山系統のだし・だんじり又はだいがくの類には、必中央に経棒《たてぼう》があつて、其末梢には更に何かの依代《よりしろ》を附けるのが本体かと思ふ。彼是《かれこれ》記憶に遠い話よりは、自分に最因縁の深い今の大阪市南区木津《きづ》、元の西成《にしなり》郡木津村で、今から十年前まで盛んであつただいがくに就て話して見よう。

故老の言ひ伝へには、京祇園《ぎをん》の山鉾《やまぼこ》に似せて作つたと言ふが、此と同型の物の分布する地方は広く、五十年や百年以来の思ひつきとは認められぬ。まづ方《はう》一間《けん》高さ一間ばかりの木の籰《わく》を縦横に貫いて緯棒《ぬきぼう》を組み、経棒《たてぼう》は此籰《わく》の真中に上下に開いた穴に貫いて建てる。柱の長さは普通の電信柱の二倍もあらう。上には鉾と称へて、祇園会《ぎをんゑ》のと同じく円錐形の赤地の袋で山形を作つた下に、ひげこと言うて径一丈余の車の輪のやうに輞《おほわ》に数多《あまた》の竹の輻《や》の放射したものに、天幕《てんまく》を一重に又は二層に取り付け、其陰に祇園巴《ともゑ》の紋の附いた守袋を下げ、更に其下に三尺程づゝ間を隔てゝ十数本の緯棒《ぬきぼう》を通し、赤・緑・紺・黄などにけばく\しく彩《いろど》つた無数の提灯を幾段にも掛け列《つら》ね、夜になると此に灯を点じて美しい。其又下は前に申した籰《わく》であつて、立派な縫箔《ぬひはく》をした泥障《あほり》をつけた、胴の高さ六尺余の太鼓を斜《なゝめ》に柱にもたせかけ、膝頭までの揃ひの筒袖を着た男が、かはるぐ\登つて、鈴木主水《もんど》だの石井常右衛門だのゝ恋語りを、やんれ節の文句其儘《そのまゝ》に歌ひ揚げるのである。

昨年五月三十日相州《さうしう》三崎《みさき》へ行つた時、同地祭礼で波打際に子供の拵《こしら》へた天王様が置いてあつたが、やはり籰《わく》の穴に榊の枝幾本となく、門松などの様に挿してあるのが、所謂山の移り出た様で、坐《そゞろ》に故郷の昔の祭りが懐しく思ひ出された。木津では既に電線に障《さは》るとの理由で其柱も切られ、今では八阪社の絵馬堂《ゑまだう》の柱となつて了うたのである。此又籰《わく》と言ふ物が、横臼を曳き出したり、綱を敷いたり、さては粟穀を撒いて早速《さそく》の神座を作つたのと同様に、古代人の簡易生活を最鮮明に表示して居るので、漁師村などによく見掛ける地引網の綱を捲く台であつた様だ。小さい物では、大阪で祭りの提灯を立てる四つ脚の籰《わく》なども、地を掘つて柱を建てぬのは、即昔の神座の面影を遺すものではあるまいかと思ふ。

三

さて此類の柱又は旗竿には、必《かならず》其尖《さき》に神の依代とすべき或物品を附けたものである。木津のだいがくなども、自分等が覚えてから、町によつては三日月・鎗《やり》・薙刀《なぎなた》・神楽鈴・三本鎗・千成瓢簞《せんなりべうたん》など色々立てる様になつたが、依代の本体はやはり天幕に掩《おほ》はれた髯籠であつた。此は、其頃あつた若中《わかなか》（今は勿体らしく青年会）のだいがく、並びに西成郡勝間《こつま》村・粉浜《こはま》村・中河内の住道《すんぢ》村などで以前出した物には、天幕も鉾もなく露出して居つて、柱の尖には榊などの束ねたのがあるばかり、最目につくのは、此髯籠《ひげこ》であつた。後世漸く本《もと》の意《こゝろ》が忘却せられ、更に他の依代を其上に加ふるに到つたのかと思ふ。

然《しか》らば其髯籠の本意は如何《いかに》と言ふと、地祇《ちぎ》・精霊或は一旦標山に招《を》ぎ降した天神などこそ、地上に立てた所謂一本薄《ひともとすゝき》（郷土研究二の四）、さては川戸のさゝら荻にも、榊葉《さかきば》にも、木綿《ゆふ》しでにも、樒《しきみ》の一つ花（一本花とも）の類にも惹かれよつたであらうが、青空のそきへより降り来る神に至つては、必何かの目標を要した筈である。尤《もつとも》後世になつては、地神のよりしろをも木や柱の尖《さき》に結び附けたことはあつたが、古代人の考へとしては、雲路を通ふ神には、必或部分まで太陽神の素質が含まれて居たのであるから、今日遺つて居る髯籠の形こそ、最大昔の形に近いものであるかと思ふ。木津の故老などがひげことは日の子の意で、日神《ひのかみ》の姿を写したものだと申し伝へて居るのは、民間語原説として軽々に看過する事が出来ぬ。其語原の当否はともかく、語原の説明を藉《か》りて復活した前代生活の記憶には、大きな意味があるのかも知れぬ。

木津のだいがくのひげこは、単に車の輪の様な形のものになつて居るが、若中《わかなか》のもの其他村々所用の物では、いづれも轂《こしき》より八方に幾本となく放射した御祖師花《おそしばな》（東京のふぢばな）の飾《かざり》をかく称するのを見ると、後代紙花を棄て、輪を取りつけ天幕を吊りかけて、名のみを昔ながらに髯籠《ひげこ》と言ふのであらう。我々の眼には単なる目籠でも同じことの様に見えるが、以前は髯籠《ひげこ》の髯籠たる編み余しの髯が最重要であつたので、籠は日神を象《かたど》り、髯は即《すなはち》後光を意味するものであると思ふ。十余年前粉河《こかは》で見た髯籠《ひげこ》の形を思ひ浮べて見ても、其高く竿頭《さをがしら》に靡《なび》くところ、昔の人に、日神の御姿を擬《こら》し得たと考へしむるに、十分であつたことが感ぜられる。

東京などで祭礼の日に舁《かつ》ぎ出す万燈《まんどう》の中には、簡単な御幣《ごへい》を竿頭に附けたものもあるが、是亦《これまた》所謂御祖師花の類を繖状《きぬがさなり》に放射させたのが正しい元の形式であつたらう。池上会《ゑ》式の万燈には、雪の山かとばかり御祖師花を垂れたのをよく見受ける。中山太郎氏の談に依れば「ゐみぐさ」と言ふ書に見えた佐渡の左義長《さぎちやう》の飾り物で、万燈同様に舁ぎ出し、海岸で焼却するものにも、同じ様に紙花を挿し栄《はや》して居た。更に野州《やしう》・上州に亘つて、大鳥毛《おほとりげ》を見る様に葬式の先頭に振りたてゝ、途《みち》すがらお捻《ひね》り銭を揺りこぼして行き、此を見物群衆の拾ふに任せる花籠と言ふものも、やはり此系統に属する物ではないかと思ふ。

要するに当初の単純な様式が一変して、後には髯籠の周囲に糸を廻《めぐ》らし、果《はて》は紙を張つて純然たる花傘となし、竹の余りに瓔珞風《やうらくふう》に花などを垂下せしむる等《など》、次第に形式化し観念化し、今では殆ど何の事やら分らぬやうになつたのである。万燈などは割合に丈が低いが、最初、深山木《みやまぎ》の梢から、此を里の祭の竿の尖に移し始めた頃のものは、竿の高さも遥かに高かつた上に、髯籠の形式も純一であつたとすれば、此類の象徴は頗《すこぶ》る鮮明に人の心に痕《あと》を印することが出来たらうと考へられる。

最近のものでは、日《ひ》ノ丸《まる》の国旗の竿の尖に、普通は赤い球などを附け、日は一つ影は三つの感があるが、稍《やや》大きな辻々などに立てる旗竿には、是亦《これまた》目籠に金紙・銀紙などを張つてゐる。五月幟《さつきのぼり》の竿の頭にも、東京では此に似た目籠又は矢車などを附けるが、栃木地方の人の話では、あの辺では十数年前迄は髯籠を取り付けて居たと言ふ。此から更に想像の歩を進むれば、今日の鯉幟《こひのぼり》なども或は亦髯籠の一転化かも知れぬ。髯籠から吹貫《ふきぬ》き又は吹き流しへ、吹貫き吹流しから鯉幟へ、道筋を辿ることはさして困難ではない。吹貫きは単に目籠の下へ別に取り付けた所謂髯とも見得るのである。

次に言ふべきは、修験道の梵天《ぼんてん》のことである。目籠と梵天との関係は、今の処まだ、何《いづ》れが親何れが子とさう手軽には決し兼ねるが、二者の形似《けいじ》は確かに認めねばならぬ。唯目籠の単純なるに比して、梵天には更に御幣の要素をも具へて居るのである。京阪では張籠《はりこ》のことをぼてと謂ふ。此《これ》はぼてぐ〳〵と音がするからぼてと謂ふのか、と子供の時は考へてゐたが、此もどうやら梵天と関係がありさうだ。

我々上方育ちの者には、梵天と謂へば直ちに芝居の櫓などに立てた、床屋の耳掃除に似た頭の円《まる》く切り揃へられた物を聯想するが、関東・北国等の羽黒信仰の盛んな地方では必しも然《しか》らず、ぼんてん即幣束《へいそく》の意に解して居り、其形状も愈《いよいよ》削り掛け又はいなうの進化したもの〻様に見えて参《まい》る。香取氏の梵天塚の話（郷土研究二の五）などを見ても、梵天・幣束・招代《をぎしろ》の三者の関係は直観し得るのである。

梵天に就ては後に今一度言ふべき折があるが、茲《ここ》には唯張籠《はりこ》と梵天との語原的説明を介して、髯籠と梵天との関係を申した迄である。ぼてと言ふ籠の名が擬声語でないことは他にも証拠がある。肥え太つた女などの白く塗り立てたのを白ぼてなど〻言ふが、此などは勿論音からではなく、梵天瓜《うり》の白いのを白梵天と言ふ処から、人にも譬へて用ゐたのであるらしいことを考へると、自《おの》ら命名の理由の外に在るべきを推測せしむるのである。

四

髯籠《ひげこ》の因《ちなみ》に考ふべき問題は、武蔵野一帯の村々に行はれて居る八日どう又は八日節供《せつく》と言ふ行事である。二月と十二月の八日の日、前晩からめかい（方形の目笊《めざる》）を竿の先に高く揚げ、此夜一つ眼と言ふ物の来るのを、かうしておくと眼の夥《おびただ》しいのに怖ぢて近づかぬと伝へてゐる。

南方氏の報告にも、外国で魑魅《ちみ》を威嚇する為に目籠を用ゐると言ふ事が見えてゐたが、其は恐らく兇神《きようしん》の邪視に対する睨み返しとも言ふべきもので、単純なる威嚇とは最初の意味が些《すこ》し異《ことな》つて居たのではないか。天つ神を喚び降《おろ》す依代《よりしろ》の空高く揚げられてある処へ、横合からふと紛れ込む神も無いとは言はれぬ。

今日の稲荷下げの類でも、際限もなくあちこちの眷属《けんぞく》殿が憑《よ》り来り、はては気まぐれの狸までが飛び入りをして、蒟蒻《こんにやく》・油揚などをしこたませしめて還る事もある。其程でなくても、通り神又は通り魔などゝ言ふ類もある。何《いづ》れは人間でも、浮浪人は悪い事を犯し易い不安定状態に在る如く、浮浪神《うかれがみ》も亦何時何処《いつどこ》に割り込んで来て、神山を占めんとするやら計り難い故に、旁《かたがた》太陽神の御像ならば、睨み返しも十分で安心と言ふ考へであつたかと思はれる。

勿論此迄《ここまで》到来するには、数次の思想変化があつたに相違ない。最初は単純に招代であつたのが、次には其片手間に邪神《あしきかみ》を睨み返すことゝなり、果《はて》は蘇民将来子孫《そみんしやうらい》とか、鎮西八郎宿《ちんぜいはちらう》とか言ふ様に英雄神の名に托して、高く空よりする者の寄り来るを予防した次第である。西川祐信《にしかはすけのぶ》画の絵本徒然草に、垣根に高く樹《た》てた竿の尖に鎌を掲げた図面があつた。余りに殺風景な為方《しかた》とは思ふが、目籠と言ひ、鎌と言ひ、畢竟《ひつきやう》は一つである。

卯月《うづき》八日のてんたうばななども、釈尊《しやくそん》誕生の法会《ほふゑ》とは交渉なく、日の斎《ものいみ》に天道《てんたう》を祀《まつ》るものなるべく「千早ふる卯月八日は吉日よ、かみさげ虫の成敗ぞする」と申すまじなひ歌と相俟《あひま》つて、意味の深い行事である。但《ただし》、竿頭《かんとう》のさつきの花だけは、花御堂《はなみだう》にあやかつたものであつて、元はやはり髯籠系統のものであつたかと推測する。尚後の話の都合上此《この》八日と言ふ日どりを御記憶願つておく。

日章旗の尖《さき》の飾玉《かざりだま》などが、多くは金銀紙を貼《は》り、又は金箔などを附けて目籠の目を塞ぎ、或は木細工の刳《く》り物などを用ゐて居るのは、元来此物がをぎしろであつて、魔を嚇《おど》すが本意ではなかつたことを暗示し、即武蔵野の目かいの由来談に裏切りするものである。殊《こと》に八日日《やうかび》の天道花などに至つては、どう見ても魔の慴伏《せふふく》しさうなものでない。而もかくの如く全然当初の趣意が忘却せられるに至つても、所謂民俗記憶はいつまでも間歇的に復活し来り、屢此《しばしば》がよりしろに用ゐられて居たのは偶然ではない様に思ふ。

さて、招祭《をぎまつ》りの対象が神であれ精霊《しやうりやう》であれ、依代の役目には変りがないとすれば、此間には何か前代人の遺《のこ》した工夫の跡がある筈《はず》である。かく考へて注意して見ると、おもしろいのはかの盂蘭盆《うらぼん》の切籠燈籠《きりことうろう》である。此物の名の起りに就《つい》ては、柳亭種彦《りうていたねひこ》の還魂紙料《すきかへし》あたりに突拍子な語原説明もあるが、切籠はやはり単純に切り籠で、籠の最《もつとも》想化せられたものと言ふべく、盆の夕に家々で此を吊るのは、別に仏説に深い根拠のあることゝも思はれぬ。尤《もつとも》支那でも、盂蘭盆に火を焼き燈竿《とうかん》を樹てること、書物にも見えては居るが、所謂唐風の輸入には必《かならず》在来のある傾向を契機としたもので、力強い無意識的模倣をするに至つた根柢には、一種国民の習癖ともいふべきものに投合する事実があつたのだ。併し、此も亦多くの例の一《ひと》に外ならぬ。

盂蘭盆と大祓《おほはらへ》との関係の如きも亦此《またこれ》で、斉明朝の純然たる仏式模倣から、漸次《ぜんじ》に大祓思想の復活融合を来たしたやうに、習慣復活の勢力に圧《お》されて、単純なる供燈《くとう》流燈の目的の外に、更に其上に精霊誘致の任務にも用ゐられた訣である。をこがましい申し分ではあるが、かの本地《ほんぢ》垂迹説《すいじやくせつ》を単に山家《さんけ》・南山《なんざん》の両大師あたりの政略であつた様に言ふ歴史家の見解は、仮令《たとひ》結果が一《いつ》に帰するにしても、心理的根拠から、我々の頗《すこぶ》る不服とするところであつて、此事蹟の背後には、猶《なほ》一段と熱烈にして且《かつ》敬虔な民族的信仰の存するものを認めて貰ひたいのである。

されば、高燈籠《たかとうろう》・折掛《をりかけ》燈籠・切籠《きりこ》燈籠の類も、単に其起原を支那・天竺《てんぢく》に覓《もと》めたゞけでは、必《かならず》手の届かぬ痒《かゆ》い処が残るはずで、他の二種のものは姑《しばら》く言はず、切籠燈籠の如きは、到底其だけでは完全なる理会を望み難いのである。自分の考へを言ふならば、切籠燈籠のあの幾何学的構造は決して偶然の思ひ附きではあるまい。

如何なる時代に始つたかは知り難いが、盂蘭盆供燈《くとう》に目籠《めかご》の習慣を参酌《さんしやく》して見て、そこに始めて起原の暗示を捉へ得る。即、右は全く髯籠の最観念化せられたもので、畢竟供養の形式に精霊《しやうりやう》誘致の古来の信仰を加味したもので、表は日本中は天竺と国姓爺《こくせんや》合戦の角《つの》書きの様な民俗に外ならぬ。精霊は地獄の釜を出ると其まゝ、目当ては此処と定めて、迷はず障らず、一路直ちに依り来る次第であるが、唯怖しいのは無縁の精霊である。其はまた応用自在なる我々の祖先は、此通り魔同様の浮浪者の為に、施餓鬼《せがき》と言ふ儀式を準備して置いたものである。

此を要するに、切籠の籰《わく》は髯籠の目を表し、垂れた紙は其髯の符号化したものである。地方によつては魂《たま》送りの節《せつ》、三昧《さんまい》まで切籠共々精霊を誘ひ出で、此を墓前に掛けて帰る風もある。かの飯島お露の乳母が提げて来た牡丹《ぼたん》燈籠なども亦此である。

話を再《ふたたび》初めに戻して今一度標山《しめやま》に就て述べて見たい。昔北野、荒見川の斎場《さいぢやう》から曳き出した標山などは、此神事に祭られ給ふべき天《あま》つ神を招《を》ぎ依せるのが本意で、此を内裏《だいり》へ引いて来るのは、寄り給ふ神々を導いて祭場まで御伴申すわけであつたが、此が一歩を転ずる時は途次の行列が第一になつて、鎮守さまへ行くのは、唯山車《だし》や地車《だんじり》などを産土神《うぶすながみ》に見せまゐらせ、神慮を勇め奉る為だとする近世の祭礼の練りものゝ形式になるのである。

標山系列の練り物の類を通じて考へて見るに、天神は決して常住社殿の中に鎮坐在《ましま》すものではなく、祭りの際には一旦他処《よそ》に降臨あつて、其処よりそれ〴〵の社へ入り給ふもので、戻りも此と同様に、標山に乗つて一旦天降《あも》りの場《には》に帰られ、其処より天馳《あまかけ》り給ふものと言はねばならぬ。神社を以て神の常在の地とするは勿論、神の依ります処とすることも、尠くとも天《あま》つ神の場合に於ては、我々の従ふこと能はざる見解である。

此に就ては、芸州三原《げいしうみはら》の祭礼に、神は山上より降り来り給ひ、祭りの間おはします家を神主に憑《かゝ》つて宣《の》らせ給ふと信ずる風習は、甚《はなはだ》多くの暗示を含んでゐる。此即《すなはち》天つ神は地上にはいまさず、祭りの時に限つて迎へ奉ると言ふ消息を洩《もら》して居るもので無からうか。若《も》し此信仰を認めぬとすると、各地の祭礼が必宵《よひまつ》祭りを伴うて居る風習を説明することがむづかしい。神が一旦他処に降り、其処から更に祭場に臨み給へばこそ、所謂夜《よ》宮の必要はあるのである。此古くして忘れられたる信仰は、或は盂蘭盆の精霊の送迎の上に痕を留むる外に、尚ちらほらと各地に俤《おもかげ》を残してゐる。

大和《やまと》高市郡野口では村境に於て精霊の送迎をするさうである。前申す三原では三昧まで迎へに行き、精霊を負ふと称して後向きになり、負ふ様な手つきをして家まで帰ると言ふ話である。高天原《たかまがはら》と黄《よ》泉《み》ノ国と本貫《ほんくわん》異なる両者を混同する様に見えるか知らぬが、何《いづ》れも要するに幽冥《いうめい》に属する方々たる点に、疑ひはないのである。

標山の観念化を経たものに更に洲浜《すはま》・島台《しまだい》がある。洲浜のことは紫式部日記を初めとし、既に平安朝に於て尠からず見えて居る。島台となつてからも武家時代には盛んに用ゐられて居た様で、其極端なのはいつかの文部省展覧会の鏑《かぶら》木《き》清方《きよかた》氏の吉野丸の絵に見えたもの、又は一九《いつく》の詞書き朝麿画の「吉原年中行事」にも、月見の座に島台の描いてあるが如き、婚礼の席の外は殆ど此物を見る事のない今日の人の眼には、なる程異様にも映ずるか知らぬが、島台はもと〳〵宴席であるによつて此を据ゑるので、而も宴席に島台乃至《ないし》洲浜を置くのは、これ亦標山の形骸を留めるものである。信仰と日常生活と相離れること今日の如く甚しくなかつた昔に於ては、神のいます処を晴《はれ》の座席と考へてゐたことは、此を推測するに難くないのである。

五

日記物語類に見えた鬚籠を列《なら》べ出す段になれば、いくらでもあるであらうが、要するに儀式の依代《よりしろ》の用途が忘れられて供物《くもつ》容《い》れとなり、転じては更に贈答の容れ物となつたのが、平安朝の貴族側に使はれた鬚籠なので、此時代の物にも既に花籠やうの意味はあつたらしく思はれる。花籠なるものは、元来装飾と同時に容れ物を兼ねてゐる。此類から見れば、後世の花傘・ふぢばなは遥かに装飾専門である。

さて此機会に、供物と容れ物との関係を物語る便宜を捉へさせて貰はう。私どもは供物の本義は依代に在ると信じてゐる。なるほど大嘗祭《おほんべまつり》は、四角な文字に登録せられた語部が物語に現れて来る、祭祀の最古い様式かも知れない。しかし我々を唆《そそ》る中心興味の存する祭場の模様は、ある人々の考へてゐるやうに、此祭り特有のものではないらしい。

諸神殺戮の身代りとして殺した生物《いきもの》を、当体《たうたい》の神の御覧に供へるといふ処に犠牲の本意があるのではなからうか、と此頃では考へてゐる。人身御供《ひとみごくう》を以て字面其儘に、供物と解することは勿論、食人風俗の存在してゐた証拠にすることは、高木氏のやうな極端に右の風習の存在を否定する者でない我々も、早計だとは信じてゐる。けれども殺すべき神を生《いか》しておいて、人なり動物なりを以て此に代へるといふことは、天梯立《あまのはしだて》のとだえたことを示すもので、従来親愛と尊敬との極致を現して来た殺戮を、冒瀆・残虐と考へ出したのは、抑《そもそも》既に神人交感の阻隔《そかく》しはじめたからのことである。大嘗祭に於ける神と人との境は、間一髪を容れない程なのにも係らず、単に神と神の御裔《みすえ》なる人とが食膳を共にするに止《とど》まるといふのは、合点の行かぬ話である。此純化したお祭りを持つた迄には、語り脱《おと》された長い多くの祖《おや》たちの生活の連続が考へられねばならぬ。其はもつと神に近い感情発表の形式をもつてゐた時代である。今日お慈悲の牢獄に押籠められた神々は、神性を拡張する復活の喜びを失うて了はれたのである。

神の在処《ありか》と思はれる物が、神其物と考へられるのは珍らしいことではない。其物が小さければ小さい程、神性の充実したものと信ぜられて来るのは当然である。依代《よりしろ》は固《もと》より、神性が神と考へられゝばこそ、舟・籰《わく》・臼（横・挽《ひき》）、あいねのかむいせとが御神体として祀られる訣である。

まづ、供物を容れる器の観察から導いて来ねばならぬ。折敷《をしき》と行器《ほかゐ》とのくつゝいたやうな三方の類は大して古いものではなく、木葉《このは》や土の器に盛つて献《たてまつ》らねばならぬ程の細かな物の外は、正式には、籠を用ゐたものでは無からうか。延喜式・神道五部書などに見えた輿籠《こしこ》（又は輦籠《こしこ》）は、疑ひもなく供へ物を盛つた器で、脚或は口を以て数へられる処から見ると、台の助けを俟《ま》たずに、ぢかに据《す》ゑることの出来るもので、而も甕《みか》・壺《つぼ》の様に蓋はなく、上に口をあいてゐたものと思はれる。

処《ところ》が又、こゝに毛色の変つた一類の籠がある。其は火袁理《ほをり》ノ命《みこと》の目無堅間《まなしかたま》・熊野大神《くまののおほかみ》の八目荒籠《やつめのあらこ》・秋山下氷《あきやまのしたび》壮夫《をとこ》の形代《かたしろ》を容れたといふ川島のいくみ竹の荒籠などぼつ〲見えてゐるのが其で、どうやら供物容れが神の在処《ありか》であつたことを暗示してゐる様である。増穂残口《ますほざんこう》などを驚かした、熊野の水葬礼に沈めた容れ物は、実は竹籠であつたのであらう。かうした場合に、流失を防ぐのに一番便利な籠は、口の締め括りの出来る髯籠であつた筈である。死人を装うて、鰐対治《わにたいぢ》に入つて行かれた大神の乗物が、長く熊野に残つてゐたことは、物忘れせぬ田舎人の心を尊《たふと》まずにはゐられない。

籠がほゞ神の在処なることが確かであり、同時に供物の容れ物となつてゐたことが、幸《さいはひ》に誤《あやまり》でなければ、直《たゞ》ちに其に盛られた犠牲は供物である以前に、神格を以て考へられたことに、結着させてもよからうと思ふ。百《もゝ》取《と》りの机代物《つくゑしろもの》を置き足《たら》はす様になつたのは、遥かに国家組織の進んだ後の話で、元は移動神座なる髯籠が、一番古いものであつたと思はれる。一歩退《しりぞ》いて考へて見ても、神の形代なる犠牲が向上すれば神となり、墜《お》つれば供物となると考へることが出来る。其依代も無生物よりは、生き物を以てすることが出来たなら、尋常の形代よりも更に多くの効果を想像することが出来よう。

偖《さて》其容れ物なる籠も、時には形代なる観念の媒介を得て、神格を附与せられて依代《よりしろ》となるので、粉《こ》河《かは》の髯籠・木津《きづ》のひげこ、或は幟《のぼり》竿の先に附けられる籠玉は、此意味に於て、其原始的の用途を考へることが出来るので、かの大嘗会《だいじやうゑ》の纛幡《たうばん》の竿頭《かんとう》の飾り物も、後世のは籠を地《ぢ》として黒鳥毛を垂《たら》したものである。執念深い連絡は、こゝにも見られるではないか。供物の容れ物が贈り物の容れ物となることは、すぐ納得の行くことで、其が更に飾り物になる事もさのみ手数を要すまい。私の考へから言へば、大矢透氏が幣束《へいそく》は供物から出たものであるとばかり解せられたのも考へものである。たとひ後世の事実から帰納せられたとは言へ、やはり実験を土台とせられてゐた山中翁の幣束神体説は、依代の立場から見れば尚権威を失うてはゐない。

必、神の依代に奉つたのが最初で、漸く本意を忘れて、献《たてまつ》る布の分量の殖《ふ》えて来るに従うて、専《もつぱ》らに布や麻を献上する為のものと考へ出すやうになつたのが、絵巻物の世界の幣束だつたのである。さすれば、同じ道筋を通る平安朝の髯籠が、供物の容れ物から、贈答の器になつたのも故のあることであるが、後には殆ど装飾物として用ゐられる様になつた。木の枝に髯籠をつるして、鳥柴《としば》・作枝《つくりえだ》と同様にさし上げて道行く人は、今日《こんにち》も絵巻物の上に見ることが出来る。

五月《さつき》の邪気を祓うた薬玉《くすだま》は、万葉びとさへ既に、続命縷《しよくめいる》としての用途の外《ほか》に、装飾といふ考へも混《まじ》へてゐたのであるが、此飾り物も或は単に古渡《こわた》りの舶来品といふばかりでなく、髯籠の形が融合してゐるのではあるまいか。

六

面白いのは宮ノ咩《みやめ》祭りの有様である。後人《こうじん》の淫祠《いんし》の様子が、しかつめらしい宮中に、著《いちじる》しく紛れ込んでゐたのである。其柱の下に立てかけられた竹の枝につけた繖《きぬかさ》や男女の形代《かたしろ》は、雛祭りが東風輪入であつたことの俤《おもかげ》を遺して居ると同時に、此笹が笠間神《かさまのかみ》の依代である事を示すもので、枝に下《さ》げられた繖は、こゝにも髯籠の存在を見せてゐるのである。此笹と同じ系統のものには七夕竹・精霊棚の竹、小にしては十日戎《とをかえびす》の笹・妙義の繭玉・目黒の御服《ごふく》の餅、其他東京近在の社寺から出る種々の作枝《つくりえだ》は皆此《この》依代で、同時に霹靂木《へきれきぼく》の用に供せられてゐるのである。

こゝで暫く餅花《もちばな》の話に低徊することを許して貰はねばならぬ。正月の飾り物なる餅花・繭玉は、どうかすると春を待つ装飾と考へられてゐる様であるが、もと〳〵素朴な鄙《ひな》の手ぶりが、都会に入つて本意を失うたもので、実は一年間の農村行事を予《あらかじ》め祝うたにう木・削掛《けづりかけ》の類で、更に古くは祈年《としごひ》に神を招《を》ぎ降す依代であつたものらしい。其《それ》でまづ近世では、十四日年越からは正月にかけて、飾るのを本体と見るべきであらう。

阪本氏の報告によると、信州上伊那辺の道祖神祭りに、竹を割いて拵へた柳の枝やうの物を配ると、其を受けた家々では輪なりにわがねて、屋根に投げて置くさうである。此は形の上から見ても、一目に吉野蔵王《ざわう》の御服《ごふく》の餅花と一つものだと知れるが「ゐみくさ」に見えた佐渡のひげこのやうに、焼くことを主眼とするものと、さうした左義長風《さぎちやうふう》な意味を持たぬ餅花の類との間を行くもので、両方へ別れて行つた分岐点を記念するやうに見える。大きなものなら立て栄《はや》すが、小さなものは屋根に上げて置く外はない。五月の菖蒲《しやうぶ》も此《これ》である。七夕或は盆に屋上に上げられる草馬にも、同じ系統は辿られるのである。

此竹の輪の大きなので、屋の内に飾られたのは、餅花である。一体餅花とくりすます・つりいとは非常に近い関係にあるものと見えるが、同じ信州松本地方のものづくり或は名詮自性《みやうせんじしやう》のけやきのわかぎ、小田原で楢《なら》の木にならせる団子の木、岡市氏の報告せられた北河内の餅花（郷土研究三の一）などを見ると、愈《いよいよ》其類似点が明らかになつて来る。ものづくりといふ名は、簡易な祈年祭《としごひまつ》りの依代なる事を示してゐるのである。常陸国志に武蔵の繭玉が榎《えのき》の枝で作られて、其年の月の数だけの枝ある木を用ゐるとあるを思ひ合せても、餅花・繭玉は農桑《のうそう》の豊作を祈るといふ習はしの通り、年占《としうら》・祈年《としごひ》に神を迎へる為なる事は疑ひがない。小田原の団子の木が挽臼《ひきうす》に立て掛けられるのも、依代と神座との関係を示してゐて面白い。繭玉系統の作り枝が社寺から出されるのは、依代に宿つた分霊を持ち帰つて祀る意味で、此点に於て削り掛け・ほいたけ棒・粟穂・稲穂・にはとこ・幸木《さいはひぎ》なども皆同種のもので、延《ひ》いては酉《とり》の市《まち》の熊手も、御服の餅花から菖蒲《あやめ》団子と反対に向いて、大きくなつたものと思はれる。同じ時に売られる五色餅《ごしきもち》を見ても、黙会《もくくわい》せられる処がある。古今伝授の三木の一つなる、めどにかけたけづりばなが、馬道《めだう》にかけた削り花なることは、削り掛けの用途を知つてゐる人には疑ひがない筈である。其「花の木にあらざらめども咲きにけり」と言うたのは、削り掛けの一種に接骨木《にはとこ》や竹にさす削り花のある其《それ》らしく、同じ糸にたぐり寄せられる物には、楢の木の殺《そ》ぎ口を丁字形に切りこんで羊歯《しだ》の葉を挿し、田端の畦《うね》に立てられる紀伊熊野川沿岸の正月の立て物（名知らず）がある。古今集の歌は、かうした榑《くれ》や丸太に削り花の挿された物に、興味を持つて作つた籠題《こめだい》だつたのであらう。

亀井戸の鷽替《うそか》への鷽は、形の上からすぐさま合点の行く様に、神前に供へられた削り掛けの依代を、奪ひ合ふ年占《としうら》の一種なのである。

桃の節供の雛壇のあたりに飾る因幡《いなば》の餅花を見ても、儀式の依代であつたことは信じ易いであらう。自体、祈年祭《としごひ》りを二月四日に限るものゝ様に考へるのは、国学者一流の事大党《じだいたう》ばかりの事で、農村では田畑の行事を始める小正月に取越して置くのが多く、又必しも正月十五日に限らず、大晦日・節分などを境目としてするものらしい。祇園の社頭ににう木に似た削り掛けを立てるのは、大晦日の夜から元朝へかけての神事ではないか。一体大晦日と十四日年越しと節分とは、半月内外の遅速があるだけで、考へ方によつては一つ物と思はれる。年占・祈年・左義長・鳥追ひ・道祖神祭・厄《やく》落しは、何《ど》の日に行うてもよいわけである。

とにかく竹を使ふにしても、自然木の枝を用ゐるにしてからが、皆多数の枝を要素としてゐることは、髯籠の髯と関係あるらしく、年々の月の数にこじつけたのは、素朴なぴたごらす宗《しゆう》の工夫の痕を示したのであらう。祇園の削り掛けの所謂卯杖《うづえ》が十二本であるのは、枝沢山の削り花から、にう木に歩みよる道すぢを示したのである。

平瀬麦雨氏の報告せられた信州松本の田植ゑの柳（郷土研究二の二）などもやはり此類《このたぐひ》で、傍《かたはら》標山の依代とも言ふ事が出来る。熊野新宮《しんぐう》の対岸神内《かみうち》では、年内から、墓場に花籠と称する髯籠を立てゝ、其には花の代りに餅をつけて、正月の墓飾りをする由である。此は師走《しはす》晦日に亡者を呼びよせた髯籠と、祈年の依代との融合したものゝ様に見えるが、茲《ここ》にも多くの枝を要素としてゐる事が知れる。花無き頃の間に合ひの作り花の、立てがらを取り換へる手数の省ける処から、削り花・花籠・餅花などは、一年を通じて用ゐられる様になつたのである。

さて依代の立て場所に就て、話さねばならぬ機会に逢着した。屋内に飾る餅花は、家で一番表立つた場所に据ゑられるものであるが、元はやはり屋外に立てられたものが、取り込まれる様になつたので、こゝに到つて装飾の意味あひが、愈深くなつたのであらう。花の塔《たふ》・天道花《てんたうばな》などの高く竿頭に聳えてゐるものから、屋上に上げられる菖蒲・竹の輪・草馬に到るまで、皆神或は精霊の所在を虚空に求めてゐるのである。中陰《ちういん》の内は、亡魂屋《や》の棟を離れぬといふ考へも、又屋の棟をば精霊のより処とする信仰も、皆虚空に放散してゐる霊魂を、集注せしめる依代なる基礎観念があるからである。我々の祖先ばかりでなく、どうやら我々自身も「魄《はく》」の存在を認めてゐない事は、明言して差支へがないらしい。

七

ともあれ、山では自然の喬木、家では屋根・物干台、野原では塚或は築山などの上に、柱を樹てゝ、神の標《しめ》さしたものとするのであるが、尚其《それ》ばかりではうつかり見外《みはづ》される虞《おそ》れのある処から、特別の工夫が積まれてゐるので、此処にだしの話の緒口《いとぐち》はついたのである。

だしの「出し」である事は殆ど疑ひがない。但、神の為に出し置いて迎へるといふのか、物の中から抜け出させてゐるから命《なづ》けられたのかは少し明らかでない。徳島の端午に作るやねこじき又は、だしと言はれてゐる作り物は、江戸の顔見世《かほみせ》のとうろうなる屋根飾りと同様に、屋上に出すもので、依代が竿頭から屋根に降りて来た時機を記念するものである。

今日浜松近傍《きんばう》でいふだしは、各地の祭礼・地蔵盆の作り物、大阪西横堀の作り物などゝ同じ物を謂《い》ふので、此は既に屋内まで降りて居るのである。此は依代の本意を忘れると共に、大規模の作り物を立てるに足る広い平面を要したからである。

同類の変形は、大阪新町・江戸新吉原のとうろうにも見られる。実際真の燈籠を見せるのではなくて、顔見世のとうろうと同じく、盆燈籠の立つ頃に、衆人に公開した作り物に過ぎなかつたので、更に佐伯燈籠に到つては祭礼の渡御《とぎよ》の前に行く人形であつた。名義の起りは稍《やや》古いところに在る。私は此を室町の頃から行はれた禁裡の燈籠拝見の忘れがたみと見るべきもので、恋・無常の差はあるが、本願寺の籠花《かごばな》と同じ血脈を引いてゐて、等しく神・精霊に捧げた跡をあやからせる為に、公開したものと謂《い》ふべきで、伊勢のつと入りなどもかうした共産的な考へから出た風習と思ふのである。全体、池坊《いけのばう》の立花の始まりは、七夕祭りにあるらしい事は、江家次第《がうけしだい》の追儺《ついな》の条《くだり》を見ても明らかである。

さて、長崎宮日《ながさきくにち》に担ぎ出される傘鉾《かさぼこ》の頭の飾りをだしものといひ、木津のだいがくの柱頭のしるしをだしと言うてゐるのは、今日なほ山車《だし》の語原を手繰りよせる有力な手掛りである。手近い祇園御《ぎをんご》霊会細記《りやうゑさいき》などを見ても、江戸の末までも此名所《などころ》が世間には忘られてゐながら、山・鉾に縋り付いて、生き残つてゐた事が知れる。同書には「鉾頭、鉾の頂上なり、だしなり」とか、或はだし花などいふ名詞を書き残してゐる。

今出来るだけ古くだしという語《ことば》をあさつて見ると、王朝のいだし車には深い暗示が含まれてゐるが、此は後の事として、次に思ひ浮べられるのは、旗指物《さしもの》の竿頭の飾りをだしと言うたことである。嬉《き》遊笑覧《いうせうらん》に引いた雑兵物語《ざふひやうものがたり》の帘《さかばやし》のだし・武者物語の鹿の角のだしなどは、決して珍らしい事ではない。いろ〱の旗指物図を見れば、到る処に此名所は散見してゐる。

例へば島原陣諸家指物図に、鍋島光茂の馬印を「大鳥毛・だし・金の瓢《ひさご》」と書いたのや、奥羽永《あううえい》慶軍記《ぎやうぐんき》小田原攻めの条に出る岡見弾正《だんじやう》の酒林《さかばやし》のさし物などを見ても知れる。尚笑覧に引いた、祐信《すけのぶ》の三つ物絵尽しの謎《なぞ》の、端午の幟《のぼり》のだしは五月幟の竿頭の飾りをもだしと言うてゐた証拠である。

さて此様に、竿頭の依代から屋上の作り物、屋内の飾り人形或は旗竿尾の装飾にまで拡がつてゐるだしの用語例は、直ちに、江戸の祭りの山車《だし》の起原に導いてくれる。山王・神田の氏子の山車が、祇園の山鉾を似せたものだと謂はないまでも、本家・分家の間柄を思はせるだけの形似《けいじ》のあるのは事実である。

江戸では屋台全体の名であつただしが、京都・長崎・大阪木津などでは、尚部分の名称としてゐるのを見れば、聡明な読者にはどちらが末、どちらが本と言ふ考へが直様《すぐさま》閃めいて来なければならぬ筈である。江戸の山車は旗竿の頭の飾り物が非常な発達をした為に、其儘《そのまま》全体の名となつたのであらうが、尾芝氏も言はれた通り、鉾と言ふ所から一々柱頭に剣を附添《つけそ》へた祇園の鉾も、元は柱の名に過ぎなかつたのである。さすれば、山車《だし》・鉾・山の関係は、次の図に示す様なものである。此名

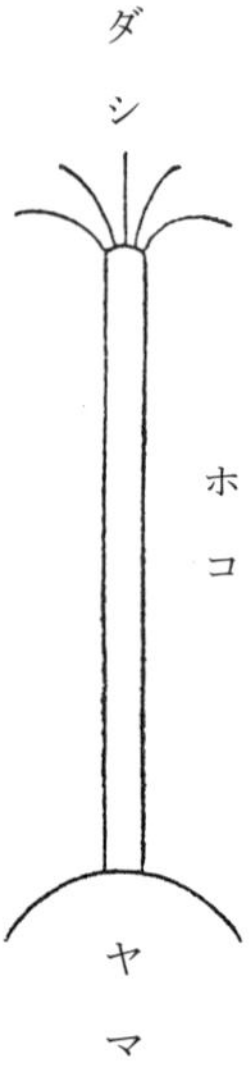

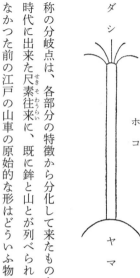

称の分岐点は、各部分の特徴から分化して来たものなる事は、改めて説明する迄も無からう。室町時代に出来た尺素往来《せきそわうらい》に、既に鉾と山とが列べられてゐるところから見ると、此山或は鉾に同化せなかつた前の江戸の山車の原始的な形はどういふ物であつたらうか。私は今各地の祭りにふんだんに用ゐられてゐる剣《けん》ぼこの類から、範囲を狭《せば》めては四神剣《しじんけん》の観察をする必要があると思ふ。百川《もゝかは》の

落語にひきあひに出る四神剣の、四神と剣とは、実は別物である。剣は普通の剣ぼこで、其と四神の違つてゐる点は、旗竿の頭の黒塗りの折敷《をしき》様のものに四神の像を据ゑてゐる点で、下にはいづれも錦の幢《はた》を垂れてゐる。此が籰《わく》の上に立てられる事の代りに、車の上に載せるやうになれば、竿頭のだしなる四神像は、望見するに都合よく拡大する必要が起つて来るので、そこに四神像に止《とど》まらず、祇園其他の作り物の模倣が割り込んで来る余地の出来た訣《わけ》で、現に大正の大典に輓《ひ》かれた麻布末広神社の山車は、錦の日月幢《はた》を二丈余りの三段の空柱《うつばしら》の前面を蔽《おほ》ふ程に垂れて、柱の末のをしき様のものに、水干《すいかん》を着て御幣《ごへい》を持つた猿の作り物が据ゑてあつた。大体に山の手の山車は、老人の話を綜合すると、半蔵門を潜《くぐ》る必要上、下町の物よりは手軽な拵へであつたらしい。此が下町の山車になると、柱の存在などは殆ど不明で、寧《むしろ》祇園の鉾に近《ちか》づいてゐるが、多くの物はやはり人形の後に小さく、日月幢を立てゝ俤《おもかげ》を止めてゐる。此想像が幸に間違つてゐなければ、江戸の山車は旗竿の大きくなつて車に載せられたもので、所謂依代が勢力を逞《たくま》しくしたものなのである。

諏訪の御舟祭《おふねまつ》りの屋台は恐らく、元三《ぐわんさん》大師作と伝へる舟謡《ふなうた》を残してゐるほど古い日吉山王《ひえさんわう》の御舟祭りと同様、水上渡御《とぎよ》の舟を移動神座なる籰《わく》の上に据ゑたものらしく、舁《か》くべき筈の物を輓《ひ》く点と、依代なる人形の柱に関係のない点は他の祭屋台と違つた点であるが、江戸の山車が今日の四神《しじん》同様籰の上に立てられ、其に車をつける様になつたといふ道筋を教へるものではないだらうか。

祇園の方でも、名こそ違へ人形を飾る事は一つで、鉾や作り山が大きくなつた為に、だしなる名称はとらなかつたが、畢竟《ひつきやう》同じ物でなければならない筈である。

さて長崎宮日《くにち》の傘鉾のだしものは、田楽師の藺笠《いがさ》の飾り物乃至獅子舞・手古舞《てこまひ》の花笠と一つだといふと、不審を立てる人もあらうが、まづ聞いて貰ひたい。

祇園の傘鉾にも四条西洞院《にしのとうゐん》のものには、傘の上に花瓶を据ゑて、自然木の松と三本の赤幣束《へいそく》が挿《さ》してあり、綾小路や室町のものも傘の上の金鶏《きんけい》が卵を踏んでゐる後に、金幣《きんぺい》が二本立てられてゐた。更に古く尺素往来《せきそわうらい》の所謂大舎人《おほとねり》の鵲鉾《かさゝぎほこ》は実は異本にある笠鷺《かささぎ》鉾の誤りであらうと言ふ事は、武蔵総社《そうしや》の田植ゑに出た傘鉾にだしとして鷺の飾りの附けられてゐるのを見ても明らかである。

住吉踊りの傘鉾にも幣束のだしの附いたのがほんとうで、今一度話す機会はあるが、踊りの中心となる柱が多く傘鉾で、其柄《え》の端には、花なり偶像なりの依代を立てる必要がある。前に述べた田楽師がすばらしい花藺笠《はなゐがさ》を被《かづ》くのも、元よりましであつた事を暗示するものであらう。そゝり立つ柱なり竿なりの先の依代なるだしは、いくら柱が小さくなつても、或は終《つひ》に柱を失うて、とゞのつまり人の頭に載る様になつても、振り落されなかつたのである。

神を迎へるだし行燈《あんどん》が、宵宮《よみや》から御輿送《みこしおく》りまで立てられたのは、最理窟に適《かな》うたことで、たゞ此を以て江戸の山車の起原と想像した我衣《わがころも》の説は、成程《なるほど》笑覧の否定した様に、考へが狭過ぎる様だが、祭りが昼を主とする様になつてから、だし行燈が装飾一遍となつたのは、大阪の祭提灯と同じ経路を辿つて来たものらしい。四尺許《ばか》りの長提灯を貫いて、殆ど其三倍の長さの塗り物の竿が通つてゐて、其頭には鳥毛の代りに馬の尾か何かの白い毛を垂《たら》した、其上へ更に千成瓢箪《せんなりべうたん》・奔馬《ほんば》などの形の附いてゐるものである。其を宵宮には担《かた》げて宮に参詣しては、新しい護符を貼りかへて貰つて帰つて来るのである。持ち帰ると家毎に表へ出してある、四方ころびになつた四脚《よつあし》の台に立てゝ置いたのであるが、其用はやはり神招《かみを》ぎの依代として、天降《あも》ります神の雲路を照すものなのである。

大正四年四・五月、五年十二月「郷土研究」第三巻第二・三号、第四巻第九号

先生との縁の始めと終り

岡野　弘彦

世に「未生《みしよう》以前の縁」とか、「父母《ぶも》未生以前の縁」とかいう言葉がある。折口先生との間にも、私などの浅はかな知恵では計り知れない、未生以前の縁がひそかに続いていたに相違ないと、わが齢《よはひ》九十五歳になって身に沁みて感じるようになっている。

私は大正十三年（一九二四）七月七日、伊勢と大和の境に近い山奥の、神社と神主の家だけの谷あいに生まれた。神社は若宮八幡宮と称し、仁徳天皇を祭神とし、日清・日露・大東亜戦争と、戦争が起こるたびに伊勢・伊賀・志摩などから、峠を越えて参拝者が多くなって、私が小学校に通う頃は村まで二キロの道は、奉納された鳥居がトンネルのように立ち続き、日暮れが早くおとずれた感じの、暗い道を帰るのが不気味で嫌《いや》だった。

ところが昭和四年、五歳の夏、父に連れられて、当時、伯父が宮司をしていた能登の羽咋市へ旅し、気多神社の宮司官舎に一週間滞在した。山奥に育って初めて海を見た印象は強烈だった。どうしても足が前へ進まず、泣いている私をやさしく励ましてくれる若い人があった。伯父が「あれは昔からの気多神社の社家の次男で、いまは國學院大學の学生の、藤井春洋《はるみ》さんと言う人だ。その藤井家へ、「國學院大學の折口先生がよく来て泊られる」と話した。おぼろげながら、私の記憶に、伯父の話しぶりが残っている。

海へ毎日出て、地引網を引くのを手伝った。鯖や鰹が水しぶきをあげて暴れるのを手づかみにして、大きな籠へ入れる作業にも馴れた。山の子が海を体験した感動は、深かった。その感動深い記憶の中に、藤井春洋さんという優しい大学生の姿が焼きつけられたのだった。

やがて、その山の子はまた山へ帰って、小学生となり、毎日往復五キロの山道を村の学校へ通って、家でも、学校の休み時間でも、本ばかり読んでいる子になった。親はそれを喜んで、東京の文藝春秋社から百巻近い『小学生全集』を取り寄せてくれた。その中では、ギリシャ神話・北欧神話・アラビアンナイト・日本建国童話集が面白く、くり返し読んだ。最後の一冊は、菊池寛の著となっていた。

村の小学校は、夜は青年達のための夜間教室としても使われていた。四年生になった時、教室の後の小さな物置の隅に、『白柳《しらやなぎ》秀湖集』という本が数冊、横積みにされているのを見つけた。放課後、この物置にしのびこんで読み始めてみると、村の習俗についてこまかく実例をあげて書いてあって、なかなか面白い。

三十代余りつづいた神主の家には、多くの古典が備えられているのだが、白柳秀湖の本はそれとはやや趣きが違って、これは後になって理解できたのだが、日本民俗学の先駆のような感じが、私の幼い好奇心を刺戟したのであったらしい。とにかく、村の結婚習俗などの実際について、具体例をあげて、実証的そしてしばしば批判的に書いてあるのが、少年の心に刺戟的であった。後年、柳田国男先生が白柳秀湖を名ざして、私の学問は彼とは類を異にするものだと明言していられるのを知ったが、小学生の私は深い自覚もなく、関心を持ったのであった。

私が小学校を卒業する頃の父は、自分の健康に自信を失なっていて、私に早く神職の資格を取らせようとして、伊勢の皇学館の普通科に入学させた。この学校は中学ではあるが、卒業と同時に、普通神職の資格が与えられる、内務省管轄の特殊学校で、数学・英語の時間が少く、古典の記・紀や祝詞《のりと》作文や祭式実習などの時間があって、五年間の寮生活でみっちりと鍛えられた。

一番うれしいのは、神宮文庫というすぐれて古典を揃えた図書館があって、余った時間はすぐ寮から五分の神宮文庫にこもって本を読むことができた。私はかねてから、あこがれていた折口先生の歌集『海やまのあひだ』や、『古代研究』を読みふけり、『海やまのあひだ』のすきな歌は筆写して暗記した。

普通科には「作歌」の時間があったけれど、担当の先生は老齢の方で、「をとめらが泳ぎし後《あと》の遠浅に浮輪のごとき月浮かびきぬ」というような、明治の歌を称揚なさって、「ええじゃろう。ええのう、浮輪のごとき、月浮かびきぬ。」と陶然となさっているのであった。教えられる私どもの歌も、古風にならざるを得なかった。

そういう環境のなかで、折口先生の『海やまのあひだ』の歌風は、際だって個性的で、新しかった。

山中《ナカ》に今日はあひたる　唯ひとりのをみな　やつれて居たりけるかも（気多川）

気多川のさやけき見れば、をち方のかじかの声は　しづけかりけり（気多川）

山中は　月のおも昏《クラ》くなりにけり。四方《ヨモ》のいきもの　絶えにけらしも（夜）

こうした先生の歌の一首一首は、伊勢と大和のあい接するあたりの山奥の村に育った私の体験そのもののように思われた。どうしたら、この魂も吸いこまれるような心の表現が、こんなに自在に短歌で表現できるのだろうと、つくづく思った。

私はどうしても國學院大學に入って、この先生の教えを受けたいと願った。父にその思いを打ち明けると、喜こんで許してくれた。神主になるのなら、國學院も同じことだ。思う先生の教えを受けるがいいと言う。ただ、國學院の入試科目には英語があって、国語や歴史は自信があるが、英語の時間は少くて、一般の中学生との競争に自信が無かった。それで一年浪人して、大阪のＹＭＣＡの予備校に通い、更に個人指導も受けて英語に力を集中した。学科試験を終って面接を受けた。白髪の予科長と配属将校の大佐を中心に、数人の面接官が並んでいた。まず、大佐からの質問で、この大学を志望する理由を聴かれた。「是非、そのお講義を聴きたいと思う先生がいらっしゃるからです」と言うと、「君の学んだ皇学館にも、山田孝雄《よしお》博士が居られるではないか」という問いが、直ぐ返ってきた。これは、答え方が面倒なことになるな、と直感して一息入れて考えた。

その時、白髪の予科長が「ねえ、佐藤さん、この学生が是非この大学にと志望した思いのほどには実は、余人に代えがたい情熱があるからなのですよ。私はこの人の作文を読んだのだが、その情熱のほどがよくわかりました。それでいいじゃありませんか。」と言う、ありがたい助言があって、私への質問は終った。

入学して間もなく、教務課から呼び出しがあって、予科長の部屋へ出頭した。五人ほどの新入生が呼ばれていて、今度の休日に多摩川の自宅へ遊びに来るように、と言われた。

約束の日にたずねて行くと、多摩川の流れに近いお宅は、まわりに近い家もなくのびやかな眺望が開けていて、美しい奥様は関西の方らしいおっとりとした話し方で、まだ幼いかわいい坊やと、三十歳くらいの体格の良い書生らしい人が居た。

学校の事情に詳しい人の話によると、石川富士雄先生は成田山に関係のある人で、折口先生に心服していて、また学長の佐々木行忠侯爵が述べる式辞は、皆この石川さんが作るのだということであった。

もう一人、大学の事務系統のトップで折口先生の学問に心服している人に、松尾三郎理事長があった。松尾さんは柔道の三船名人の高弟で、大学の記念日には三船名人と組んで美しい柔道の型を公開することがあった。私は縁あってこの人に大学での保証人になってもらっていた。松尾さんは折口先生が世を去り、石川さんが大学を去った後も、大学の理事長を続けていられて、私が佐藤謙三学長のもとで、長く教員を務め学生部のスポークスマン、あるいは学生部長として、学長の意を受けて努力していた時、事務系統の側からの暖い配慮を、常に心に掛けていて下さった。折口先生の恩恵、あるいは長い余徳は、そういう形で亡き後も、私の身の上に暖かく、慈悲深くこまやかに、とどいていたのであった。

ただ一つ、今の私に気がかりなことは、幼い頃からあれほど慈悲深く私を育て、神主としての家職を継がせようとして心を盡してくれた、両親の心にむくいることができなかったことである。

私は若い頃から人よりも身が軽くて、家のまわりに生《お》い茂っている太い屋敷木の大杉によじ登ることが得意だった。古い杉が余り枝を茂らせ過ぎると、屋敷全体が何本かの杉の巨木に包み込まれたような感じになるので、十代の終りの頃にその憂鬱さを少し明るくしようと思って、太い蛸《たこ》の足のように伸びた大枝を、根元をわずか残して枝おろししたことがある。しばらくは少し淋しく見えたが、数年のうちに小枝が太い切り口の露出部をすっかり包んで、引き締った樹型にととのった姿になった。

老年の父は庭の見渡せる所に縁台を据えて、山川の音たてて流れ下る方向に眼をやりながら、呆然と物思いに沈む姿が多くなっていた。

そういう時の父は、意に満たない家の行く末を思い案じながら、自分から去って行った長男の私の身の上に思いを及ぼしていたのであろうと思う。父よりも師を選んで去っていった者を思う父の心は、私の胸の中で静まる日のない辛《つら》さを刻みつづけているようだ。

今年は師の亡き後、六十五年祭を能登の砂丘の墓で営んで、暴風雨の中を帰宅して、何となく気落ちしたような思いでこの文章を書いている。

谷川の岩をも押し流す激流となって流れ下る、ふるさとの暴風雨の後のすさまじい瀬音を聞きながら、山裾の狭い墓地に眠る父と母の魂魄に対しても、眼をとじて祈らずには居られない思いで、今日の筆を擱くことにする。

「I　異郷論・祭祀論」解題

長谷川政春

日本列島に住み着いた祖先の異郷への憧憬と意識、およびその異郷からの来訪神である「まれびと」とそれを迎える聖なる女性「神の嫁」とを論じた諸編。さらに神祭りの発生などを収めた。この異郷論・祭祀論の展開のうちに、祖先の心根に形象された論理と倫理の論を読むことになる。

妣が国へ・常世へ――異郷意識の起伏――

著書『古代研究　第一部　民俗学篇　第一』（昭和四年［一九二九］四月十日刊行、大岡山書店）に収録。初出は『国学院雑誌』第二十六巻第五号（大正九年［一九二〇］五月発行）に同題の「（その一）」として発表されたもの。その本文末尾には、「松の尾男山の峰の松風が伝へ来る、常世の消息に、耳を澄まして、次の奈良の世の物語を待つて頂きたい。」とあって、「（その二）」の続編が予定されながら発表されなかったことが判る。『古代研究』収載の際、右の末尾の文は削除されている。

なお、すでに同一テーマの論「異郷意識の進展」（『アララギ』第九巻第十一号、大正五年十一月発行。新編『折口信夫全集』20所収）が発表されている。両者には重なる内容や表現が多く認められるが、異なる点は「妣が国」についての解釈である。本編収録の「起伏」では「母権時代の俤」とともに第二として「異族結婚（えきぞがみい）」の悲劇風の結末を読み取っているのに、「進展」の論では第二の「異族結婚」の解釈がなされていないのである。また、同じ異郷論である「古代生活の研究――常世の国――」（『改造』第七巻第四号、大正十四年四月発行。新編『全集』2所収）は「母権」も「異族結婚」も語られず、「妣が国」の用語もない。そこで展開された常世論での「とこよ」の原義を「常夜」すなわち「常闇の国」と解している。

本文中の「十年前、熊野に旅して」（七ページ）は、大正元年（一九一二）八月の折口数え年二十六歳の志摩・熊野の旅であり、その時の詠歌が私家版自筆歌集『安乗帖』一七七首である。次の歌あり。

たびごゝろもろくなり来ぬ　志摩のはて安乗の崎に　赤き灯の見ゆ

青海にまかゞやく日や　とほ〱し母が国べへ　船かへるらし

本『精選　折口信夫　Ⅳ　芸能史論』収載の「信太妻の話」（『三田評論』第三二〇、二、三号、大正十三年四、六、七月発行）は説経節「信太妻」を中心に論じたものだが、そこには、我が歴史以前の祖先が母に別れる理由があって、その子が「母を慕ふ心が『妣の国』と言ふ陰翳深い語」となったことを述べている。

さらに、大正六年十一月に発表した随想「海道の砂　その一」（本書『精選Ⅴ』所収）には、山陽道の「山と海との接近」した尾道の宿の二階座敷において、「日本人の恐怖と憧憬との精神伝説を書いて見たい」と思い、「『わたつみかやまつみか』『妣の国へ　常世へ』この二つの創作の題目が胸に浮んで来た」と書いている。第一歌集『海やまのあひだ』の書名が想起されるとともに、ここにも研究者折口信夫と文学者釈迢空との一体の姿が確認できるのである。

国文学の発生（第三稿）——まれびとの意義——

『古代研究　第二部　国文学篇』（昭和四年四月二十五日刊行、大岡山書店）の冒頭に収録。初出は雑誌『民族』第四巻第二号（昭和四年一月発行）に「常世及び『まれびと』」の表題で発表されたもの。折口信夫が捉えた日本の神は、柳田国男の「うぶすな神（祖先神）」とは異なり、時を定めて常世の彼方から来訪する神「まれびと」であって、それを論じたもの。

時を定めて来訪する「まれびと」は簑笠姿という異形の神であり、その発する「呪言」によって土地の精霊を屈服させ、また「力足」によって地霊を鎮定させた。こうした「まれびと」の言語と所作から日本の文学と芸能が発生したと説く。そして、この神の来訪の時期や本貫である「とこよ」の性格が考察される。

折口は、本論考を『古代研究』に収録するに際して、民俗学篇でなく、国文学篇の巻頭に据えた。その意図は推測するよりないが、本書『精選　折口信夫』にあたっては『Ⅱ　文学発生論・物語史論』でなく、「文学以前」「芸能以前」とも言うべき領域を包含する、この『Ｉ』に収載している。なお、「意図の推測」は『Ⅱ』の解題で述べる。

本稿の執筆開始は大正十四年と考えられ、その稿は昭和二年十月と言われている。

琉球の宗教

『古代研究　第一部　民俗学篇　第一』に収録。初出は世界聖典全集後輯第十五巻『世界聖典外纂』（大正十二年五月刊行、世界文庫刊行会）に同題で発表されたもの。

本論考は、初回の沖縄採訪旅行（大正十年〔一九二一〕夏）の成果として琉球（→沖縄）における楽土とそこからの来訪神や、火の神や御嶽・神あしゃげなどの聖地や、ノロ・根神・聞得大君などの巫女について論じた初出の論考を、第二回目の採訪旅行（大正十二年夏）の成果も加えて論を深化させるとともに、さらに遥拝の思想や香炉の民俗や「すじ」「せじ」などの霊魂信仰や祖先崇拝のことなども取り上げられたもの。

この南島の神祭りや楽土や巫女を主とする民俗への探訪の成果である本論考が折口の学問の導きになったことを自身でも述べている（池田弥三郎『まれびとの座　折口信夫と私』）。

なお、本論考の訂正として書かれた「『琉球の宗教』の中の一つの正誤」が『古代研究　第一部　民俗学編第二』昭和五年六月刊行）にあるが、琉歌の解釈が訂正されている。

折口の沖縄採訪旅行は、大正十年（一九二一）夏、翌々年の十二年夏、昭和十年（一九三五）の年末〜翌年一月の三回である。

この沖縄の民俗への言及は、後述する「若水の話」（昭和二年八月の草稿）や「最古日本の女性生活の根柢」（大正十三年九月発表。同書の『古代研究』所載。新全集２所収）などにおいてもなされている。

水の女

『古代研究　第一部　民俗学篇　第一』に収録。初出は『民族』第二巻第六号・第三巻第二号（昭和二年九月・三年一月発行）に同題で発表されたもの。

本論考は、聖水信仰とそれを司る女性（巫女）の問題を、多く本土の古代文献（古事記・日本書紀・古風土記・万葉集など）に材を取りながら古代宮廷の「きさき」の起原を論じたもの。特に注意すべきは、その冒頭の文で、「文字記録以前」の時代の「言語情調や合理観」を読み取る態度を表明していることである。また、「水の女」の具体例として古くは「丹波氏の女」、次いで「藤原氏の女」への言及にも注目したい。この考察の流れは、戦後の王権論である「女帝考」へにも進展してゆく。本文一一三ページの「後藤さん」は後藤蔵四郎。

若水の話

『古代研究　第一部　民俗学篇　第一』に収録。昭和二年（一九二七）八月頃の草稿。前掲の「水の女」が本土の古代文献を駆使しての論考であったのに対し、本論考は沖縄の民俗を主なるものとして論じられたもの。本格的な聖水信仰論である。

なお、語り出しの文「ほうっとする程長い白浜の先は、また目も届かぬ海が揺れてゐる。其波の青色の末が、……」は、本書所収の論考「ほうとする話――祭りの発生　その一――」の冒頭文と同じものである。両者が「草稿」ゆえにとばかりは言えないのではないか。むしろ、著者の思考の在り様、主題と主題の絡み合い――学問領域の越境という特質を語るものではないのか。

この聖水信仰論は同時期の「貴種誕生と産湯の信仰と」に継続され、さらに王権論の「大嘗祭の本義」などに展開されてゆく。

本文一四三ページの「末吉安恭」は琉球芸能史研究者であり、麦門冬の筆名での小説家でもある。生前、折口は二度会い、死後は三度目の沖縄行きで墓参をしている。

山菅の　かれにし後に残る子の　ひとり生ひつゝ、人を哭かしむ

歌集『遠やまひこ』の「はるかなる島」からの一首で、著者が沖縄を去る時にその「遺児某女」の訪問を受けての詠歌。「山菅」は故人の筆名「麦門冬」と同じ意味の語。

神道に現れた民族論理

『古代研究　第一部　民俗学篇　第二』（昭和五年六月二十日刊行、大岡山書店）に収録。初出は神道学会機関誌『神道学雑誌』第五号（昭和三年十月発行）に同題で発表されたもので、『古代研究』付載の「著作年月一覧」には「昭和二年十一月、講演速記」とある。

冒頭で現今の神道研究の態度への批判が語られ、自身の立場が披瀝される。「日本民族の思考の法則が、どんな所から発生し、展開し、変化して、今日に及んだかに注目して、其方面から探りを入れて見たい」（一六四〜五ページ）と。そして、本論考の方法を、「私は此民族論理の展開して行つた跡を、仔細に辿つて見て、然る後始めて、真の神道研究が行はれるのであると考へる」と述べている。さらに、論の主旨は「みこともちの思想」であり、それは、「此みこともちに通有の、注意すべき特質は、如何なる小さなみこともちでも、最初に其みことを発したものと、尠くとも、同一の資格を有すると言ふ事である」（一七三ページ）のである。この「みこともち」は折口信夫の重要な学術用語である。

なお、一七三ページの「心理的観入」の「観入」は、アララギ時代の同人歌人であった斎藤茂吉の大正時代における造語である。

道徳の発生

『表現』第二巻第四号（昭和二十四年四月発行、角川書店）に同題で発表されたもの。

論の冒頭で、日本の倫理観がどのようにして成立し、どのように特殊化し、またどのような方向に進んだかを追究する、と示している。宣命や誓詞や奏詞の古代文献を通して神の意思と神への誓いの関係から「美徳を表す語」「悪徳を表す語」に着目する。さらに「神以前」の存在である至上神・既存者が想定され、そこに農耕生活に関係する「原罪なる天つ罪」と性欲上の犯罪が結婚等級を乱して天変地異の原因ともなって村落の生活を脅かす「国つ罪」とを論ずる。この後者の「国つ罪」には道徳的な考え方の進展が認められると説く。再度、善悪の問題に戻って、道徳の発生の結論が述べられる。それは、「善悪の古代的準拠は、神の認定にある」から「神が道徳を欲しないとすれば、我々にも道徳はなかつた」のであり、古代文献に「道徳的過程の見られるのは、神と誓約して、宮廷に誠実を示した文献の外は存してゐない」のである。それゆえに、「神の欲する所の道徳」を、「宮廷の儀礼を以て、その意思を表現」していた、と。

道徳のテーマは、すでに『日本民族』第二巻第二号（昭和十一年九月発行）掲載の「道徳の民俗学的考察」（新全集17所収）がある。「精神科学に於て最後に考へねばならぬものは道徳の問題である」と言い、「道徳に矛盾する人は、それも道徳に生きる一員」であって、「新しいもらる・せんすによつて、新しい道徳を打ち建てようといふ欲望をもつた人だからである」として、「歌舞妓者」や「江戸の町奴」などの無頼の徒の道徳観を論述している。また、無頼の徒に関しては、本書の「Ⅳ　芸能史編」所載の「無頼の徒の芸術」（昭和十一年六月）がある。

なお、歌集『春のことぶれ』（昭和五年一月刊行、梓書房。新全集24所収）の「昭和職人歌」連作中に「辻碁うち」と題して次の一首がある。（四行散らし書きを一行書きに改めた）

東京を　せましとぞ思ふ。／すくなくも／賭け碁の銭は、／へらざりにけり

ほうとする話——祭りの発生　その一——

『古代研究　第一部　民俗学篇　第一』に収録。昭和二年六月頃の草稿。

冒頭文は、既述の通り「若水の話」のそれと同文である。

本論考は、祭りの発生論である。四季それぞれの祭りが論じられているが、その発生と展開や形態の特質や語原などが説かれてゆく。たとえば、夏まつりには神輿・鉾・幣・偶人が付き物であり、そのうちの「鉾」と別物である「山」は秋祭りに曳くべき物であったと説く。本論考もまた、この頃の著者の特色である語原論が如何なく発揮されている。

この祭りの発生の研究は、一年後の「村々の祭り——祭りの発生　その二——」（昭和三年十月。同書『古代研究』所収）へと繋がってゆく。

髯籠の話

『古代研究　第一部　民俗学篇　第二』に収録。初出は、『郷土研究』第三巻第二・三号（大正四年四・五月発行）に「髯籠の話」・「髯籠の話（つゞき）」の題で、第四巻第九巻（大正五年十二月発行）に「依代から『だし』へ（鬚籠の話の三）」の表題で発表されたもの。なお、原稿は口述筆記（大正三年）による書簡体の候文であったが、雑誌掲載に際して編者の柳田国男によって「である」調の口語文に書き改められた。

本論考は、鬚籠が神来臨の目印であるとともに、人間の側からの神を迎える物（場所）であって、神の側から言えば「依代（よりしろ）」、人間の側から言えば「招代（おぎしろ）」であるが、それを論じたもの。鬚籠は祭りの時の「だいがく」や「だんじり」などの空高く立てた柱の先に付けたものである。

明治三十六年（一九〇三）の夏休みか、中学五年生の時に粉河寺の表門を出て目撃した鬚籠の様子から語り出される。論は「標山」を始め、御祖師花・葬式の花籠・日章旗の飾玉・五月織の竿頭・卯月八日の天道花などの各地の類似の物を検討して、それらが鬚籠の一形式であることを説く。さらに、平安貴族の儀式にみえる洲浜や島台にも触れてゆく。また太陽神の「形代（かたしろ）」のことも述べている。

本論考の意義については、「民俗学、民俗学的国文学研究、芸能史という折口の学問の体系が既に揃い、具体的な学説においても、のちのまれびと論、異郷・他界論、国文学発生論への萌芽が見られるなど、折口の学問にとって記念すべき論文」（西村亨編『折口信夫事典』初版一九八八年七月刊行、増補版一九九八年六月刊行、大修館書店）と説かれている。

本文中の「南方氏」（二四八、二五八ページ）は南方熊楠。「高木氏」（二六三ページ）は高木敏雄。「山中翁の幣束神体説」は山中笑（共古）「御幣及削掛の起り」（『東京人類学会雑誌』第二十一号、明治二十年十一月発行）において、御幣は「神体の代り」「神の代理」と説いている。それに反対の大矢透は「削掛ト御幣」（『東京人類学会雑誌』第二十六号、明治二十一年四月発行）で「山中笑氏ガ一奇説ヲタテヽ」とある（小林真美調査）。「尾芝氏」（二四八ページ）は柳田国男の筆名の一つ。なお、折口の東京人類学会への入会は明治四十四年十一月である。

このテーマは、「幣束から旗さし物へ」（大正七年八・九月発表）や「だいがくの研究」（大正七年八・十月発表）や「まといの話」（大正七年十月発表）の論考に受け継がれる。共に『古代研究』の同書に収録されている。

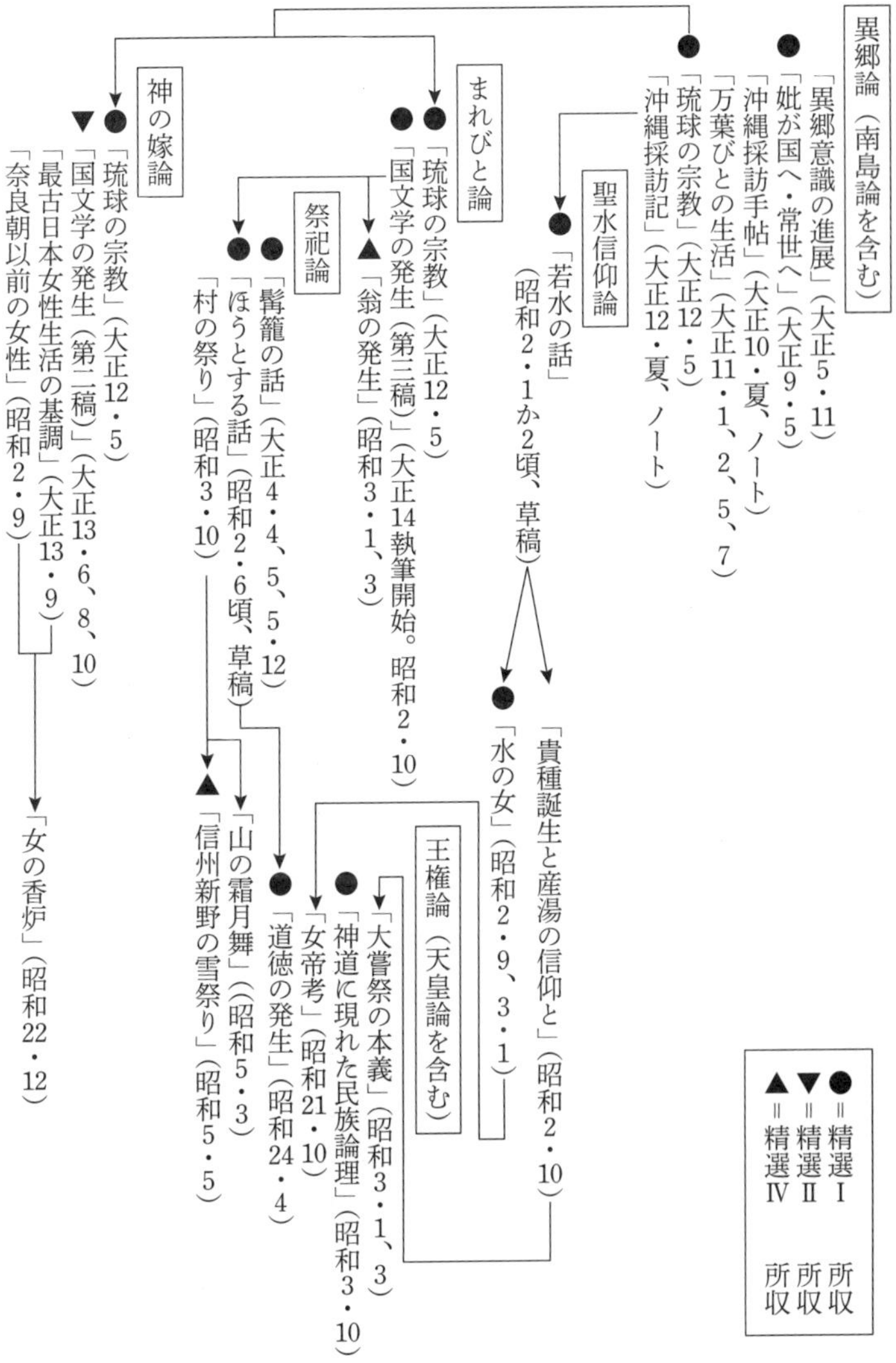
異郷論（南島論を含む）
●「異郷意識の進展」（大正5・11）
●「妣が国へ・常世へ」（大正9・5）
「沖縄採訪手帖」（大正10・夏、ノート）
「万葉びとの生活」（大正11・1、2、5、7）
●「琉球の宗教」（大正12・5）
「沖縄採訪記」（大正12・夏、ノート）
聖水信仰論
●「若水の話」（昭和2・1か2頃、草稿）
「貴種誕生と産湯の信仰と」（昭和2・10）
●「水の女」（昭和2・9、3・1）
まれびと論
●「琉球の宗教」（大正12・5）
●「国文学の発生（第三稿）」（大正14執筆開始。昭和2・10）
▲「翁の発生」（昭和3・1、3）
王権論（天皇論を含む）
「大嘗祭の本義」（昭和3・1、3）
●「神道に現れた民族論理」（昭和3・10）
「女帝考」（昭和21・10）
祭祀論
●「髯籠の話」（大正4・4、5、5・12）
●「ほうとする話」（昭和2・6頃、草稿）
「村の祭り」（昭和3・10）
●「道徳の発生」（昭和24・4）
「山の霜月舞」（昭和5・3）
▲「信州新野の雪祭り」（昭和5・5）
神の嫁論
●「琉球の宗教」（大正12・5）
▼「国文学の発生（第二稿）」（大正13・6、8、10）
「最古日本女性生活の基調」（大正13・9）
「奈良朝以前の女性」（昭和2・9）
「女の香炉」（昭和22・12）
●＝精選I所収
▼＝精選II所収
▲＝精選IV所収

【著者】

折口信夫（おりくち　しのぶ、1887 年－ 1953 年）

歌人・詩人、国文学・民俗学・芸能史・宗教学者。筆名・釈迢空。

大阪府木津村生れ。國學院大學卒業。國學院大學教授、および慶應義塾大学教授。

1953 年 9 月 3 日逝去（66 歳）。能登の墓所に養嗣子春洋とともに眠る。


【編者】

岡野弘彦（おかの　ひろひこ）

1924 年、三重県生れ。歌人。日本芸術院会員、文化功労者、國學院大學名誉教授。

國學院大學国文科卒業。昭和 22 年から 28 年 9 月の逝去まで、折口信夫と生活を共にして世話をする。

『折口信夫全集』『折口信夫全集ノート編』の編集に参加。

折口信夫論として『折口信夫の晩年』『折口信夫の記』『折口信夫伝』がある。

精選　折口信夫　I　異郷論・祭祀論

2018年11月20日　初版第1刷発行

著　者――――折口信夫
編　者――――岡野弘彦
発行者――――古屋正博
発行所――――慶應義塾大学出版会株式会社
〒108-8346　東京都港区三田2-19-30
TEL〔編集部〕03-3451-0931
〔営業部〕03-3451-3584〈ご注文〉
〔　〃　〕03-3451-6926
FAX〔営業部〕03-3451-3122
振替　00190-8-155497
http://www.keio-up.co.jp/
装　丁――――岩橋香月［デザインフォリオ］
表紙挿画―――折口信夫筆「河童図」より
印刷・製本――株式会社理想社
カバー印刷――株式会社太平印刷社

Printed in Japan　ISBN 978-4-7664-2548-2